卉卉

喻莉娟◎著

寒冷的风吹醒了我，我轻轻地挪挪身子，碰倒了脚下的烘笼，这才回过神来……不是在家里的床上睡觉……

九州出版社

JIUZHOUPRESS

图书在版编目（CIP）数据

卉卉 / 喻莉娟著 . -- 北京：九州出版社，2016.10

ISBN 978 - 7 - 5108 - 4843 - 8

Ⅰ.①卉… Ⅱ.①喻… Ⅲ.①长篇小说—中国—当代 Ⅳ.①I247.5

中国版本图书馆 CIP 数据核字（2016）第 308105 号

卉卉

作　　者	喻莉娟　著	
出版发行	九州出版社	
地　　址	北京市西城区阜外大街甲 35 号（100037）	
发行电话	（010）68992190/3/5/6	
网　　址	www.jiuzhoupress.com	
电子信箱	jiuzhou@jiuzhoupress.com	
印　　刷	北京天正元印务有限公司	
开　　本	710 毫米×1000 毫米　16 开	
印　　张	16.5	
字　　数	245 千字	
版　　次	2017 年 1 月第 1 版	
印　　次	2017 年 1 月第 1 次印刷	
书　　号	ISBN 978 - 7 - 5108 - 4843 - 8	
定　　价	49.00 元	

目录

喻莉娟出版著作

文学作品

1. 《水灯载去我的祝福》
2. 《风流草》
3. 《喻莉娟小说散文集》
4. 《"崖窝"——喻莉娟中短篇小说选》

理论专著

5. 《文学欣赏艺术》
6. 《心灵的行走》
7. 《公文写作实务》
8. 《公安写作100问》
9. 《公文写作技巧》
10. 《公安文书写作》
11. 《公安实用写作》
12. 《中华传统文化读本》
13. 《新编公安写作一百问》
14. 《公文写作要义》
15. 《记叙文入门劲射》

一、守夜

　　寒冷的风吹醒了我，我轻轻地挪挪身子，碰倒了脚下的烘笼，这才回过神来：不是在家里的床上睡觉，是在新华书店门外的一大堆木头上。我们在这里守大字报，不知怎么就睡着了。这才觉得背痛、脚麻，睡的都是一些圆木头，虽说下面垫有一些大字报，可一点作用也没有。我伸了伸脚，坐起来，拨弄我的烘笼。里面的火还有一点，可能很难维持到天亮。大家都睡得很死，只有风吹大字报哗哗的声音，隐隐约约可见被风吹起的大字报在翻飞。

　　没有一点灯光。

　　我们这里没有水电，火电电力不足，电灯只有一条红丝线，有时就纯粹是个摆设。这时候，路灯早已熄了。十点半钟，全县唯一的宣传工具，县广播站的广播结束，接着就是熄灯。看着一片漆黑的街道，沿街一排排黑乎乎的大字报专栏，不时飞起的大字报在昏暗中闪出一道黑亮的光。我害怕了，推了一下旁边的小琴。她吭了一声，又睡了。

　　今天，小琴告诉我，张囡她们在讨论看护大字报的事，说是要来守夜，不让我们年龄小的来。前几天夜里，总是有大字报被撕，有人搞破坏。要抓住这个人，可能还有一场战斗。看护大字报，是这一代年轻人的责任。我们两个是自己来的，有战斗我们也要参加。他们也没法，人都来了，只好让我们两睡在他们的中间。有他们几个大的在外面，我们也就踏实。

大家都睡着了，是不是有坏人出来？我想去看看。拿出电筒朝远处照了照，没看到什么。手电筒的光一下照到街对面的大字报上，一幅漫画，一个人正拿着一棵绳子往脖子上套，伸出长长的舌头，红红的，我觉得他就要走下来了，实在可怕。上面还有一句话："自绝于人民，自绝于党，何清死有余辜。"何清这个名字我知道，是个吊死鬼，我在前天见过的死人。

前天从学校出来，一手、一脸、一身都是墨，这是在学校写大字报弄的。我从来没有写过毛笔字，学校没有要求我们写，说是要四年级才要求写，我们三年级的，只要求写钢笔字。但现在是非常时期，我们红小兵就是要拿起笔做刀枪，集中火力打黑帮，没写过也要写，就像写钢笔一样地写。我找了一篇传单，上面的标题是"打倒最大的走资派——刘少奇"，抄了半天，才写几个字。只好找小琴、母儿他们一起来抄，最终还是分着把它抄完了。抄完后再把三人抄的剪下来，贴在一起，尽管像瞎子补的衣服一样的皱，我们还是写完成了。大家看着一脸一身的墨，非常高兴总算完成了一件大事，我们也能写大字报了。

完成了一天的学习任务，刚出学校，见好多人在跑，说是那边有人吊死了，大家去看看，我们也跟着冲去看。跟着人流跑到了，在电影院旁边，一个低矮的小木房外，围了许多人。我觉得很奇怪，这里有间房子，还有人住，我们经常来看电影，从来没发现。人很多，在那里嚷着，有人说："把他放下来！"人是在门背后吊死的。大人们说，也不知是怎么搞的，这么矮的地方也能吊死人。要死什么地方吊不死。昨天不是还看见他好好的，为什么要死？可能是有什么问题。会不会就是门外墙上大字报写的问题？问题不大不小，他家有人在台湾，大字报上面写着"里通外国"。被写大字报的人多了，他为什么要死？那就不一样了。人们七嘴八舌地议论着。我挤到前面看大字报，他的确是坏人，上面写着，他有好多信件，都是从台湾来的，前天抄他的家，抄出来的，这样的坏人该死。现在，他就摆在那里，大家都围看，也没人管。其实，他是不是已经死啦？

也许还没有，我想过去看看。现在只能从人缝里看到他的身体，没什么可怕的，就是一个人睡在那里。我还是害怕，我从来没有见过死人，更不要说吊死的人。说是吊死的人舌头要长长地拖出，脸是乌的，可怕得很。我和小琴、母儿，我们三个商量，大家一起过去看，谁也不许走在后面。刚走两步，小琴不走了，她害怕，不看。我们怎么说她也不去。最后我和母儿一起挤进人群，走近看了一眼。其实也没什么好怕的，就跟睡着了差不多，根本没有伸舌头出来，只是那张脸是铁青的。为什么不送去医院抢救，也许还没有死。也没有看见他家的人，没人来管他。我们看了一眼，赶快走开。大家看了一阵，也纷纷走了。人越来越少，我们也赶快回家了。后来是怎么处理的我也不知道。

今天晚上在这里，又看到这个吊吊鬼的大字报，我想他可能还在那里躺着没人管。我越想越害怕，赶紧挤到小琴的背后，想赶快睡着。哪里睡得着。只有叫醒小琴。小琴听我说对面有吊吊鬼的大字报，要我用电筒照给她看，她这次一点也不害怕。她看了吊吊鬼的大字报，突然对我说，不好，我看见前面有个人在那里！在哪里？我急着问。就在前面一个大字报专栏的下面。我们赶快叫醒了母儿和张囡他们。大家一听我们说的情况，都紧张起来，一个个都是一副参加战斗的样子。夜黑黢黢的，隐隐可见大家严肃、紧张的脸在晃动，听得见的是大家的呼吸声和风吹大字报飞起的哗啦啦的声音。张囡他们商量后，决定全体出动侦察。她对大家说："大家把烘笼都放在这里，带好电筒，跟我走，听我的命令。"

我们紧张地、蹑手蹑脚向前走，完全是一副侦察兵的样子。很快我们接近了目标，看清了对象。的确是一个人在那里，靠着墙根躺着，他好像是发现了我们，站起来，整理东西，很快提着个袋子，要走的样子。张囡小声地告诉大家："跟着他！"

我们悄悄地走在他后面十多米的地方。我很害怕，我们尽管人多，也不一定打得赢他，他提的包里还不知有什么东西。我不敢想下去了。小琴可能也这样想，她悄悄地问我："我们不去了好吗？"母儿走过来说："不用怕，跟我在一起！"我们跟着目标向前，不知他要做什么，但有一条能够肯定，他的事一定与大字报有关，他总是在大字报边上转。张囡好像了解我们，走过来对我们说："你们走在后面，离我们远一点，看到有什么情况，赶快回去叫人。"我们去叫谁呢？我不知道，到时候再说。

这时候，前面出现了情况，目标开始行动了。他在撕大字报！大家都有一种胜利的感觉，这算是找到破坏的人了。这时候，张囡压低嗓子说，不要慌，大家听我的，我们再靠近一点，一定要在现场抓住他。大家趴在地上爬着，屏住气爬了几步，离目标已经很近了，目标正抓着一块飞起的大字报，张囡一声喊，起！大家迅速爬起，七八只电筒一起对准目标，"不许动！""你干什么？"这个人用手挡在头上，挡住电筒的强光，手上还提着一大块大字报，大声叫道："敬爱的毛主席，我们心中的红太阳。"一边唱一边舞着。大家这下傻了，原来是疯子申孟山。几个男生上前去，取下他手中的大字报，"孟山，你搞哪样！以后不准来撕大字报，听到没有？""我要结婚了！结婚啰！"申孟山手提大字报，边跳边晃着脑袋。张囡说："母儿，你叫三个男生把他送回去，告诉他们家人，不要让他再出来了。其他的人我们继续去查看。"她是在下命令。

我们走了一圈，没发现什么新情况，又回到新华书店门口的那一堆木头上，坐着，拨弄各自的烘笼。虽然已经立春，晚上在外面还是很冷。这里的人有提烘笼的习惯。一进入冬天，小学生都提一个小竹笼，里面放一个砂钵，装上些柴灰，埋上一小堆炭火，可以管四五个小时，上学随时都有火在身边。它给孩子们增添许多乐趣，可以在里面烧小红苕、小洋芋、爆黄豆、苞谷花。有时老师在上课，下面的烘笼里正忙呢，烧各种小东西的香气不断窜出，不时还会有豆子爆炸的声音，像一声冷枪响起。老师一生气，就把火笼给甩出去。常常出现教室门口摆着一排烘笼的情景。我刚来的时候还不习惯提烘笼，觉得上学提着个火笼，多难看，我是不会提呢。这里其实并不冷，还没有省城冷，在省城我从来也没看见有人提火笼。后来看着大家提的烘笼里，能弄出许多好吃的东西，也要求妈妈买一个来提。现在烘笼里没有多少温度了，今天在这里太晚了，没法回家加炭，眼看里面的火就要没了，一点火星，没有热气，这时才觉得全身上下都是冰凉的。我们把几个烘笼的火都集中到一起，大家挤着围在一起还能解决一点问题。

母儿他们送申孟山回来了，大家还谈疯子申孟山。母儿说，申孟山的事，我清楚，你们不要看他现在是这个样子，他以前是一个大学生，在我们县大学生那时候是屈指可数的，稀奇得很。他上大学时和一个女生好了，两个人准备结婚。毕业的时候，女的找到孟山说，我们分手吧。孟山一下懵了。说你什么意思，怎么会好好的，说分手就分手。女的说，不干了，就因为你家出身不好，现在不都在搞阶级斗争，我不想成为斗争的对象。申孟山没有话说，就呆坐在那里，一夜就疯了。那女的就找人把他送回来，孟山怎么也送不走，说他还要准备结婚，哪里也不走。最后没有办法，是把他捆在一个担架上，用一辆货车送来的。听送来的人说，那女的是和一个军官好了，叫他家的人不要去自找麻烦了。你们不知道孟山疯归疯，其实有根神经还没有疯，他在大学是学设计的，现在他还会搞设计，画了很多图纸，画得真好看，当然是很规范，很专业咯，我亲眼见过。

母儿还在绘声绘色地说着，不知道什么时候，我靠在木头上睡着了。等我醒来，天已蒙蒙亮了，我突然觉得裤子下面怎么是湿的，不好，怎么把尿尿到裤子里了。我很不好意思，一摸木头都是湿的，趁天还没有大亮，赶快回家吧，要不天亮了就走不了啦，别人看见会怎么说。我拉上小琴悄悄提着烘笼回家了。

我很快回去换了裤子，拿上浆糊又回去把申疯子撕下来的那张大字报贴上去补好，正准备上学，遇到几个从学校回来的同学，他们说今天老师不上课，老师要开批判会。太好了！我们又可以不上课了，大家一阵地兴奋，准备出去玩。我赶快回去睡觉，昨天就说好的今天晚上还有任务。

晚上，我们又去守大字报。我知道这时候正好是十点半，因为广播里正传出播音结束的声音："凤山人民广播站，今天的第三次广播到此结束。"广播里传出既不完全是普通话，也不完全是本地话的声音，可那声音很好听。我们平时就爱学这种声音，大家以此为荣。街上那鬼火一样的路灯接着也熄了，我们正好走到新华书店的那堆木头那里。"我们今天不能再睡觉了，要出去到处走走多去看，不要让大字报被人破坏了才发现，今天又有好多新的大字报，不论是新的还是旧的大字报都要保护好。"头领张囝下命令。母儿说："申疯子不会再来了，我们已经给他的家人说好了，再出来抓住就是反革命，我们就要把他交给造反派。""他不出来还有别的人出来，我们要提高警惕。今天分成两个组分头走，我带一个组，母儿带一个组，集合地点就是这里。"我、小琴和母儿在一组。大家在木头上坐了一会儿，大约十二点的时候我们分头开始巡查。

天很黑，没有一点灯光，更见不到一个人。我们组五个人，我和小琴两个女生，其余三个男生都比我们大，我们心里也踏实一些了。我们手牵手在大街上走着，因街道窄我们一排人就把整个街面排满了，这时早就把男女生平时的规矩忘光了。平时男女生一般情况是不说话的，更不能牵手。这时大家牵着手有了很多安全感，我们肩并肩走着，神态就像英雄就义一样，没什么好怕的。走着走着，我突然看到前面有个人影，我把这个情况告诉了我左右边的小琴和母儿。很快大家都看到了。那人离我们约二十米，走得比较快，拿着电筒，电筒光时隐时现的。大家一下紧张起来。母儿是组长，大家都看着他。他严肃地对我们说："阶级敌人越来越猖狂，我们今天一定要当场抓住他，大家不用怕，到时候一起上，我们五个人还对付不了他一个？现在我们分开走，不能再走成一排。"我们分散着向前走，很快就要追到他。他并没有关注两边的大字报，只是走路，电筒光时隐时现。在离他还有十多米的时候，母儿他们扑在了地上，匍匐前进，我和小琴也学着那样匍匐前进。大家都很紧张，不知将要发生什么事。小琴悄悄对我说："我要拉尿，不行了。不行，我已经尿了。"她小声地对我说。"尿了就尿了，管它的。"我安慰她说道。这时，那人好像有些察觉，转过头来看了看，又加快脚步走。她又转过头来了，我们五只雪亮的电筒一下射向了她。她用手挡着眼睛，这下我们才看清楚是个女的。"是哪样人，这么没有礼貌！搞些哪样？""你是什么人？干什么的？"母儿不管她，一副盘查的口气。"我是粮食局上夜班的，回家。今天是怎么的，刚才遇见了一队娃娃，现在又遇见一队。你们是吃饱了没事干，还是什么！"我看清楚了她就是住在我们人委大院的殷阿姨。我很不好意思，只是庆幸因我们的电筒光亮，她没看见我。要不然我怎么对殷阿姨说。我们的巡查就这样结束了。

过了好久，我们几个在一起的时候大家还在笑小琴，会把尿尿在裤子里。好在他们不知道我头一天晚上的情况。

其实，守夜，只不过是我们娃娃们自己想出来的花样，我们只是看着大人们疯狂的活动觉得十分好玩，想找点事参与进去而已。

但大人们的事，其实我们既不懂，也无法参与进去。

比如说，近来街上头戴钢盔手拿钢钎的人多了，他们一般都是成队成队地出没，一脸的威风，做大事的样子。我们常跟在他们的后面看阵势，觉得热闹得很。他们两军对垒，相隔二三十米，每边有几十个人开战。今天的两边，一边是造反派——"4·9"派，他们多是县农具厂、水泥厂的工人；另一边是保皇派——"1·25"派，他们多是干部、职工。一边一个台子。"4·9"派一开始就冲上去一个彪形大汉，大喊"1·25保皇派！""1·25糟得很！"然后起头唱歌："革命，预备唱！"接下来是声如洪水的歌声："革——命，不是请客吃饭，不是做文章，不是绘画绣花，不能那样雅致，那样从容不迫，文质彬彬，那样温良恭谨让，革命是暴动，是一个阶级，推翻一个阶级的暴力的行动。"这是毛主席语录歌，是当时人们最有用的语录歌，也是人们最爱用的口头禅。

接下来"1·25"派冲上去两个彪形大汉，要从阵势上压倒"4·9"派，领头高喊："1·25好得很！""1·25革命派！"然后也起头唱歌："老子革命，儿接班，预备——唱！"下面的几十个人一齐很有节奏地唱："老子革命儿接班，老子反党儿批判，要是革命就跟着毛主席，要是不革命，就滚他妈的蛋！"然后是口号"要是不革命，就滚他妈的蛋！"双方此起彼伏，阵势越来越大。接着两边都用上了大喇叭，喇叭里喊什么，我们也听不清楚，只觉得双方的声音都是愤怒，拿着话筒在声嘶力竭地叫，越说越激烈，说着说就有人冲下去，指着对方大声说。围看的人很多，我们看也看不到，听也听不着。我们想找一个高的地方看，看到好多房子的楼上、墙上、高台上都站满了人。没办法，只有拼命往前挤，我们只有挤到最前面,才能看见。"这几个小孩,你们挤什么,一会儿踩着你们,快回去!"有人在对我们说。我们不管,只顾挤,终于挤到了最前面,看到了最精彩的一幕:一个大个子男人,头戴藤编钢盔帽,一身的劳动布衣服,左手臂上的红袖套上印"造反派"三个大字,上面还有一排小字是什么看不清楚,紧紧握着一根一米多长的钢钎。与他相对的另一个男人,他很精干,戴的是钢盔帽,一身旧军装也戴一个红袖套,上面的大字也是造反派,小字也看不清楚,也有一根钢钎手中握。两边骂开了,"老子革命的时候,你小子不知还在什么地方屙尿呢,你闹什么闹!""你小子算什么,谁不知道你在部队被处分过,现在跑到这里来假革命,真保皇?算什么东西!""你骂我?""就骂你,保皇派,什么东西,什么东西!""老子今天让你骂!"说时,钢钎就飞了过去,两人打起来了。很快台上台下都打起来了。双方打开了,围观的人纷纷撤去。我们也赶快跑,这可不是踩不踩到的问题,搞不好会出人命。我们终于跑到母儿家外婆的楼上,就在街面上,远远地可以看见他们打斗的情况。穿劳动布衣服的是工人阶级的"4·9"派,穿军装的是干部、职工的"1·25"派。阵势很大,不断有人受伤被抬着、扶着回去,有的包着头还在打。最后,穿黄衣服的人越来越顶不住,阵势撤退了。"工人阶级"取得了决定性的胜利,他们在那里欢呼。一场战斗大概进行了一个多小时。我们看着很精彩,也很害怕,那么多人抬出去,也不知道是否有人被打死。

经过一场战斗,一连几天街上的人少了很多,慢慢地又恢复了平静,好像什么事也没有发生。听说那天有人被打死了。双方都有死的,谁也找不着谁。

但平静没有好长的时间。这天,大操场上,一队人跑过来,前面旗子上写着"鹰击长空战斗队",两个人抓住我县最大的走资派杨晓扶,两个人一边一个反手抓住他的手,推着从县委大院里出来。这时候,另一面又过来了一队人马,他们的大旗上写着"杀气腾腾战斗队"。

看见杨晓扶,四五个大汉冲过去,一下就抢了起来。一阵的混战。结果是两派在争斗走资派,一派抓住杨晓扶的一只手,都使劲地往自己的一边拉。那时的杨晓扶一脸的痛苦，也不知道往哪边靠。两边使劲拉，突然杨晓扶大哭起来，这是个一米八大个的北方汉子，南下干部，县委书记。他哭着说："你们哪边都可以抓我去斗，我都愿意，你们不能这样抢呀！你们这样，我要被撕裂呀！"两边的人都一齐喊："敌人不投降，就叫他灭亡！""不要听他的花言巧语，不要让保皇派把他抢走！"两边抢，就像是在拔河，只不过中间不是一根绳子，而是一个人，再这样拉下去，中间的杨晓扶不被撕成两半才怪！这时，不知为什么鹰派一边突然失了手，杀派得到了杨晓扶，一副胜利者的神态，还在高喊"鹰派，保皇派！鹰派，保皇派！""杀派，你们把走资派抢去保护，你们才是保皇派！""杀派，保皇派！"两边打开了口号大战。

　　天已经黑了，那鬼火一样的灯亮了，这回却不像鬼火一样。县委礼堂外面大坝子的两边搭着台子。杀派的推着杨晓扶跑过来，站在台子下，上面一个就高喊："把我县最大的走资本主义道路的当权派杨晓扶，押上台来！"下面连推带拉，把杨晓扶扯了上去。一起陪斗的还有几个人，也不知道是什么人。每个人的后面都站着两个手持钢钎的人，人一上去，两根钢钎就压在他们的背上，他们的头就低一下，低得很低了，腰像虾米弯着。台上的人还在叫他们低头认罪。

　　另一面是鹰派的人，一大帮人还在台下围着，他们抓到了县长万富宏，两个人正用一根拇指粗的棕绳捆他。万富宏说："毛主席说，要文斗，不要武斗！""你还嘴硬！"话音刚落，从人群中飞出一个人，从后面一脚踢在他的脚弯上，他一下跪地。这个人的功夫不一般，听围观的人说，他叫王家才，部队转业的，最会打人，用棉花包着秤砣打就是他的发明。这种打法是有内伤而无痕迹，很先进。他推开一直在捆万富宏的那两个人说："你们让开！看我的！这样，要先捆一个活扣，反着从脖子后面向两手绕过，在手臂上绕三转，再从活扣里穿出来，一脚踩在背上，两手用力一拉，使劲，捆好，大功告成！"他一上来，三下两下，万富宏的两手向后反着，胸就成了个鸡胸，两个手臂在背后靠在了一起，那双手慢慢地就变成乌色，一汩汩血在那里凝结，脖子上的青筋绽起。只听万富宏在那里死一样叫喊。我觉得很害怕，赶快往后退，叫小琴他们一起回家。

　　第二天的傍晚，批斗再次举行，鹰派的几个人押着万富宏来，早已经像昨天那样捆好，不同的是今天的万富宏，穿一件厚厚的棉衣，看起来没有昨天那样悲伤，只是我们这时候都穿单衣，他却穿棉衣，我不明白。这时台上有的人在说，要把他的棉衣脱掉再捆，王家才蔑视地说，算球，没有这个必要，这样也够他受的。批斗开始，同样也有几个人一起陪斗。

　　第一个上台发言的人说："万富宏，60 年饿饭，我县饿死几千人，你这个县长是怎么当的，是你虚报浮夸，捞自己的政治资本不顾人民的死活造成的，你要对这一切负责。请你回答！""这事与我无关，我是 62 年才来的，以前的事我不知道。""胡说，你不在我们县搞，那你在其他县还不是一样地搞？只有老老实实地交代才是你的出路，快说！"后面的人给了他一脚，两根钢钎压得更紧了。

　　批斗进行了大约一小时的时候，万富宏还是没有老实交代他的问题。这时候的他已是满头大汗，那汗珠一串串直往下滴，棉衣的腋下已渗出了汗水，那绳子这时捆得更紧，深深地陷进棉衣里。"他好像不行了？"有人在小声地说，但并没有人管他。"你今天只有老实交代才是你的出路！""敌人不投降，就叫他灭亡！"下面又一阵的口号声。口号还在此起彼伏，只看见万富宏一下倒在地上，人们一阵的骚动。"不要装死，快起来！"台上的人给了他两脚，还是没动静。下面又是一阵的骚动，有人说："会出人命的，还是快送医院吧！"王家才走过去，抓着他背上的绳子拽了一下，"要死，也是死有余辜，送医院，谁敢给他看?!"万富宏这时慢慢地睁开了眼睛，看着这奇怪的世界，他想说什么，嘴张了张，也许是想喝水，没人理他。台上的人走了，没有人管还躺在地上的万富宏，台下的人也慢慢地走了。这时，有几个人上台去，背走了万富宏。我们几个小孩赶忙跟在后面。

　　天已很晚，他们把万富宏送到了医院，找了张破席子垫着，让他躺在过道边。他们到处找医生，没人上班，也没人值班。他们到宿舍找，找到了好几个，听说是这个人，都不来。那几个在那里着急，不知道怎么办。

有一个人突然想起什么似的说："有一个人，他肯定来。""陈文！""对，就是陈文。"陈文来了，是一个年轻英俊的小伙子。他急匆匆地走来先看了看病人，然后大声地说："大家听到，我今天不管他是谁，也不管他做了什么，他今天到这里，就是一个病人，毛主席说，'救死扶伤，实行革命的人道主义'，我们革命派，实行革命人道主义。"说完，就叫把人抬进去。一会儿，他出来告诉大家，万富宏是糖尿病，因为虚脱而昏迷，通知他的家属来就行了。

二、去敬老院

不管怎样，我们每天还是要去上学，尽管也不怎么上课，但老师要来，教毛主席语录，摆故事。我们也习惯上学，每天不论怎样都要往学校走一趟。

这一天上午放学后，张囡召集大家开会，大家讨论了好多事，要分头去做。要印传单出去宣传，要去捡破铜烂铁来卖，以让我们有一定的经费便于开展活动，大字报不看护了，但还有其他的好事要做。正如最高指示所说：一个人做点好事并不难，难的是一辈子做好事。我们决定去敬老院做好事，到各处去打扫卫生、打扫厕所等等。

下午我们就去了敬老院。大家都从家里带来了扫帚、抹桌布、盆子。我们男男女女一大路人，有八九个，最大的就是张囡、争鸣他们上六年级的，其余的都是四五年级的，我和小琴三年级。一路上风风火火，走着走着张囡说："我们不能这样疯，一点也不像出来做好事的，大家唱歌，排队走，争鸣起个头。"争鸣是我们这里面唱歌唱得最好的，天生的一副好嗓子，什么歌在他那里唱出来，都那么好听，他还准备参加学校组织的唱毛主席语录歌比赛。争鸣起了头，我们一起唱："下定决心，不怕牺牲，排除万难，去争取胜利，下定决心，不怕牺牲，排除万难，去争取胜利。"这是在有艰难困苦的时候必须要唱的一首，大家唱得雄壮而有力。我们唱完后，大家一致要求争鸣一个人来一首，"争鸣，唱首好听的"。"好听的是哪首，你们起个头。""唱，《我们共产党人》。"争鸣说好我唱："我——们，共产党人，好比呀种子，人民好比土地，我们到了一个地方就要和那里的人民结合起来，在人民中间生根开花，在人民中间，哎——生根、开花。"我最喜欢听他唱这首歌，每次我都点他的这首歌，他每次都唱，我是百听不厌。

我们很快到了敬老院，它是在县城边的一座山脚下，说是山脚实际上也在小半的坡，一个大四合院，四周都是树荫，后面有一口井，水很大，井修得很漂亮。这是解放前一个大地主的避暑山庄，房子修得很漂亮，门上窗户上都有雕花，有各种各样的花鸟虫鱼，人猿车马，正房门前的几根大柱子上还雕着龙凤。这是一块风水宝地，解放后就收归公，后来就办成敬老院。这里的老人多是六七十岁的，他们住在一起，但没有专门的看护人员，都是自己照顾自己，相互照应。听说他们的儿女亲人，都是为革命牺牲的，为了我们今天的幸福生活牺牲的。有的以前就是革命军人，他们到了老的时候没人照顾，我们当然要担当起这个责任，帮助他们挑水做饭。

早上的会，开得及时开得好呵。是谁提出来敬老院做好事的，是小琴，小琴可真好。一开始老人还不知道我们是来做什么，有的不让我们进屋，说他们自己会做、能做，用不了我们。还是张囡、争鸣他们有办法，他们叫所有的老人都出来坐在院子里，就连那个脚不方便的老婆婆都扶着出来了。今天的天气也格外好，太阳已偏西，透过树荫照在老人们的脸上，他们没有表情的脸上，这时也透出喜悦。张囡、争鸣走到他们的前面，"敬礼！"大家一齐说："公公、婆婆，我们是东方红小学的红卫兵、红小兵，今天来给大家表演节目。第一个节目是《敬爱的毛主席我们心中的红太阳》。"我们表演了好多节目，老人家们高兴得很，笑得合不上嘴。最让他们高兴的是我和小琴表演的木偶戏《草原英雄小姐妹》，我们俩模仿木偶的动作一愣一愣的，面部的表情也是很刻板，眼睛瞪得大大的，出场的时候还有其他同学旁白："龙梅你好，玉荣你好。草原英雄小姐妹……"我们自己都被那种情景感动。这个节目是我们的一个即兴表演，是在看了好多遍电影木偶剧《草原英雄小姐妹》以后，喜欢那两个形象，平时就爱模仿，一时冲动上去表演的，也没想到会有这样的效果。在这些老人家都还含着热泪的时候，我们表演结束了。

我们也经常在街头宣传、表演节目，可从来没有这样的效果。今天的表演让我们看到了自己，认为自己还是很了不起。接下来我们打扫卫生，这时候大家的那动作、神态，就跟雷锋叔叔做好事一样，真可以说是干得热火朝天。一边打扫，一边和老人们说家常话。我觉得这些公公、婆婆住的地方很脏，床上破破烂烂的也没人给他们收拾，家里的东西也是又脏又烂，真可怜。天快黑的时候，我们基本打扫完成。我们商量决定，以后要经常来这里打扫卫生帮助老人。

在我们要离开的时候有一件事难住了我们，这里的一个老人家周大爷向我们提出，你们是不是能经常来照顾那个腿脚不好的王婆婆，她的生活很难，平时是敬老院的老人帮他，可他们年龄都大了，有的时候也帮不了。大家都不知道怎么办才好。来帮吧，我们要上学，家里也有很多事，还得要问爸爸妈妈，不帮吧，王婆婆的确很可怜，周大爷又提出来了。张囡、争鸣他们正在那里商量，小琴提出，由她来照顾王婆婆。大家都愣住了，认为不行，这不是一两天的事。最后大家决定，大家轮流来帮王婆婆做点事，都做到力所能及不要勉强。王婆婆说："你们要上学，也用不着天天都来，隔三岔五地来和我说说话就行了，也不要做什么，这几年我不是也过来了。"大家都认为轮流来也不是什么大不了的事，就决定下来。

这时，街上传出一阵阵热闹的声音，好像又是在游行。王婆婆突然说，趁你们现在人多，能不能扶我下去看看。王婆婆说她每天总是听到下面街上热闹得很，却从来没有见过，她也要去看看。这当然没有问题，敬老院离街还有很远，而且是在半山。只有让争鸣、母儿他们几个男生换着背王婆婆下山，到街上看热闹。我们大约走了半个小时，才走到上街的粮食局处，他们几个已是很累了，就在那里坐着休息，只见好多人游行上来，又是"杀派"和"鹰派"在争斗走资派。王婆婆说："他们在跑些什么，在追命呵？"的确，只看见这些人一会一队跑过去，一会儿又有一队跑过来，真像王婆婆说的"在追命呵！"

人越来越多，我们也不能带着王婆婆走，她要看的也都看到了，按她的话说，"也就是没事满街跑"。我们就在那里看了一会儿，张囡就叫他们几个男生把王婆婆送回去了。

三、破四旧

学校我们还是每天都要去，我每天都去得很早，怕迟到了。语文课是学习毛主席语录，课本就是语录本，书包也就很简单，就是一个刚好能装下一个语录本的小红袋子，我们叫宝书袋。一支笔。算术课老师有时候就在黑板上随便写几个题讲讲，然后大家做作业，有时候就是讲故事，教语录歌。我最喜欢上算术课，因为老师经常给我们讲故事，教我们唱语录歌，有好多好听的故事，有好多新的语录歌。我不喜欢上语文课，老是上那些学过了的毛主席语录，一段抄写几遍。我提建议，要老师多教一点，老师说，要反复学，让所有同学都掌握。

一天，上语文课，邹老师说，要"破旧立新"。这是从来没有讲过的，我举手问老师"什么是破旧立新？"老师慢条斯理地说："这就是我今天要告诉大家的，'破旧立新'准确地说，是叫'破四旧、立四新'。四旧——旧思想、旧文化、旧风俗、旧习惯；四新——新思想、新文化、新风俗、新习惯。这两天我们可以看见街上有很多革命的行动，那是好得很啦，我们要坚决地支持和参与这样的革命行动，我们红小兵也要投入到这场战斗中去……"老师继续讲，我很激动，只是想，我为什么不像那些红卫兵那么大呢？那有多好，什么事都可以去做，"只有想不到的，没有干不到的"，要彻底砸烂一个旧世界，创造一个新世界。他们还要出去到处走，说是叫红卫兵大串联，要走到上海、北京，吃饭坐车都不用钱。

15

我们能做什么，看护大字报，现在也用不着了；到敬老院做好事，也不新鲜了；到街上去宣传、发传单、跳"忠字舞"，别人都不看我们的，只看那些红卫兵造反派他们的，我们真没劲。

突然，教室外面一阵喧哗。做什么？同学们一齐从教室里冲出去。只见很多人冲进校园，他们都有一个相同的特征就是都戴红袖套——鹰派、杀派、"1·25"派、"4·9"派、红卫兵，这时候他们的共同目的就是破四旧，砸烂旧世界。

我们的学校是从前的一个书院，整个书院从布局到各种建筑设计都是当时的一流水平。听邹老师说，国家文物保护局的人上年还来考察过，还提出了保护方案。现在，不到一个小时的工夫，书院就遍体鳞伤了。我们老师和同学都站在那里，不知道怎么办。邹老师傻傻地站了一会儿，走过去到处找人说，根本没人听他的。战斗结束了，我还在担心我们的教室是不是还能上课，从教室那面传来了吵架一样的声音。我们跑过去，看到我们教室门前有些人在桂花树下围着。我们的教室门前有三棵大桂花树，老师们都说它们有上百年了。三棵树就形成一个大坝子的树荫，面对着学校的办公楼，好似一个天然的礼堂，学校的每次集会，都在这里举行。树的品种也好，一边一棵金桂、银桂，中间那棵是最珍贵的丹桂。每年新学期开学，在这里举行开学典礼，我们都被桂花香包围着，可从来没有一个同学摘过一枝。我们都喜欢在放学后到树下，拣桂花，有时候地上可以说是铺满了一层一朵朵的小桂花，特别是在每天清晨，地上的桂花又多又干净。我们去拣，还要把三种颜色的分开来，橘红的、金黄的、乳白的各装一包，宝贝似的捧回家，放在甑子上蒸一下，用白糖泡着，是最好的汤圆芯子。现在正是开桂花的季节，今年的桂花开得特别好。

许多人围在那里，他们要干什么？他们要砍桂花树，有人在吼："它就是四旧的东西，是资产阶级的东西，就是要铲除！"邹老师他们在那里拦着，邹老师大声说："树木又不是什么东西，怎么可以算四旧？不准你们动！你们鹰派怎么样，除四旧也不可能除到这桂花树上来！你们鹰派，我也是鹰派的，不信你们可以问王家才，我跟他是同学。"邹老师说着还真的摸出他的鹰派的印有鹰击长空的红袖套戴上。那些人看着邹老师他们

16

手挽着手围着桂花树，校园里人越来越多，老师学生围在外面，大家吼着不准破坏校园。他们看邹老师戴的红袖章，领头的说："好，今天不砍，就让这资产阶级的东西在校园里暂时泛滥。姓邹的我们回去再说。"他们走了，三棵桂花树还在，迎风而立。但是那棵丹桂已经被重重地砍了几斧，留下很深的印记。

凤城是一个古城，在这里曾经出过三个举人、两个状元，一个巡抚，留下的古迹就不仅是一个书院，还有四个城门、一个县衙、好多石牌坊。书院——学校被砸以后的几天，不用上学了。我们正好天天跟着那些破四旧的人跑，看热闹，只是我们太小，跑不快，跟不上他们，好多地方我们还没看到就已经被砸烂了。

书院被砸的第二天下午，旧县衙门就被砸了。旧县衙的遗址就是现在的县委大院。它正对县里最繁华的地段丁字口，门前的石狮、石牌坊、石柱子是我们小孩子最喜欢的地方，每到过年过节，这里都张灯结彩，石狮子也披红挂绿，是最漂亮的地方，每次我们都要在这里玩到很晚才回家。我们跑去时，石牌坊、石柱子都已经变成了一堆乱石。他们正在砸石狮子。这对青石狮子雕得很好，雄狮手拿绣球，雌狮怀抱幼子。青石石质硬，多年的日晒雨淋，它也没什么变化，还跟青钢似的，表面油亮油亮，那上面留有多少我们的手印。大榔头不断地打在它们头上身上，打榔头的不断换人，打不动了，最后石狮子终于粉身碎骨，看不到原样了。雌狮怀抱的小狮子还完整，它在母狮的怀里，没有被打坏，掉在地上。一只大脚踩着它的头走了过去。我心里很难过，想过去把它拣过来，又怕被人发现，只好远远地看着它。

小琴跑来告诉我："快去看，要砸你家门前的大水缸了！"我家住在县政府最里面的一层，第四层墙角边。从石狮子衙门进去，一层一个大院，中间是一个大通道，直通县政府大楼。我家住的大院坝里有两个大石水缸，它是对称的，对面的一排房子前也有一个。水缸的四面有春夏秋冬四季的图案，雕刻得很精致。我就认为它是专为了好看做在这里的，妈妈说，它们的主要功能是用来积水防火用的。我就认为它是好看，里面长年累月积满了水，还养了鱼、栽有一些鱼草睡莲，夏天睡莲开得好看，鱼也很喜欢，总在它的边上游来游去。我每天都要在这里玩耍。当我急着赶到的时候，石水缸已经被砸烂了，正看着那狠狠的一榔头下去，哐啷！水涌出，顺着是鱼和花。我好想哭，听不见那些人在说什么，默默地走到水缸面前，水缸变成几大块，小鱼还在地上跳动，我赶忙从家里找了个木盆把它们养着。

这时，只听对面哐一声巨响，一块一人多高的大石碑被齐腰砸断。那块石碑上刻有很多文字，写的什么，我从来没有读懂过，又是繁体字，好多字不认识，只感觉它一定很重要，因为我们每次在那里玩，都会有大人干涉，让我们去远一点。现在它却在一瞬间不见了，两口大水缸一下也没有了，心里很不是滋味。

傍晚，我找到争鸣，他家也住在大院里。我俩悄悄地去把小石狮子抬了回来，多可爱的小石狮子呀，以前在那里玩时不知要摸多少次，现在它没有了妈妈，我们觉得它好可怜。我俩费了好大的劲才把它抬回来，藏到我家柴火堆的下面。

第二天，小琴一大早就来叫我上学，我带她先去看小石狮子，今天看着那小狮子更像是活了一样，那神态是那样的可爱，小鸟依人一般。

我们去到学校，今天又不上课。走出校门刚到街上，正遇到昨天砸县委大院的那一伙人，拿着钢钎、二锤，急匆匆地跑，还吆喝着什么。我们跟着跑。他们一直跑到到了西门的十二道牌坊。

十二道牌坊是凤县最好的一道风景，它从西门脚顺着山势一直往上，一条两米宽的石板路一直通出去。这是解放前凤县通往外界的唯一通道。现在它的对面修了公路，进出城也不再走这条路，两边长满荒草，看着有几分凄凉。不过因为有这十二座牌坊，还是有很多人经常要来这里走走。特别是每年的夏天，人们要来最顶上的那个牌坊下的凉泉提凉水回家，这口泉有个好名字，叫福泉。那时，每天一路上的人是来来往往，穿梭不停。我们除了提凉水之外，还要来这里做冰粉。冰粉那是用一种植物的果子里面的籽，像芝麻，比芝麻还小的籽，用一块布包好放在盆水里揉，揉出汁，取出布袋，再把这一盆冰粉水放到最凉快的地方去冷冻，那时候，最好的地方就是这福泉，将冰粉水放在凉泉石洞的最里面，冰上一两个小时，取出来，就是一盆晶莹透亮的冰粉，舀一碗加上一勺蜂糖、一勺花生芝麻面，那可是最好吃的小吃。

一次，我们在这里做冰粉，揉好了冰粉籽，正在泉里等它凉。我们在一边玩，一个老人过路，来喝水。他的头发全白了，可衣服干净整洁，样子很精神。他喝完后坐在旁边的石凳上休息，看着我们在那里玩，就对我们说："小朋友，过来过来，过来我给你们唱首山歌。这首山歌是一次我在这里喝水，我和一个过路的农民对歌，他唱给我听的。你们听着，唱完了我还要问你们的问题哟。你们听着，我唱的是这样的：

　　　　好久不到这方来，

　　　　这方凉水长青苔。

　　　　心想喝口清凉水，

　　　　又怕青苔顺口来。

他唱的是这样的：

　　　　好久不到这方来，

　　　　这方凉水上青苔。

　　　　心想喝口清凉水，

　　　　一朵鲜花冒出来。

你们说这两首山歌好不好听？哪一首更好些？"

我们只听这老人唱得很投入，抑扬顿挫、婉转优美，每一句我们都听得很清楚，是很好听，我们感到很新鲜。但要问哪一首好，为什么好。我们就不知道了。

"这是一首山歌的两种不同的唱法，其实两种唱法都很好，各有千秋。第一首它具有哲理，好久不到一个地方，这个地方的各方面形势都发生了变化，不了解情况，就贸然做事，就会出现问题。第二首更偏重于美学，'心想喝口清凉水，一朵鲜花冒出来'。这是怎么回事？知道吗？"

"我们不知道。"

"不知道，你们小姑娘到水井边去喝点水试试。你去！"他指着我，用命令的口气要我去，"你去看看就知道了"。我踌躇着走到井边，正要去捧水喝，老人大声说道："看到了没有？""看到什么？""你好好看看，看到了没有？'一朵鲜花冒出来'了。"我再认真地观察，水里面除了我映在里面的影子和几片飘进来的红叶，什么也没有。"没有呀！"他哈哈地笑起来："一朵鲜花已经冒出来了嘛！"他今天讲的这些，我没听懂什么，但有一点我是记住了，那就是"民间有好多好东西"。这可是我以前从来没有听到过的，民间，这个词也第一次听说。那民间是什么，也就是唱山歌这一类的东西，这么好我就不知道了。

十二道牌坊，很快就被砸了十一道，我们跟在后面，看着他们英雄似的行为。这时大家已习惯了，认为造反派说应该砸就是应该砸吧。前几次还有人在一边惋惜，婉言劝阻，现在就根本没人管，去看的多是我们这些小孩。砸到十二道牌坊的时候，砸不下去了。从牌坊下面的屋子里走出一个二十来岁的小伙，一脸的怒气，没头没脑地就说道："大家听着，我邓天厚今天告诉你们，我家三代雇农，今天要是哪一个敢砸这个牌坊，让我跟我老娘没有住的地方，我就背着我老娘到他家去住！"大家被他这一下给镇住了，没人敢动，也没人吭气。原来这个叫邓天厚家的房子一面是靠在牌坊上的，牌坊一砸，他家的房子也就垮了。他三代雇农，根红苗正，不能碰他。

这时候，鹰击长空的头头王家才走过来，"你雇农有什么稀奇的，老子家也是雇农，怕你？我还没有家，也不怕你去我家住！来大家动手，有什么事我一个人担着！""这是革命行动，要砸烂封、资、修的东西！"人群里面有人在大声地说。封，就是封建；资，就是资产阶级；修，就是修正主义。这时候有几个人嘴里说着脚下就慢慢地走向牌坊。只见邓天厚拿着一把雪亮的斧子出来，站在牌坊下，"你们敢来，老子今天也是打死一个够本，打死两个赚一个，老子在这里等着！"那几个人不敢再往前走，都愣在那里不动。王家才正要往前冲，被他旁边的一个人抓住，小声地对他说了什么，王家才对大家说："我们今天就到这里，暂时不砸这'四旧'的东西，我们改天再来，我要和他姓邓的较量一下，看看谁是英雄。

走，我们走！我们去下一个目标！"

邓天厚的房子保住了，更重要的是西门的十二道牌坊最后保住了一道，也是全县城的最后一道牌坊。邓天厚并没有想到他为全县人民保住了一笔巨大的文化财富。

他们的下一个目标是什么地方，我们不知道。我们几个小朋友商量着，大家认为我们该回家吃饭，吃完饭以后，一起去敬老院做好事。我们很快就吃完饭，到了敬老院。这一段时间来敬老院最多的是小琴，轮流排班里谁的搭档有事多是她来顶，她也是最认真的一个，两人一班一星期一次帮助王婆婆，哪一班要是扯皮，她站出来各打五十大板。还不要说，在这方面大家就还听她的。我们大家一起来的时间不定，一两个月，那就是来帮助全体老人打扫卫生、表演节目。我们一到就开始打扫卫生，正在忙着，突然听到一阵喧闹，好像有很多人冲上来。我们都跑出来看，是好多破"四旧"的造反派、红卫兵冲进了敬老院。领头的王家才指着大院说："这是解放前，我县最大的地主房子，到处都是封、资、修的东西。院墙大门、雕花的门窗都砸掉。"几十个人，砸这个四合大院很简单，一会儿就完成了。一个老人站出来，颤巍巍地说道："你们把我们的门窗都给砸了，冬天来了怎么办？""有什么怎么办的，又没有把它全砸，不就是砸雕花的地方吗？用张纸糊一下不就行了。"这时一个人从院子后面半山跑下来说："上面还有一个亭子，一块石碑。"所有人都冲了上去，一会儿工夫就解决了问题。"观风亭"是我们经常玩耍的地方，站在这里可以看到整个凤城，这一下变成了废墟。石碑上好多漂亮的诗句，我还没有认清楚，这下也没有了。他们走了，边走边议论着说，木雕的东西太容易砸了，不过瘾。

前面就是母儿的舅娘家，也就在城边农村，东门外，二十分钟就走到了。母儿要我们去他家舅娘家玩玩再走，去吃新苞谷花。大家同意，有好东西吃，还有不去的，我们到了，他的舅娘也正好在家，见我们来了，马上抬出她刚炒的苞谷花。她炒的苞谷花很奇怪，说是苞谷花，其实一点爆开的花也没有，按我们的说法，全是"哑子"，我们自己炒的苞谷花至少有一半是爆开的。她炒的这种全是哑子的我从来没见过，比我们炒的要好吃得多，又香又脆。大家都揣一点在口袋里边吃边玩。我跑到母儿家舅娘的锅台那里，看她是怎样炒的。我觉得这种炒法，一定要学会，好回家炒得好吃一点。家里每次炒苞谷花下油茶，我们几姊妹都不太喜欢吃，如果能炒出这样的就不一样了。因为粮食不够吃，我家经常吃杂粮，其中一种就是吃苞谷花下油茶。油茶是凤县的一种吃法，用油炒少许米、茶叶，有条件的还可以加芝麻、花生，炒到飘香加水熬，实际上就是油、茶、米三样的混合粥。它是这里的一种主要饮食方式，只是我不喜欢吃，不管油茶下苞谷花、还是下红苕，我都不喜欢吃，吃多了一想到就厌。不过她炒的这种苞谷花我爱吃。母儿家舅娘说，这种炒法最重要就是要把苞谷先煮一下，也不能煮得太过了，舀出来，然后用盐或河沙炒，这就保证香脆。我看她炒，对她说，我能自己炒一次吗？她说，可以呀，你来炒，我来看。说着她把铲子递给了我。在她的指导下，我很快就会了。

我们正炒得热闹，母儿的舅舅匆匆地走进来，大声说：鸡巴，狗日的些，吃饱了没事干了，我不相信天下就是他们的了！现在是要操家伙和他们干！我们都愣了，不知道他要干什么。母儿家舅娘说："你这是说些哪样，是哪个惹的事？""哪个惹的，你去找毛主席问，我只晓得人不犯我，我不犯人！"说着拿起扁担就走，走到大门口，扯着嗓子喊，二毛、火三，操家伙，走！上面的人在答应，来了，来了，我们先下去喊谷雨他们！拿好家伙，今天怕是要见红的哟！

你们是做哪样？母儿家舅娘急着问。也没人回答，看着寨里的老爷们一个个急着跑。我们几个小孩赶忙跟着跑了出去。只见外面匆匆忙忙来了好多带红袖章的，上面写的都是××战斗队，都往一个方向去，那是东门水库前面的箭塔。造反派们拿着钢钎、大锤，红袖章特别耀眼；有的敞开衣服、光着膀子，那是要砸烂一切的气势。走到大田边，他们不走了。原来大田边站着同样敞开衣服、光着膀子的农民，他们手挽着手，扁担刀叉，意志坚定，誓死保卫。高处站着一个个子不大，声音却很洪亮的男人在吼，三队、五队的兄弟们，这一坝谷子就要收了，它们是我们的命根子，我们明年的日子就靠它了，今天有人要来砸这坝中间的箭塔，就是要糟蹋我们的粮食，我们能答应吗？不能！下面齐声回答，声音如洪钟一样。对，不能！今天我们是要誓死保卫！誓死保卫！誓死保卫！大田的边上紧紧地围了一个人墙。外面的人也不敢轻易动，在等待着。

　　这一坝田，是下坝生产队最好的一片良田，一年要打几百担谷子。这样好的田地，靠的是从它中间流过的一条小河。小河的水是从城中间流过，再流到这里。河水清澈，有时候还能捉到小鱼，是我们经常玩的美好天地。东门下坝的这一段河，是我们夏天经常来游泳的地方，这里充满着我们的快乐，四面的秧田一片油绿，河水半人深，下面是干净细腻的河沙，光着脚踩在上面，细细的软软的，像走在丝绸被子上；河两岸水草茂密，野花次第开放，我们在河里捉小鱼、小虾，还有那石板下面的小螃蟹，抓来捆成一串串，放在地上四处爬，玩够了用竹签子签着，点着一堆小火烧着吃，真是美味。小河上有一座石拱桥，跟中国传统的石拱桥一样，单孔，只不过它比一般的要高大，上面可以行汽车，河对面有一个煤厂，凤县用的煤多是靠它，所以桥在这里就显得更为重要，拉煤的汽车马车从上面过，留下的是桥面的黑灰，弄开黑灰可以看到桥石头是哪样的刚硬、沧桑，上面还有不同时期的石刻，有的也看不清楚，只有斑斑印记。桥身四处可见常青藤，有的从桥洞垂下，形成错落有致的长帘，透过常青藤的长帘，是宽阔的水库。河水从石桥缓缓流过进入下坝水库。这是凤县最大的水库，里面有好多大鱼。有一年涨大水，水库的鱼都满出来到下面的田里。下坝农民捞到街上来卖，很是便宜，那年人们可是品尝到从来没有过的大餐。我从来没见过这样大的鱼，这样多的鱼，找不到怎样装这么多的鱼，农民们是用网拦着围在地上卖，最大的有一米多长、一百多斤，小的也有七八斤，鱼们在地上还在张着嘴，尾巴拍在地上吧嗒吧嗒的，一副无可奈何的样子。我一直在那里看这盛大的鱼市，跑前跑后参观。那次我家买了两条十多斤的，我们几姊妹是高兴得不得了，把吃鱼的各种做法都做了一遍，美美地吃了几天。

　　坝中间的箭塔，塔尖正对桥的中央，"桥是弯弓塔是箭"，那是一景，桥与塔，不但美，更是这里的镇城之宝。明末清初这里经常闹匪，闹瘟疫，老百姓集资修建了这座塔，为的就是保护这个小城镇。四百多年来，在人们眼里，箭塔是很神很灵的，有了大灾小病都要来拜祭。这个塔，现在就成了"四旧"的东西，四旧，"旧思想、旧文化、旧风俗、旧习惯"，现在必须把它砸烂。造反派的人大声吼着。农民们说，老子不管哪样，糟蹋了老子们的谷子，那就不行，我们吃饭，找哪个要？你们倒是有国家粮食吃，今天看有哪个敢进田里去砸塔，它惹着你家了，你家妈在里面！？有人高声喊，三队、五队的老少爷们，看好了哈，哪个敢进去砸塔，我们先把他给砸了！

僵持了一两个小时，面对几百手拿扁担洋叉的农民们，造反派头头商议后决定，等谷子收完后再来砸，看那时候还有谁敢来阻拦。也就只好让大家慢慢撤离了。刚才他们来的时候，那阵势可真是排山倒海，现在说散就散，有如一泻千里。

农民们坚决不让步，造反派们也就只好慢慢地离开了。我们几个伙伴也结伴而回。第二天，我们给小琴说到这事，她很遗憾，认为没有看到这如电影般壮丽的场面。

四、我们家

　　凤县的破"四旧"，在建筑物这一方面是破得差不多了，大小封、资、修的建筑都被砸烂了。斗争开始转向，转到了人们的家庭日常生活用品。凡家里有与封、资、修有关的东西要自己交出，交到城关派出所——这时候，派出所已经被红卫兵、造反派接管。那几天，总看着很多人在那里进进出出，手上总拿着许多漂亮的东西，好多东西我从来没有看见过。派出所就在我们学校出来不远的丁字路口旁，这里是凤县最热闹的地方，也是凤县最大的一块坝子，县里的大小集会都在这里。正中间搭起的一个梯形的高台，已成了一个固定的建筑物。它是一个有上下两层的大台子，第一层有一人高，第二层比第一层高半个人，从两边上下，全用木头搭成，很是讲究。大型的批斗会和宣传表演都在上面进行。我们很羡慕能在上面表演节目的红卫兵，多么荣耀，那么多人在下面看。我们人小，上街去宣传，都是在丁字口的一个小角落。赶场天人多，我们还要早早地就去找地盘。我们总想着有一天我们能在这个台子作一回宣传表演，那就是我们的成功。

　　一天学校没有上课，我们几个赶了一个早，大胆地冲到台上，尝试在台上表演的滋味。小琴叫母儿先上去，想看看情况。结果是根本没人理睬，过上过下的人就像没看见他们。母儿就大声说："叔叔、阿姨、哥哥、姐姐们，我们是'新苗毛泽东思想宣传队'，现在由我们给大家作宣传。"母儿吸引了两三个人，他们停下来了。小琴接着说"我们今天给大家宣传的是破'四旧'立'四新',凡是封、资、修的东西我们都要砸烂,要把封、资、修的东西交到派出所",说着她拿出一块精致的怀表。好漂亮的表!这样的表我只在电影上见过,只有敌人戴。小琴说:"这是我爸爸的,是资产阶级的东西,我把它交到派出所!"说着走下台,匆匆地走进派出所。母儿在上面接着演讲,我和张囡几个就在台下分发我们自己印制的传单。争鸣上去了,他的独唱是我们每次作宣传的保留节目,不论什么歌,从他嘴里唱出来总是好听的。他今天唱的歌本来就是一首很好听的歌:"远飞的大雁,请你快快飞,捎个信儿到北京,革命派战士想念亲人毛主席……"

小琴的举动吸引了不少人,大家不停地议论,"这小姑娘是哪家的,有胆量!""好样的!""她爸爸是一个国民党军官,她妈妈倒出身不错,是一个工人。""奇怪的家庭!"他们的议论我们几个都听到了,小琴家的情况我们都知道一些,知道她出身很不好。但毛主席都说了"出身不由己,道路可选择"。小琴做得不错,我要向她学习。

小琴把东西交了出去,她是那样的自豪和骄傲,仿佛完成了一件大事。我很羡慕,我家为什么就没有这样的东西?这下我掉到小琴的后面了,心里总有些不舒服。小琴也够保密的,也不给我们说,自己就先做了。她走了过来,我不想理她,故意跟张囡她们说话。

这时几个红卫兵上台和母儿他们吵了起来。我们赶忙走了上去,才知道他们的意思是要我们下来,说我们太小,怎么能到这样的台子上来表演。母儿气愤地说:"革命不分大小,为什么要我们让你们?你们有什么稀奇的,今天我们就不让!""什么叫不让,你们站到一边去,当心踩着你们!"他们男男女女十几个人,分别站在台子的两边,就准备表演。下面有人为我们说话,"你们也不能像这样欺负红小兵,别人先在这里表演!"我们也大胆起来,母儿、争鸣、张威他们几个男生站在台子上,就是不肯让。大个子红卫兵走到前台说:"我们今天是来进行破'四旧'的宣传……"他还未说完,母儿的爸爸来了。母儿的爸爸是邮电工人,爬电杆修电线电话的工人,工人阶级领导一切,这时候应该要让他来说话。他却走到台边把母儿叫了下来,把母儿叫走了,大家也只好都跟着下来了。

我们最成功的一次宣传就这样快快地结束，大家很是不甘心。看着他们在那里宣传，引来了好多人，我们心里还是很不服气。有什么了不起，我们不看！

大家就到派出所去，小琴说里面有好多东西，堆成了山。走进派出所，就是进了一座宝库，里面的东西可是千奇百怪，应有尽有，穿的、用的、字画、书籍分类堆放。有人还在不断地拿来，好像也没人管，但也没人拿。交来的人把东西放在大致分类的地方，出门时到一个小屋里登个记，就算完成。有一个老人家抱来一个陈旧、破烂的瓶，一个似铁似铜的喇叭口的瓶，走了进来不知怎么做，一个红卫兵走过来说："一个破烂成这样的东西，就不要往这里拿了，拿出去丢了。"老人家说："有人考证过，说是汉代的东西。""管他什么代，这样的东西现在就连'四旧'都算不上，我看就不要往这里放，拿出去丢了！"老人家无赖地抱着瓶站在那里，那个红卫兵又走过来说："你怎么还没有走，这东西不要放在这里，拿出去丢了，你是听不懂？"

老人家抱着瓶出来了，我也跟着老人出来，想看看他丢在哪里。没走多远，就见到一个四十来岁的人带着一个人来，就是前次在"福泉"教我们唱山歌的那个老人，他接过那个破烂的瓶看了看，神秘而小心地对那个老人家小声地说："这个东西，破'四旧'那里不收，就算了，你也不要拿去丢，赶快拿回去，找油纸包好，找个地方把它藏好，这是宝贝，今后政府必有大用喽！"老人家点头说："要得，我一定把它藏好，老县长。"说完他们各自悄悄地走了。我知道了那个老人叫"老县长"。

我回到派出所，红卫兵又抬来了一些牌匾、书，还有一些好看的瓶瓶罐罐。还有好多是用线装订的书，书面黑黄黑黄的，不知有多少年了。我们蹲在那里翻看，这些书我们从来都没有听说过，更没有见过，认得有《诗经》《西厢记》《红楼梦》，还有一本《水浒》，母儿和小琴为"水浒"还是"水许"争了一半天。最后一个红卫兵很简明扼要地就解决这个问题："有什么好争的，管他是'水浒'还是'水许'，反正都是封、资、修的东西，都要砸烂，以后就不会再有了，有什么好争的。"大家也不再争了，觉得他说得十分有道理。

我们在那里翻看了很久。一堆堆的东西里有好多好多东西我们都十分喜欢，只是这些都是"四旧"，都要砸烂。牌坊、房子、石版、瓶子可以砸烂，我想得通，书和衣服怎么"砸烂"，我却很疑惑。

大家分手回家时，总唱一首我们的再见歌：扁担开花，各回各家，不回家的就是死娃娃。大家把手放到一起，唱完第一句"扁担开花"，几只手从高处绕出来，就有一个花开的样子，然后分手。我们几个每天都在一块上学、放学、玩耍，家也住得很近，经常是回了家吃完饭又出来在一起玩，可是每次分手都恋恋不舍，一路唱着我们的再见歌。

回到家，我赶快做饭。一边做，一边想，一边看，我要看看家里是不是也有封、资、修的东西，最好能找出一两样，可我们家就没有一样看起来像封、资、修的东西。我又到我们的书架上翻，根本没有我在派出所里所看到的那些"四旧"书，最后我在一堆杂乱书籍里发现一本薄薄的小册子《论共产党员的修养》，它已经很旧了，我也不知道它是本什么书，只是在封面上有一处被钢笔涂过，我有些奇怪，仔细查看就看清楚上面是"刘少奇"三个字，其实我不知道这本书有什么不好，可这三个字的意思我是知道的，他是属于封、资、修里面的"修"，他的书当然是"四旧"的东西，应该把它拿去交到派出所。我高兴了一下，终于找到了可以交的东西了，要不又掉在了小琴的后面，这下我们俩一样了。当我决定吃过晚饭就把它交出去的时候，我又有些害怕，现在到处都在打倒刘少奇，他是全国最大的走资本主义道路的当权派，是修正主义，我家有他的书，被人知道了，爸爸妈妈会怎么样？这段时间，他们都是愁眉苦脸的也不知道是有什么事，还是算了。主意拿定，我又把那本书放回到原来的那堆杂乱的书籍里。

还是找不到可以交出去的"四旧"的东西。吃完饭，在收拾桌子的时候，我眼睛一亮，这个白底蓝花的鹅蛋形的大瓶上面有一个双喜图案，这不是与今天派出所里的好多东西的图案一样？我想把这个瓶交出去，又有些舍不得。它是我们家最好的一件东西，以前是用来装白糖的，现在没有白糖装了，它空空的，就连罐子也被我们涮来喝了，妈妈说过，过年的时候要供应糖，那时可以装满满的一罐。要是把它交到派出所，以后就没有东西装糖了，可它又是属于"四旧"的东西，不能留下来。我决定去问问妈妈，妈妈的回答是：你要是认为它是"四旧"，想把它交出去，那你就把它交出去吧，到供应白糖的时候，我们再找其他东西装。妈妈的话让我很高兴，我兴奋地抱着大瓶子向派出所走去。我没有叫上他们，我的几个好朋友，我不想让他们知道这件事。

我把大瓶放到了派出所的那一堆瓶瓶罐罐上，那里又增加了一件闪亮的东西。我有些不舍地看看它，似乎是一个母亲丢弃了她的孩子。但当我转身走出派出所，心里还是有一种满足。我把"四旧"东西交了出去，这是革命的行动，我是站在革命派一边的，我也赶上小琴了。想到这里就有说不出的高兴。

看到街边大字报上不断出现的用红笔打上一把大叉的三个字"刘少奇"，又让我想起了家里的那本《论共产党员的修养》，不知道是不是会有事，也不知道是不是应该告诉妈妈。正想着，脚下踢到一个什么东西，捡起来一看，好漂亮的一个笑罗汉，是一块墨绿色的玉石，表面很光滑，那罗汉笑得很得意。我擦了擦它上面的泥土，看看四周也没有人，是不是把它交到派出所？这肯定是"四旧"，不能留下的！不过又没有人知道这事，这么小一个东西，随便放到哪里也没人知道，它多好啊！

"你干什么？"小琴迎面走过来，突然叫一声吓了我一跳。

"你干什么吓了我一跳！"

"我去你家，你妈妈说，你出来交东西来了。走，听说，今天要烧那些东西。"我们又走回到丁字口。

这时候，丁字口已经燃起了一大堆火，火焰、浓烟直冲云天。这时天已经黑了，火光把围观的每一个人的脸照亮。红卫兵们还在不断往火堆上丢进那些书、字画、衣物、各式各样的匾。有几个人把那些瓶也抬来了，这时候王家才走过来说："这样的东西就不要抬来了，就在原地砸烂就行了！"一会儿工夫，这些瓶就粉身碎骨了，一大堆瓦砾有如小山。我没看见我家的那个瓶，可能早就砸烂了吧。火在熊熊燃烧，几个戴着红袖章的红卫兵用钢钎在翻动，不时飞出火星。围观的人很多，大家就像是围着一堆篝火，指指点点，有说有笑。

我叫小琴走，我们还要在张囡家开会，商量印传单的事。

张囡家住在县委，离我们几家都很近，我们到的时候，他们的会已经开完了，正在忙着刻蜡纸、油印。争鸣不知从什么地方找来的两块钢板。张囡的哥哥是红卫兵，从他们的战斗队里拿来油印机、各色宣传用纸，以及做这项工作所需要的一切东西。这里就像一个小型印刷厂，有一套完整的流水作业生产线。找资料、刻钢板、装纸、摇油印机、装收印好的传单，各有任务，严谨有序，每个人都干得很开心。我们来晚了，一时没什么事，我就站在张囡、争鸣那里看他们刻钢板。这可是一项高技术活，他们做得很熟练，就跟平时写作业一样，写得那么快。我第一次看到在钢板上写字，觉得很神奇，也很神秘。在那里看了一会儿，就央求争鸣，让我也刻一张，争鸣开始不答应，说是耽误他的时间，我再三请求，他只好让我刻。我坐上去刻，本以为很容易，其结果是那笔根本不听使唤，一横不平，一竖不直，完全不是平时做作业时候写的字。争鸣告诉我，蜡纸的边要与钢板的边对齐，用笔稍稍重一点，关键是用力要均匀，否则就是一些断笔，印出来看不清楚。在他的指导下我慢慢地写出来还将就可以用。

大家都在专心致志地干，也不知道时间，不知不觉又到了广播的第三次播音结束的时候，接下来是停电，很快大院里一片寂静，我们也准备回家了。这时候突然听到外面人声鼎沸，有好多人在喧闹。我们冲出去看，是红卫兵、造反派冲进县委大院，高喊着"砸烂公、检、法！"接着就听到县委办公楼里一阵摔砸的声音，有的东西从窗子上丢了出来，纸片漫天飞舞，只见他们上上下下地忙，也不知道是在干什么。看着那情景，心里是一种说不出的滋味，说是害怕，还不完全是。我们在那里站了一会儿，也就回家了。

第二天一大早，就听人说，楼上昨天晚上有一个人自杀了，是用手枪对准太阳穴自杀的，说是他自杀前留了一张纸条说明，因为他保管的枪少了一支，没法交代，只有自杀。他们说，死的那样子是很可怕的，一脸都是血，够悲惨的。

一天放学回家，家里没人，门大开着，一地的纸，家里的任何一样东西都挪动了位置，箱子、柜子翻了个底朝天。有好多东西都翻了出来。一对谷黄色的枕头套，上面一对油绿色的鸳鸯活灵活现，好是漂亮，我还从来没有见过，那是爸爸妈妈在省城工作时的结婚之物了。还有一块粉红色的绸子，它的一角绣有桃花，上面写着爸爸妈妈结婚纪念的字样，还有好多人的签名。我想，这些东西也是"四旧"了，应交到派出所烧掉，不过它们也是很好看的。我把它们一一捡起来收拾好。我知道家里发生了什么事，那就是近来经常听到的两个字："抄家"。我很害怕，不知道将要发生什么事，也不知爸爸妈妈到哪里去了，平时我们放学的时候他们总是在家等我们回来吃饭，今天却不见人。我突然想到那本《论共产党员的修养》，它是不是还在那里，我急急地翻找那一堆书，已经被抄得乱七八糟，我找了几遍，根本不见那本书的影子，我似乎意识到问题的严重性，心里很害怕，想想当时如果把它交到派出所，可能就好了。又想，不过也许什么事都没有，它不过就是一本一般的书。现在最让我害怕的，是爸爸妈妈到什么地方去了，我们怎么办？

弟弟、妹妹、哥都回来了，没有一个人说一句话，都坐在那里出神，最后是哥到厨房准备做饭，我也跟着走进厨房。我家的厨房是爸爸和我们用一块块的木板搭建的，很简陋，不过，我却非常喜欢，总觉得它是那样的温馨，它才是我们自己的窝，在这里我们能有好多美食，爸爸一手操办。我最喜欢看爸爸做吃的，他做得很投入、很专注，不论什么东西，在他手上做出来就是艺术品。他常常给我说："厨房的事，讲究的是干净、卫生；饭菜的事，讲究的是色、香、味。"我说，我讲究的是好吃，其他的都不用。"那你就只是会吃。"我还不能理解爸爸说的这句话的含义。现在，我更不知道他和妈妈怎么样了，我很害怕！

"哥、姐，我们吃什么？"小弟大概是饿极了，走进来问。

"今天吃开水泡饭，还有霉豆腐。"我只有这样回答。

"我不吃开水泡饭，要吃油炒饭！"油炒饭是小弟的最高要求，但他的这个最高要求今天无法实现了。家里前几天就没有油了。

　　厨房里也被翻得乱七八糟。锅碗朝天。我一一捡起来放好。我发现我藏在柴堆里的小石狮子也被丢了出来，不过还好，没有什么损害，只是被踩了几脚，有些泥土，我把它擦干净，又放回去。

　　吃过饭，小弟说他不去学校，没有老师上课，同学也欺负他。他今年刚上一年级，不去也就算了，我们都没有去上学，在家等着爸爸妈妈回来。

　　下午了，还不见爸爸妈妈回来，也没有他们的消息，哥哥已经出去找了几趟，一点音信也没有。我想到张囡的哥哥，他是红卫兵，造反派里的一个头头，他一定知道，就找到他，让他去打听。很晚了，他才叫张囡告诉我，爸爸妈妈被关在城郊一个刚修的粮食仓库里。这仓库很大，号称"万担仓"，那几天，全县大大小小的走资本主义道路的当权派，地富反坏右，牛鬼蛇神都关在那里，吃的住的都由家里送去。爸爸妈妈被抓去，我们也不知道，没给他们送被子和吃的东西，不知道他们是怎么办的。第二天，有人来通知，要家里给他们送东西去。我一下变得非常高兴，总算能看到他们，就像一下又从无爹无娘的儿女，变成有父母溺爱的孩儿。我和哥哥很快准备好饭菜，收拾好他们的换洗衣服、带上被窝，给他们送去。

　　"万担仓"离城中心有两三里路。天下着毛毛雨，我提着两盒饭及洗漱用品，哥抱着两床被窝在泥泞的路上走。

　　其实这条路我们经常走。平时到二溪河砍柴，就要从这里经过。家里烧的柴火都是我们自己到城郊山林里砍伐。因为山林都是生产队集体的，也没人爱管。有时候被人发现，他们也就大声地吼几声，骂几句，没有实质性的内容。第一二次很害怕，仿佛是做了贼，将被别人抓住，是那样的心虚。慢慢地也就习惯了，原来也不只是我们来砍，还有好多好多人。大家都在做的事，即使是坏事，这么多人做，也就不稀奇了。我们每次都是几个好朋友一起去，我只是属于附加劳力，哥和争鸣他们几个男生把柴火砍好捆好，我最后只管扛着走就行。在这一过程中，我的主要任务是在一个隐蔽的地方看着生产队的人。如果他们远远地叫喊，那不要紧，当他们追跑过来时，情况就不一样了，就得赶快给他们报信。记得有一次，非常精彩，我们三个到了二溪河，钻进了红星生产队的山林。这里的柴火很好，一色的青岗树，这是最铁实的木柴，易燃又熬火，是烧木炭最好的材料。这片林子就是人家留的炭柴，我们窜了进去，很快就砍好了，兴冲冲地刚出来，就被一个农民抓住，也不知道这个农民是从哪条路上跑出来的，我可以看见三条路上来往的人，却根本没有见到有人来。"给老子，我说，柴林老是被人偷，今天终于抓住你们了。"那人很凶，哥和争鸣把柴放在那里，一句话也不敢说，埋着头。听到那农民的叫骂声，我远远地不敢过去。但那农民最后也没什么办法，只好说："把柴放在这里，走吧！以后再看到你们来偷柴，就把你们的手砍了！"

哥和争鸣快快地走过来。那人骂了一会儿，也就走了。我们在那里站了好久，争鸣忽然说："走！"我们三人一齐冲了过去，扛着柴就跑。他们两个跑得快，转眼就不见了。哥又折回来把我的柴扛走。我们跑出了山路，上了大道，这才一下倒在路边，大口喘气。我们从刚才的紧张气氛中回过神来，正摆谈着刚才的惊险和好玩。突然，看到刚才那个农民在马路的远方正朝我们这里走来。我们急忙扛起柴跑到"万担仓"后面，躲在屋角边观察。

他却只是急急地赶路，并没有寻找我们的迹象。他很快走远了，朝城里的方向走去。我们看着他的身影消失后，这才松了一口气。那时，"万担仓"才建起来，我们走进刚刚基本完工的"万担仓"里。里面好大好宽，有几个球场那么大，空间很高，从地上一直到屋顶，窗户很高，要仰头才能看见。一个个的小窗口都有很粗的钢条，太阳从那里透进来，如舞台上的一盏盏聚光灯。我们在里面又跳又嚷了一阵，扛着柴回家了。

现在，我提着饭盒和哥走到这里，不禁又想到那天的情景。现在的"万担仓"，外面宽大的墙用石灰刷得很白，上面几个红色耀眼的大字"备战备荒为人民"，占满了整个仓库的墙面，那字是那样的大，有两人多高，除了东门拱桥下水库大坝上的字，全县最大的字就是这里了。仓库外面是很宽的水泥晒坝，我们走过晒坝，就有四五个戴红袖章的人拦着我们，我们说，送东西来的。他们就叫我们把东西分开，分别送进去。我和哥分别往爸爸和妈妈所在的仓库格子里走去，听到他们在后面说："这是哪家的娃儿，长得不错。""就是那个特务刘林家的。""呕，特务家的当然长得不错！"

这时，我才知道妈妈是"特务"。我不明白的是，妈妈为什么会是特务，电影上的特务都是那么漂亮，穿的是那样的花衣服、旗袍，头发都是卷卷头，很坏。妈妈一年到头都是那两件蓝布衣，头发是自己剪，也没有那些特务那样漂亮，认识妈妈的人都说她人好，总是爱帮助人。她们单位规定每个人都要抄大字报，很多人不会抄，都是她给他们完成的。我们家是从省城下来的，家里有台缝纫机，她总是帮别人补衣服，过年过节还给他家的小孩做新衣服，家里有什么好吃的，总要叫我们给邻居张阿姨、赵阿姨家送去。我真看不出她怎么是特务。

我来到妈妈的仓库前，很大的铁门开了一个仅能通过一个人的缝，我在门外站着，看守的人进去叫妈妈。从门缝里望去，这里关的全是女的，有三四十个人。稻草铺在地上，上面再铺上床单、线毯什么的。不过都收拾得很整齐，一张张地铺之间有半米宽的距离，物品摆放也很统一，看不到一点个人的痕迹。我在心里很羡慕这样的生活，很多都是认识的阿姨，大家住在一起想必很有意思，睡在这样一个空旷的大仓库里，那会是怎样的一种感觉？一会儿，妈妈跟着那个人从仓库的最里面走出来，她看着很疲倦，但笑眯眯地走过来，就跟平时在家里的神情一样，我一点也没有"特务"的感觉。我把带来的东西交给妈妈，歪头看着看守的人，尝试着跟在妈妈后面走进去，看守的人却根本没有看见我，也不说话。我就跟着妈妈走到了她的床位前，帮着她把床单铺好，把她原来铺的东西还给了旁边的阿姨。这个阿姨也正在收拾她家里给她送来的东西，有好多东西，最让我奇怪的是有好大一捆草纸，是那种黄黄的、粗粗的、厚厚的，平时我们上厕所用，也就一小张，她这么多，这要用多久？我不理解，便问妈妈她家为什么给她带这么多的草纸，妈妈说，阿姨有用。我说："那我们也要给你带这样多来？"妈妈说："要用的时候，妈妈会叫你买的。"阿姨摸了一下我的头，笑了笑。我不太明白，但听妈妈的话就行了。我在地铺上坐了一会儿，享受一下地铺的感觉。我躺在上面仰望仓库空旷的大屋顶，一根根的钢筋架在上面，纵横交错，不可一世，就像是支撑着天空笼罩着大地，躺在地上的人们在它的笼罩下无奈地活着。

"回去吧，照看好弟弟妹妹，一定要坚持去上学！"躺了一会儿，妈妈就撵我走。

"昨天小弟没去上学，他说同学欺侮他！"我告诉妈妈

"这不行，不管怎么样都要去学校，同学欺负他就叫哥哥每天去接送！"妈妈很坚决地说。

"我知道了。"

"以后你们每天就上午送一次饭，够吃一天的。路又远，不要来来去去的，不能耽误了学习。"说着她摸出五块钱递给我，"这是这一个星期的生活费，你们要计划着用。要放好。"

我从来没管过这么多的钱，不知道放在什么地方，拿在手里捏着，又放在上衣口袋里。从妈妈那里出来，我一直放心不下，又用手把上衣口袋按着，怕它会跳出来。走出来，哥已经在外面等我。我和他商量，决定把钱放在鞋垫下踩在脚下，就不管怎样都不会掉了。走到大门口，刚才的那几个人还在那里，我有些害怕，他们看人的眼神，说话的语气，都让人难受。我们走到他们面前，他们又开始调侃："小娃儿，下回送东西，有什么好吃的，给我们带点来。""过来过来，让我们看看拿了些哪样东西走。""特务的娃儿，也像个特务！"

"不准你们这样说！"我回过头气愤地说，一下忘记了害怕。

"你妈就是特务嘛。"

"你乱说！"我大声说。

他们却哈哈地笑了起来，挥了挥手，叫我们滚。

哥拉着我赶快走，走到远处我觉得实在委屈，突然呜呜地哭了起来。"不哭了，别怕，以后哥来送饭。"哥哥说。"不，我就要来。"我才不管。"好，那哥就陪你来。"哥赶紧说。我心里只是恨，讨厌这些大人，为什么是这样的？

五、百人大会

爸爸妈妈他们被关了半个月，就卷着铺盖回来了，我和哥去帮他们拿东西。家里跟以前也没有什么两样，就是门前的墙上多了一条大大的标语："张兴富、刘林，只许规规矩矩，不许乱说乱动!!!"后面的三个惊叹号大得吓人，像三只奇怪的大眼睛，随时盯在那里。

妈妈西南政法大学毕业，在省里的一个政法学校当老师，那时候公检法这样的学校像他们这样出身不好的人是要排除的，就被下到这里，在县新华书店上班，她负责管库房，平时也没什么事。这两年就是卖毛主席像、毛主席语录、《毛泽东选集》。卖得最多的是红塑料皮的毛主席语录，那时人手一册，不管城市农村，老的少的，识字不识字，都有一本。多数时间是集体购买，也有人自己来买的。我放学后经常去妈妈书店的库房，帮她发书。一天，她们单位的造反派来到库房，妈妈向他汇报这个月卖了多少毛主席语录，多少毛主席像。这个人一脸不耐烦的样子说："刘林，以后要注意，毛主席语录要说'红宝书'，毛主席像要说'请'，不能对毛主席这样不尊重。""是，我记住了，要说'红宝书'，'请毛主席像'"妈妈赶快回答。不过没多久，她还是从书店的门市部库房换到了整理旧书的大仓库。

妈妈虽然出身不好，但还不至于要被抓起来。抓起来的原因，说她是特务。说是特务的原因有两个：第一个是她以前在省城工作的单位寄来了一张大字报,有人说她解放前在上初中的时候参加过"三青团";第二是她经常在晚上打缝纫机,那就是在给台湾发报,发报机就装在缝纫机上。要不,怎么可能自己家里有缝纫机,缝纫机只有缝纫社才有,看看这个县里,哪个家里有缝纫机?在这样的逻辑推理下,她就成了特务。为确定她的缝纫机里是否有发报机,造反派还专门派一个懂得机械的人来我家,把缝纫机的零件一一拆下来检查,当然没有发现什么发报机。她参加过"三青团"的事,是她原来单位的一个人揭发,无人考证,既然有人揭发,就一定有这方面的事实,这样的事是不能放过一个的。她的特务身份还是要成立。

妈妈从"万担仓"里放回来以后,就回到原单位,开始接受革命群众的批判。开始是一天一次,后来是三四天一次。进行的程序,所批的内容基本都一样。一开始是一阵震慑灵魂的口号,"打倒刘林!""打倒特务分子刘林!"然后主持批斗会的人站出来大声吼道:"把狗特务刘林带上来!"妈妈被两个人押上来,他们手里拿着钢钎,不过他们没有用它压在妈妈的肩上,而是把它撑在地上,看起来还很威风。批斗会没有正规的台子,就在一个平时开会的屋子里,十多个人轮流上台发言。

第一个上台批判的是书店的领导周岚,四十多岁,因早年参加革命打游击风里来雨里去,经受枪林弹雨,看上去完全是一个老太婆,成天披着件黑色的短大衣,又是一个老支气管炎,在什么地方都是咳嗽。她说的是北方话,还很不好听懂。她拿着早就写好的稿子说:"最高指示:阶级斗争一抓就灵。祖国的形势一片大好,而且越来越好……刘林我问你,你是什么时候参加'三青团'的?"

"我没有参加过'三青团'!"妈妈的语气很强硬,还要故意把头抬一下。

"没参加过,那你为什么是特务?"

"那是你们认为我是特务,我怎么知道我为什么是特务!"

"刘林,你要老实交代!不要给老子耍滑,老子提枪革命的时候,你还不知道在什么地方。狗特务还想里通外国,毁了我们用鲜血和生命换来的红色江山,我们一千个不答应,一万个不答应!老子今天如果有枪,就给你一枪！"说着说着她上了火气，走上前就给妈妈一脚，完全是打土匪的气势。妈妈不防，一下就坐在了地上。

主持会议的人激昂地喊"打倒特务刘林！敌人不投降，就叫她灭亡！"下面接着也是一阵口号。

周岚回到了座位上，在那里不停地喘气、咳嗽，还一边说"唉，气死我了！"

接着又有两个上台发言的，其问题都和周岚的一样，当然他们就没有周岚的气势，批斗会有些单调。主持人走上来说，我们大家要联系实际揭发，看看这个特务平时有什么阶级斗争新动向。

这时走上来一个发言的，他一上来和其他几个不一样，没有稿子。一上来就说："我来揭发，这事让我深恶痛绝。毛主席说，世界上没有无缘无故的爱，也没有无缘无故的恨。刘林，我问你，我跟你没有任何关系，一不沾亲二不带故，你为什么要给我家娃娃补衣服，还要改些旧衣服给他们，你的用心是什么？是想拉拢我们贫下中农，这是你的糖衣炮弹，我们一千个不答应，一万个不答应！我要问你，你的目的是什么？"

"我没有什么目的，是你说你家六个孩子，工资只有三十多元，生活很恼火，爱人又有病，我才帮你的。没什么目的。如果错了，我以后改正。毛主席说：要允许一个人犯错误，也要允许一个人改正错误。"妈妈没想到，她以前经常帮助的人，今天竟会以此为理由来批判她。这次她没有抬头，而是把头稍稍地埋了一下，显得很难过。

"你要正面回答问题，你的目的是什么？不可能有无缘无故的爱！"主持人也发话了。

"我的目的就是帮助他。"

"这不是目的，这是行为！你要好好考虑这个问题，给我们一个满意的答复！大家还有什么没有？"主持人的表情显现了对今天批斗会的满意与得意，这才叫接触灵魂的新问题，也就是毛主席说的阶级斗争一抓就灵。

"我还有几句要说的！"那个发言人还站在里，他的话还没有说完，"今后，我王财富决心与刘林彻底划清界限，不再受她的糖衣炮弹所腐蚀，我相信饿死还有党和毛主席，请大家看我的行动！"王财富说得很激动，眼里似乎含着眼泪，脸红红的，说完还在那里站了半分钟，才慢慢地走下来。"把刘林押下去！"两个拿钢钎的人走上去，押着妈妈下去。主持人宣布批斗会结束，散会。人们也就像下班一样，回自己的家。

　　妈妈回来已经很晚了。我们都吃过了饭，给她留的饭放在灶台上，我端给她吃。爸爸没说什么，坐在椅子上出神，最近爸爸都是这个样子。这时，小琴、争鸣他们来叫我，说是今天晚上要去迎接毛主席的最新指示，我给爸爸妈妈说了一声，也就跟他们一块出去了。

　　街上有好多人，扛着大旗，拿着小旗，打着锣鼓，唱着歌，可真是载歌载舞，好不热闹。我们跟在后面到处乱窜，到处都没有我们的位置。他们都是在"××战斗队"、"毛泽东思想红卫兵"的大旗下，我们站在哪里都不合适，只有到处窜，不时遭到别人的埋怨。人们都很高兴，一切仿佛都是那样的美好，大家穿的黄军装、劳动布工作服也比平时干净、整洁。因为这种时候，人们只有热闹，不用争斗打架，这种时候人们是放松的。

　　时间过了好久，也没听到最新指示的消息。突然，广播里传出了消息，最新指示一时还到不了，大家可以回去了，有情况再通知，今天的第三次播音到此结束。最后这句话，是每天都要听到的广播里的最后一句话，每当听到这句话，心里总有一种说不出的感觉，那是一种恐惧和悲伤，好像是一天生命的完结，因自己的蹉跎而造成。不过那仅仅是一瞬间，一转眼也就过去了。

　　各队都扛着旗子撤回，说是一有消息就马上出来。我们几个也一起回家，分手时不会忘记唱我们的再见歌：扁担开花，各回各家……回到家已是快到十一点了，因为县里的第三次广播是雷打不动的晚上十点半结束。我们一般都是广播停了就回家。爸爸妈妈觉得这是很正常的，也从不管我们。我见他们还在火盆边坐着，也没说话，就悄悄上床睡了。

　　睡得正香，突然听到一阵的喧闹声，外面好像是在敲锣打鼓，好多人在呼喊。广播也响了，在播什么听不清楚。这时候爸爸从外面进来说：

"通知要大家到马羊关去迎接毛主席的最新指示。"妈妈在说话间穿好了她的衣服，站了出来。

"你这是要干哪样？"爸爸不解地问她。

"我要去迎接毛主席的最新指示，看看毛主席他老人家对我们怎么说，是不是对我们有新政策！"妈妈的样子很自信，很坚决。

"那是不行的，广播特别通知我们这样的人不能参加。要防止阶级敌人的破坏。"

"我又不是阶级敌人，为什么没有迎接毛主席的最新指示的资格，只要是听毛主席的话，哪个人不行？你在家照看他们，我去。"妈妈不容分说地走了，她就是这样一个性格。我的眼皮很重，瞌睡得很，本很想跟着妈妈一块去，一转眼却又睡着了。

妈妈一个人跟在集合前进的队伍后走到马羊关。马羊关是进县城的一个关口，是县城边上最高的地势，站在那里，就把整个凤县全部看到。这里之所以叫凤县，就是因为在这个最高处看下去，县城就如一个展翅欲飞的雏凤，四周的山脉如巢，把它托起，很是壮观，很有诗意。凤儿何时飞起，有很多优美的故事和传说。与马羊关隔路相望的就是"福泉"和一条石板路通上来的十二道牌坊，那是人们为雏凤修的十二道天梯，人们在一天天一代代地等待。现在却只有最后的一道了，其余的都被砸了，只留了一路的残垣断壁，幸免的最后一道牌坊孤独地立在"福泉"边。妈妈走到这里，就没有再过去，她在牌坊下找了个地方坐下，远远地看着站在马路两边的人们。他们是如此莫名的兴奋，电筒火把交相辉映，把半匹山都照亮了。只见电筒、火把聚在一起，不断地晃动。突然，锣声鼓声一齐响起，火把电光一齐向上移动。妈妈就走过去，一路上来来去去好多人，没有谁认真看谁，都在匆匆赶路。

走到马羊关的大路上，妈妈第一眼却看到王家才，她想躲开已经来不及了。王家才也看到了妈妈，他并不认识妈妈。但也许是在"万担仓"的时候他看见过妈妈，他似乎有什么感觉，对他旁边的那个人说："老冉，这人好像是你们单位的那个特务？"老冉就是开批斗会主持会议喊口号的那个人。老冉说："哦，是吗？不会吧！是不是你看错了！她怎么敢来呢？"妈妈很快走到一边，赶到前面的队伍去。一会儿，老冉悄悄走到了妈妈的身边说："你怎么来了，还不快回去！"他的眼睛却看着前面。妈妈问他："今晚迎的是什么最新指示？""还不知道呢。你快走吧，否则会有麻烦的。"

迎接最新指示的车到了，车上的大喇叭响着，播着毛主席的最新指示："一个人有动脉、静脉……还要通过肺部进行呼吸……吐故纳新……"喇叭声断断续续的，妈妈知道了这条最新指示对他们这样的人是不利的，他们当然是属于"吐故纳新"之列。

爸爸是共产党员，从省城的一个政法学校下到这里，任教育局局长。他为人小心谨慎，做事讲原则。局长的位置还没有坐上半年，就开始了"文化大革命"。刚开始没有他的事，出身地主，也只能算是一个小地主，找不到什么好批的，接受批判的都是县委县政府里的大官员。但那个岁月，要想幸免的人是不多的。终于有一天，他的大字报出来了，两条罪状：一是为地主阶级鸣冤叫屈；二是指使儿女污辱共产党、污辱社会主义。

一件事是他的一个部下说的，张兴富有对社会主义不满的言行。说爸爸刚到县里的时候，大家在一块吹牛，谈到60年饿饭时候的情景，死了多少人。爸爸也就谈到了在那年，我的公、婆（就是爷爷奶奶，我们那地方叫"公"和"婆"）饿死的事：两个老的在他们那个县的一个农村，实在是饿得不行了，从床头边一堆破烂中找到一个坛子，里面不知是哪一年的没吃完的小半坛糟辣椒，已经完全霉变得发黑了。两个老的也顾不得那么多，不管怎么样它总是吃的东西，抬出来坐在院坝里，用手抓着就吃。吃完就抱着肚子在院坝里打滚，肚子痛得难受，两个老的最后抱在一起，留给儿女的最后一句话："我们也算是做了一个饱死鬼。"看着一脸一手黑的两个老人，除了流泪，做儿女的说不出任何话来。

这张大字报一出来，就贴在爸爸办公室外面。那里离我们家很近，是我们经常去的地方。还是小琴先看到才来叫我，我们一起去看的。大字报的标题是——地主阶级的孝子贤孙。最后有一幅插图，两个人躺在地上，一个人跪着在哭，眼泪大颗大颗地撒下来。我们也不知道什么是"孝子贤孙"，只觉得事情不好了。

不过写爸爸这张大字报的人，就如他们教育局的人在暗地里说的那样，这样的事情还要拿来写人家的大字报，那是要遭报应的。也还真巧，就在他写这张大字报的第三天，他就死了。原因是"肠梗阻"，那时正是新苞谷上市的时候，他回到家，看着家里煮的一大锅嫩苞谷，一口气就吃了七八个，吃得太急，吃完就滚在地上，抱着肚子痛，家里人马上把他送到医院，做了手术，可已经来不及了。听说划开肚皮肠子都穿孔了，一颗颗的苞谷子到处都是。他死得太突然，他死的情景倒和我的公、婆差不多。

另一件事，是有关我们娃娃的。我们吃过晚饭，一般都在外面玩。家里没事，也没有书看，也不做作业，不出来玩在家干什么。出来玩，玩法很多。那天，我们玩"报告司令官，没有裤儿穿"，"报告松井大队长，前面发现李向阳，手里拿着驳壳枪，朝你屁眼打一枪"。一个人做司令，几个人来报告，当然报告的要做动作，双方还要配合，大家都觉得非常开心。第二天，大字报就出来了，说爸爸指使我们在光天化日之下说我们社会主义在共产党的领导下还"没有裤儿穿"，这是污蔑共产党，污蔑社会主义。这样爸爸又多了一条罪名。我们一起玩的娃娃很多，凡是家长多少有点一官半职和出身不好的，都多了这一条罪名。

爸爸妈妈，一个是走资本主义道路的当权派，一个是特务，抄家就是必然的，还要从家里找到罪证。最后找到的就是那本《论共产党员的修养》。这是当今最大的走资本主义的当权派——刘少奇写的，这样的大毒草，在我家里查到，爸爸罪状里又多了一条。

爸爸从"万担仓"回来后，除了接受批判就是每天都在家里写检查，妈妈除了接受批判以外，还要到书店的仓库整理书，回家做家务，整天忙得很。爸爸没有事做了，就是在家里的桌子边坐着，一天难得挪动，大叠大叠地写检查。我看熟悉的就是"我的检查"这几个字，因为他的字很草，好多我都不认识，也不知道他写的什么。不过我看到他每次写的时候都很痛苦。第一二次写的时候还很快，但因为写检查而心里痛苦；后来写麻木了，心里没有那种痛苦，又为找不到新的东西写而痛苦，每次送出去交，得到的都是那句话："还不深刻，再写！"天天都要写，找什么写，爸爸很恼火。后来妈妈告诉他一个方法，把以前写的拿来改改前后几句话，抄上去就行了。一开始爸爸还有些害怕，怕万一被发现，就不好办了。做了几次，从来没有谁提出什么怀疑。于是他很高兴，这样他就可以从这里解放出来了。再后来，他就根本什么字也不改，只要喊他交检查，他就找以前的原样再抄一份送上去。

爸爸花在写检查上的时间少了，痛苦也少了。就把大量的时间放在了给我们做饭上面。他的工作除了接受批判以外就是做饭，他做饭的技术飞速提高。尽管都是些很普通的菜，他做出来就是好吃。

小型的批斗还在不断地举行，经常有手握钢钎的男男女女在我家进出。他们一般都是两个带一个，需要两个都带走的时候就要来四个。来的人第一句话就是"刘林，接受批判！""张兴富，接受批判！"然后就押了走。刚开始我们很害怕，后来也习惯了，看着他们来，我们就站得远远的，直到他们押着爸爸妈妈走。在一段时间这就成了我们生活的一部分。

后来，县里开了一次著名的"100人批斗大会"。

那天我们没有上学，妈妈在书店还没有回来，爸爸正在给我们做玉米窝窝头，凤县里叫苞谷粑。他做的苞谷粑很好吃。他在头天就把苞谷面和好，加上酵头，保持一定的温度，如果是冬天，就要把它放在灶头上，还要不断地去翻动，要让它受热均匀。第二天，和好的面就变得泡泡的，再做成自己喜欢的形状，上蒸笼蒸。爸爸给我们做了好多花样，鱼、猪、兔子、桃子，很多。小弟总是喜欢猪，说是他几口就可以吃掉一头猪；我最喜欢兔子，那形象是那样的乖巧，每次拿到总舍不得吃。这天，小弟拿了一个小猪，一口咬下去说："今天的特别好吃，甜。"说着大口大口地吃，接着就要水喝，说是哽着他了。爸爸说："今天我找了一点糖精放在里面，你们慢慢吃，以后我们都放。"我第一次知道有一种比糖甜得多的东西叫糖精，觉得它真是好东西。其实这种东西是一种工业原料，对人体不好，不能多吃的。那是因为没有白糖，只有用它作为替代品。

我们正吃得高兴，突然听到有人在叫喊："张兴富，出来！"爸爸急急地出去，还没有来得及摘下身上的围腰擦擦手，一出来，后面脚弯那里就挨了一猛脚，爸爸啪的一下就跪在了地上。我们跟着出来，弟弟妹妹吓得哭，我和哥抱着他们，不敢说一句话。他们很快把爸爸捆起来，"给他把围腰解下来！"他们中的一个对我说。我走了过去，把爸爸的围腰解下来，偷偷把我刚才还没吃完的那半个小兔子给他放在了裤子荷包里。爸爸被他们推走了，那气势很凶。

被批斗的人从不同的地方推出来，集中在丁字口。丁字口的台子今天变成了三层，加上地面，共有四层。抓来的人按等级推到台上——站好，爸爸被推到第二层的最中间，他的上一层是县委书记杨晓扶、县长万富宏，他们早已被抓到那里，他们身上的绳子捆得很紧，胸前的牌子很大，大得他们站在一起不得不保持距离，要不牌子就要碰在一起。牌子上的几个大字特别醒目："打倒杨晓扶！""打倒万富宏！"名字上都是一把鲜红的大叉。牌子是用木头钉的架子，上面再用厚纸糊上，一看就很沉重，用一根铁丝挂在他们的脖子上，压得他们不得不低低地弯下腰，让牌子支撑在地上，要不是后面押解的人提着他们的手，他们一定很快就会倒在地下。爸爸挂的牌子远没有他们的大，我暗暗地庆幸，幸亏他的官不算大，要不也是那么大的牌子。

台上的位子很快就站满了，下面人还在不断地推来，推来一个，围观的人们就纷纷散开。人流就这样一开一合，好像有人刻意导演。一会儿，妈妈也被推了过来，这时候已经没有台上的位置了，她就站在底下。站在下面的人都没有被捆，只是挂着一块纸牌子，低着头。妈妈的神情也好像很轻松。有人开始在清点人数，共九十九人，百人批斗会还差一人。这时，有人对大会总安排王家才说了些什么，王家才说："把她揪出来！"

接着是一张已经准备好的大标语"变节分子周岚，你往哪里逃"贴在了台子的最高处，很快周岚被抓了上来，她大声喊："我是45年参加革命的，你们胡搞，这样对待一个老革命！"但根本没有人听她的分说，只管把她推到了第二台。

百人批斗会准备就绪，前后用了差不多一个小时。批斗会开始，发言的人一个接着一个，也没有具体批斗哪一个，从上到下一齐开炮轰。丁字口四面都装上了大喇叭，只听到喇叭在叫，传出恶狠狠的声音。批斗大会进行了两个小时，台上站着的人就接连有人倒下，台下的人就像看游戏，围了很多，里三层外三层。那天正是赶场，从乡下来的农民觉得稀奇，搞不清楚这些人在干什么，也许城里人吃饱了没事干，不过也能让他们一大早从几十里路赶来有个热闹看。他们跟着台上台下的人振臂高呼，也不知道喊的是什么，也不用知道。

我们一直站在那里，上面有我的爸爸妈妈，小琴的爸爸、张囡的爸爸、争鸣的爸爸，我们都是一群狗崽子。只有母儿是工人阶级家庭，但他也一直陪着我们站在那里。我们也跟着台上喊口号，四周的人都在喊口号。开始我还有些胆怯和不安，很怕别人看见我，总是往后面站，慢慢地也就觉得没有谁在注意自己。大家都喊口号，不喊就是不革命，于是也就把嗓门拉到了最大，跟着高喊，"砸烂一个旧世界，创造一个新世界！""打倒刘少奇！""打倒×××，革命到底！"不过不管怎么喊，我还是没有忘记可怜爸爸妈妈，他们还没有吃早饭，爸爸口袋里的半边苞谷粑也没机会吃，他们不会也倒下吧。我看见爸爸的脚动了一下，被站在他后面的人踢了他一大脚，还骂了一句什么。那个人是爸爸他们文教卫生系统的一个造反派，我在"万担仓"给爸爸妈妈送饭的时候就见过他，他总是在那里发号施令，他姓牛，别人都叫他"牛司令"。"牛司令"在那里走了一圈，把那些挂牌子的人都踢了一脚，就像工厂里的流水线，每个人都以相同的动作动了一下。

县长万富宏第二次倒下了，开始批斗不到一个小时，他就支撑不住倒下，被扶到一边休息，刚拖上来才一会儿又不行了，他脸色发青，直冒虚汗，一下又倒了，有几个人就把他抬了下去，大会照样正常进行。

台上宣告"游街示众开始！"就有几个人用钢钎在前面开路，人们让出了一条大道，"走资派"、"牛鬼蛇神"们就一一跟着走下台，走上了游街示众的道路。"万富宏怎么办？"有人问。"等他醒了，再送他来！"王家才走在前面，头也不回地说。

今天的游行是前所未有的，要环城走三圈，三圈走下来有十多里路程。才刚刚开始，老革命、变节分子周岚就走不动了，她怎么也没有想到"文化大革命"进行到现在，她一个老革命，前几天还在批斗别人，今天就变成了批斗对象，被抓了起来。有什么证据说她变节？她想找人理论清楚，可有谁跟她理论呢？只要有人说她是，她就逃不脱。一开始，她走在妈妈的前面，没走两步，她就不停地咳嗽，叉着腰在那里喘气，妈妈见满街都是人，乱糟糟的，造反派们都在自己的队伍里喊口号，也没有人注意谁，就把她拉到街边的一块石凳上坐下，告诉她说："你就在这里坐着，把牌子放到一边，等我们走到第三圈的时候，你再走到我们队伍中来，不会有人发现的。""我实在走不动了，饿死我了，他们昨天就把我抓起来，什么东西也没有吃。"妈妈把我给爸爸的那半个小兔子苞谷粑递给了她，不知什么时候爸爸把它给了妈妈。她接过那半块苞谷粑，显得很激动，眼泪就要掉下来，她还想说什么。妈妈忙告诉她说："什么也不要说，赶快吃点。"她含着眼泪吃了一小口，妈妈赶快走进了游行的队伍。

这次批斗会创造有史以来的几项最高纪录，批斗的人最多，批斗的时间最长，倒下的人最多，游街示众的路程最远。人们很久很久都没有忘记这个"百人批斗大会"，就跟看了一场精彩的大戏一样。

六、我的小学学习生活

　　我家从省城下到这里已经一年多了。爸爸妈妈原来是省里一个政法院校的老师，他们从一所名牌大学毕业，分到这所学校。在这场大革命开始之前，对"公、检、法"单位进行整顿，他们都属于家庭出身不好的人，不能"隐藏"在专政机关里面。因此，被清理出来，下到了凤县这样一个偏远的小县城。从省城坐了几天的汽车才来到这里，一进入县城，见到的是又破又烂又脏的街道，按妈妈的话说：打个喷嚏就走通的街道。开始，我们的住房还没有落实，全家就住在招待所，那是县委县政府最好的房子，一家人两大间房子，每天按时在招待所食堂吃饭。在这里住着觉得还不错。爸爸妈妈的工作单位也还没有定下来，每天有很多时间陪我们玩，那时我上二年级，哥上四年级，弟弟妹妹都还在读幼儿园。正是快放寒假的时候，我们刚来，就没去学校报到了，一家人聚在招待所的家里，那是最快乐的时光。

　　大概住了一两个月，我们搬进了新家，是县委大院里一个独立的房子。最早的时候是一个工具房，后来把它装修了一下用来住人。房子只有三十多平方米，隔成四个小间，每一间都很小，最小的一间就只能搭一张仅能睡下一个小孩的小床。爸爸妈妈弟弟睡在较大的一间里，哥住最小的一间，我和妹妹住的那一隔，将就地势搭起一张床，我个子高，必须斜着睡，要不就不能把脚放直。屋子的窗户开得很高，几乎是在屋顶上，我们都要站在桌子上才能摸到窗子，其实它还称不上真正意义上的窗子，它只是一个小框钉上几根木条。我家住进来之前，是小琴家在这里住，她爸爸在我爸爸来之前，是教育局长，因为有"历史问题"，没让他干了，后来批斗他的时候说他是"历史反革命"。我们住了小琴家的房子，我爸爸占了她爸爸教育局长的位置，她好长一段时间都很恨我。不知为什么，后来我们成为好朋友。也许后来我们同病相怜。

那年开春，我和哥就去插班上学，一到学校就引来了好多同学的围观，他们没见过省城来的学生，在他们看来我们是那样的漂亮，穿着那样干净、新式的衣服，我的那条大辫子上用红绸子扎的那蝴蝶结，引来好多小姑娘的羡慕。他们把我簇拥着走进教室。

发下新课本了，结果拿到书一看，书上的好多地方都被墨笔涂过。同学们纷纷问老师："老师，我的这本书是坏的。""老师，这书是被撕过的！"

"同学们请安静，书的问题是这样的，书上有好多都是封、资、修的东西，所以把它涂了或者撕了，每本书都一样，用不着换。"老师拿着书，在桌子间的过道上边走边说，还不停地翻给大家看。同学们不再说什么，有的拿着用墨笔涂过的地方仔细看，想发现点什么。终于有一个同学看到一个地方是"种瓜得瓜，种豆得豆"，他好奇地问老师："这就是封、资、修的东西吗？"老师说："是的，这就是刘少奇的思想，给你们讲，你们也不懂，反正它就是不好的就行了。"

这时有两个同学拿着书对，发现有一个同学的一篇文章还没有被撕掉，那个同学高兴得很，大声地对老师说："我的书上还有一篇文章，他们都没有。"这个同学得意地读了起来：

"《卖菜》：

卖菜，卖菜，

卖的什么菜，

韭菜，

韭菜老，

有黄瓜，

黄瓜一头苦，

买点马铃薯，

昨天买的没吃完，

再买一点葱和蒜，

光葱蒜怎么吃，

再买一点西红柿，

西红柿，人人爱，又做汤，又做菜，今天吃了明天还要买。"

这个同学一口气就把文章读完了。老师很着急，忙说："你不要读了，不要读了！这是大毒草，它教人只是喜欢吃好的，不发扬艰苦朴素的精神，这是和无产阶级的思想相背离的。我们同学是无产阶级革命事业的接班人，不能一天就是讲吃讲穿。"我觉得老师说这话的时候，向我这边狠狠地看了一眼，我不自觉地低下了头。

第二天上学，我再也不穿那件花衣服，也不梳那种独辫子，捆那个蝴蝶结，我叫妈妈把辫子梳成两个，穿一件洗旧了的蓝布衣去上学。

去到学校，同学都在议论，说汪老师因为在昨天上课的时候，引导学生学习反动的东西，今天被关起来了。我们搞不清楚怎么回事，我们没有学什么反动的东西，老师更没有教反动的东西，我倒记得他狠狠地看我那一眼。同学一道去找校长，校长说，这事现在他也管不了，昨天有老师在窗外过路听到的，反映了上去，现在谁也管不了。

那天我们没有上成课。第二天一到教室，就见到另一个老师在教室里，他要我们把语文书全交到讲台上，最后全收走了。

以后上语文课就是学习毛主席语录，算术课有时候老师就给我们讲故事。

不久学校要组织毛主席语录歌比赛和背诵毛主席语录大赛。先举行毛主席语录歌比赛。平时我们都很喜欢听争鸣唱歌，大家就鼓励他去报名参加，开始他有些不愿意，说是他从没有在这样的场合唱过歌，怕唱不好。在朋友们的一再鼓励下，他终于上了台。他是临时报的名，也没有什么准备，但对他来说，没有哪一首语录歌不会唱。他一冲上去就拿了个第一名下来。从那天起，全校师生都知道争鸣唱歌唱得好。

我报名参加了背诵毛主席语录比赛。前几天，我就把已经学过的、听过的、比较熟悉的毛主席语录一一加以整理，然后反复背、天天背，我还翻开毛主席语录，找一些比较短的再加紧背，这是其他同学没有做的工作，这样，我就比其他参赛的同学多背了好多条。比赛那天，我起了个大早，跪在妈妈的床前，让妈妈拿着语录本看着，我把我能背的语录从头到尾背了一遍。

那天比赛的台子搭得很高，下面坐着全校师生，在各班此起彼伏的语录歌声中，我们参赛全体人员很荣耀地走到了第一排就座，按抽签顺序上台背诵。我抽最后的第三个，前面开始背的时候，我在焦急地等待，我想，如果我是抽在前面的号，一上来就可以背完了，现在就可以轻松自由了。不过，随着他们一个一个背下来，我越来越相信我的实力，相信我能拿到最好的成绩。

我走上了比赛台子，我站在台上，从毛主席语录本的第一条"领导我们事业的核心力量，是中国共产党，指导我们思想的理论基础是马克思列宁主义"一直背到最后的"我们共产党人好比种子，人民好比土地，我们到了一个地方，就要和那里的人民结合起来，在人民中间生根开花"。下面，一个老师记数，两个老师对错，结果对错的两个老师根本来不及，因我背得太快。最后我以一百条的成绩获得比赛的第一名。虽然我才小学三年级，但我远远超出参加比赛的高年级同学。第一名的奖品是一本精装的毛主席语录，那时，好多人都希望能够拥有一本这样的书，因为那时基本没有其他的精装书。

没有了课本，我们也不再背以前的那种书包，而是背一个刚好能装下一本毛主席语录的小红袋子——"宝书袋"。开始我们都自己缝，因为红领巾已经没有用了，大家都变成了红小兵，戴的是红袖章，我们就用红领巾来自缝"宝书袋"。后来商店里开始卖，上面印有毛主席像和毛主席语录。我一直就想有一个这样的宝书袋，可妈妈说不行，要买就要买四个，那得花好多钱。这次背毛主席语录得了第一，妈妈给我买个宝书袋作为奖励，我高兴极了，正准备去告诉小琴他们，小弟从幼儿园回来看到，说他也要一个。妈妈告诉他，这是姐姐背毛主席语录第一名，给她的奖励，你又没有得奖，为什么要给你？他没有话说了，不再向妈妈要，而向我提了一个要求，他的要求很简单，就让我把"宝书袋"明天给他背一天，我答应了他的请求。

精装语录、宝书袋我都有了，现在我最想要的就是一块毛主席语录牌。一块像黄挎包一样大小的木牌，用红漆刷过，再在上面写上毛主席语录，用钉子钉上小绳子背上。每一个读书的学生，上学都有三样东西——语录本、宝书袋、语录牌。城里的大人们一般都把毛主席语录放在口袋里，随时取出来学习，就行了，除了开会，他们也不背语录牌。

农民却不一样，他们上街赶场就把语录牌背上。他们也不知道上面写的是什么内容，都是请人写的。他们觉得上街背着语录牌，就像上街穿漂亮的衣服一样。有的农民家里只有一块语录牌，谁上街谁背。他们有的语录牌上面的字已经模糊了，看着脏兮兮的，不过他们并不在乎上面的字怎么样了，只在乎它是一块语录牌。

我喜欢漂亮的语录牌。有的同学，牌子做得很好，红底黄字，还用漆成谷黄色的花木条镶了边，整个语录牌完全就是一个艺术品。我的语录牌，是爸爸自己做的，很不好，没有镶边，有好多地方的油漆都起泡泡了，然后就一块块地掉了，字也花了，跟农民的语录牌差不多。我要爸爸重新做一块，爸爸说，这就是他的最高水平，主要原因是红油漆不好，他的字也写不好，没办法。

这个问题一直困扰着我，总在想怎样拥有一块漂亮的语录牌。一天，我看见我们院坝里有人在做木工，他们做的是大语录牌，用来挂在墙上和柱子上。我们院子正面的四根大柱子上就已经挂上牌子，按柱子的大小做，从上到下好气派，上面写着：伟大的导师毛主席万岁！伟大的领袖毛主席万岁！伟大的统帅毛主席万岁！伟大的舵手毛主席万岁！牌子一挂上去，我们的院子一下亮了起来。那两个木工还在那里做，一个人负责做木工活，一个负责上漆写字。

我想这也许就是我做语录牌的机会。那两天，我一有空就到那里去站着，我不是像其他的孩子那样，在那里拣刨花，我是想求他们给我做一个语录牌子，可我又不知道怎么说，怕说了别人不愿意，怎么办？就只有天天在那里站着等待，看着那刨花一卷一卷出来，我们院子里的几个小孩子在那里抢。我站在那里不动，木工师傅看不下去了，对我说："你为什么不和他们抢，你总是站着，就没有了。要不这样，下次我先给你留着。"

"我不要木花。"

"你不要木花在这里干什么?!"

"……"

第二天，我叫着小琴一道，早早地就到了那里，那两个师傅还没有来。小琴告诉我，他爸爸新给她做了一块语录牌，漆还没有干，过两天就可以背了，很漂亮，要我去她家看。我不想去，她有，我又没有，我才不去呢。她好像知道我的心思，就说："要不我叫我爸爸给你也做一块？我爸爸会做木工，他什么工具都有，很快的!"

我不想要她爸爸做，她爸爸不是历史反革命吗？不知为什么，每次到她家我都有些害怕，她爸爸那张脸阴冷冷的，从来不会变化。他那模样就是历史反革命，他也从不跟我们说话，我们在他家进进出出，他就跟没看见一样。

我赶快告诉小琴："不用了，我会有的。"

我们在那里玩了一会儿，那两个师傅来了，做木工的那个朝我笑了笑，那笑意中看出，他想知道我要做什么。那个漆工，写字的，很严肃，他好像根本就没有看见我们，一直走到他正在写的语录牌前。他写的字很好，要在已经漆好红底的牌子上，用铅笔画好格，写好字，再用黄色漆填写字。我们在那里看着，我在想一个问题，为什么用的都是红色的底，黄色的字，为什么就不能用其他的颜色。我想搞清楚这个问题，尽管他很严肃，我还是问了他这个问题。

"师傅，你为什么不用其他的颜色来写?"

他不理睬我，认真地写他的字。过了一会儿，他冷冷地说："你看见谁用其他的颜色了?"

我也觉得对呀，就是没有用别的颜色的，大街小巷的东西不都是这两种颜色。不过，这两个颜色就是最好看的颜色。

"你也可以用绿颜色试试，可能一样的好看。"

"那是不行的。"

我不再说什么，就站在那里看他写，他一举一动是那样的规范，一笔一画，很认真。我觉得他学问很高，一定读过好多书，可他告诉我，他才读到小学三年级。

他们做了一会儿，就坐在那里抽烟，他们抽的是一种白皮烟壳的香烟，也就是几分钱一包的经济牌烟，是最便宜的一种，我经常给爸爸买烟，知道烟的价钱。看到他们抽烟的情景，我想起了一个办法，叫着小琴一起回家。小琴回去了，我回去后又来了。我回家在爸爸的抽屉里拿了他的一包烟，是蓝雁牌的，那是较好的，一角三一包。我拿着急匆匆地赶回来，他们还在抽烟，我很紧张，缩手缩脚地走进去，把烟递到他们两人的中间说："给你们！"

他们觉得很奇怪，莫名其妙地看着我，"小姑娘，你这是？"他们没有接这包烟。我把烟放在他们的操作架上转身走过来。"小妹，你为什么要给我们烟？""你在哪里得的烟？"

"在家里拿的，我爸爸的，不怕的，我爸爸不会骂我的。"说着说着我就哭了起来。

"你不要哭，你为什么要给我们烟？"

"我没有一块好看的语录牌，我想请你们给我做一块！"我越说越伤心，就如受了好大的委屈，在那里哭泣着说。

"你要做语录牌，你告诉我们，我们可以帮你做，但你不要哭了，不要哭了！"

"我就说这个姑娘不是来这里拣木花的，只是我不知道她是要做什么，天天来这里看！"

"你不要哭了，我们马上就给你做，我一会儿就做好，他就给你上漆，写字，干两天就能背着上学了。"他们说着就给我做。

这一下我的心才放下，觉得这两天一直是在一块大石头下压着，现在才把它推开，好轻松啊！外面的天是那样的蓝，草是那样绿，小花园里零星开放的小花是那样的美丽。想着马上就要有一块语录牌，过两天就能背着上学，我激动地在外面的走廊上跑来跑去。

两天后，我的新语录牌做好了，我激动地背着它上学去，小琴、争鸣、母儿、张囡都拿着这块语录牌爱不释手，那可真是漂亮，做工精致，红光闪闪。母儿说："你的这块语录牌，是我们全校最好的，你在什么地方得的？"

"你管我在什么地方得的！总之，是我自己的，不是偷的，不是抢的！"我不想告诉他们我在什么地方做的，免得他们也去找人家做，所以没好气地对母儿说。

母儿有些不高兴地说："有哪样稀奇嘛，又没有哪个要你的！"

争鸣看见我们有些生气，赶快上前来说道："哎，来，过来，过来告诉你们一个重要新闻！"

"有什么重要新闻你就说，不要做得那样神秘兮兮的。"张囡把语录牌给了我，对争鸣说道。

"我昨天下午去叫母儿，你们猜怎么样？"

"哪个儿才讲！"母儿急了，在那里发咒。

"哪个儿才不讲！"争鸣说。

"对对对，哪个儿才不讲！有什么不可以讲的，我们几个是什么关系，讲，什么重要新闻？"张囡说。我不好再说什么，因为刚才让母儿生了气，我们还没有缓和过来呢。

"那我就说了。昨天下午我去母儿家，我和他约好的要去敬老院，昨天是该我们的班。走到门口就听到他爸爸骂他的声音，'你这个狗崽子，今天你出来不出来？''不出来，就是不出来！'母儿的声音高昂，完全是一派革命到底的气势。'老子今天就在这里等着，看你能在里面多久！'接着又是一阵棍棒声音，'革命到底，打死不投降！革命到底，打死不投降！'我走到门边悄悄地看，才知道母儿躲到了床下，其实还有个屁股在外面，他爸爸不过是象征性地在床边敲打，真要打他屁股不开花才怪。这时他爸爸说：'你还不出来，你们同学来叫你呢？'母儿知道是我来叫他去敬老院，忙说：'我出来，我出来，革命无罪，反戈一击有功！我出来，我出来，革命无罪，反戈一击有功！'母儿一溜就从床下钻了出来，嬉皮笑脸地走到他爸爸面前说：'报告司令，本人要去敬老院执行任务！'他爸爸把棍子往地上一扔说：'滚，回来再找你算账！'我和母儿从他家冲了出来，你们说，这是不是重要新闻？"

听完争鸣有声有色的讲述，大家都笑了。母儿不好意思地走到一边去了。从此，母儿的"革命到底，打死不投降！"就成了我们的口头禅，只要他和我们争吵，我们就用这一句来对付他，真灵，他立刻就没了气。

母儿名叫母家驹，小名叫母儿，从上学的那一天起，老师、同学都叫他母儿。他平时看起来吊儿郎当、嬉皮笑脸，其实人很老实、厚道。我们几个都属于狗崽子，家庭出身不好，爸爸妈妈有问题，只有他家是工人阶级，是革命家庭，"根红苗正"。可他从来没有在这方面有优越感，很多事还靠他给我们打抱不平。

新的学期，我们班重新编排了座位，我不再和小琴坐在一起，按照"一帮一"的要求，我和洪云霞坐一桌，我们是"一帮一"的红对子。她家出身好，爸爸是造反派，妈妈是电影院做饭的工人。老师对我说："云霞在政治上帮助你，你在学习上帮助云霞。今后你们两个就是'一帮一'的红对子，要和其他对子比赛，看哪一对先红起来！"我们两个都很高兴，拉勾结为好朋友。

我们两很快成为最要好的朋友，我们组成了学习小组，每天晚上不再在外面疯玩，而是一起学习毛主席语录、排节目、做算术。有时在我家，有时在云霞家，有时在母儿家。我们每天都坚持，忙得很。

一天上课的时候，老师告诉我们，马上要发展第二批红小兵，要我们表现好的同学积极地写申请，争取早日加入红小兵。我们几个好朋友，只有母儿是红小兵，争鸣和张囹他们比我们高两级，现在已经是六年级，都还不是红小兵。他们说，他们今后直接参加红卫兵。今天听老师这样一宣布，我们都想写申请。

晚上在我家学习，爸爸还是坐在他的桌子写他的检查，妈妈在打缝纫机，弟弟妹妹出去玩去了，哥哥上完了六年级，中学还没有招生，就在外面做小工，每天晚上回来很晚。我们在我和妹妹住的小隔屋里学习，在床前放一条长凳，再把一块大板子放在凳子和床上，就够我们三四个人学习了，这是爸爸想的办法。几个朋友都喜欢到我家学习，说是在我家有单独的空间，大人也不凶，自由。

几个同学一到，妈妈就给我们端来一大碗苞谷花，"来来来，你们边吃边学"。妈妈把苞谷花放在案板上，又回到她的缝纫机前。妈妈刚一走，他们毫不客气地吃起来。边吃边商量写申请的事，云霞出身好，当红小兵没问题。比较难的是我和小琴，小琴的爸爸是历史反革命，可她妈妈是工人出身，小琴似乎可以靠她妈妈这一边。而我家爸爸妈妈家都是地主，现在一个是走资派，一个是特务，这就很难。一开始我不敢想写申请的事，但他们都认为我学习表现最好，各方面都积极，老师同学都喜欢，说是"出身不由己，道路可选择"。云霞说："我是你的'一帮一'对子，我写你就要写！"她不容分说，拿来一张纸，"快点，写好我们好参考"。

我很快就把申请写好了，在家庭出身一处，我空着没写，让大家根据自己的情况填写。他们抄好后，我拿过申请书，在那里似看非看地看着。她们准备回家了，云霞还提醒我："不要忘记你还没填。"我说"知道"。

他们走后，我还在那里反复考虑，家庭出身怎么写？我是第一次填写这样一些东西。填地主吧，很难听，填别的什么？行不行？想来想去，还是写了一个地主。把东西收拾好后，我又改主意了，我想，还是填其他！填什么呢？填个贫农！我下了决心：填贫农！于是又把它擦掉，填了个贫农。这下心里仿佛踏实多了，仿佛就看到红小兵的红袖套就戴在了我的臂膀上。

东西收拾完成也就睡觉了，可是今天晚上怎么都睡不着，老想到申请书上那个家庭出身问题。一家人都已经睡了，夜很安静。床太短，我的脚总是很难伸直，按洪云霞的妈妈洪阿姨的话说，"总是不能伸直了睡觉，以后会成驼背，要你妈妈给你重新铺一张长点的床！"可重新铺床却没有够铺的地方。我把脚斜着伸出了床外，伸了伸，呵，好舒服。

月光从高高的窗户照了进来，把整个房间给照亮，月光清冷，像在被子上撒了一层斑驳的霜，小妹均匀的呼吸声，让屋里显得更安静。

我起身下床，从书包里拿出那张申请书，又爬到床上，借着月光看，看到"贫农"两个字，我的心不禁揪了一下，赶快把它折了起来，捏在手里，不知什么时候睡着了。

第二天一大早，一到学校，我就赶紧把申请书交给了我们的班主任李老师，害怕它在我的手里，会带来什么灾难。

申请书交给老师了，一天，两天过去了，没见有什么动静。我有些担心，不知道老师对我写的家庭出身会怎么看，他们是早就知道我的家庭出身的。不说每个学期报名的时候就要问一次，就是在文教部门的批斗会上，大家也是经常提到的。但老师就没说什么，我每天照常上课，不过我害怕看老师的那双眼睛。

这样过去了一个星期。一天放学后，在回家路上，遇到了李老师，他叫住了我，我知道要发生什么事，低着头站在那里，脑子里一片空白。李老师走过来，也不知道说了些什么，只有最后几句话我听得十分清楚："你知道，你这是一种什么行为吗？那是欺骗组织、欺骗党，从小就像这样做，长大就成了人民的敌人。你一向表现都好，为什么会这样做，你好好想想。过两天我们班要开一个斗私批修会，你好好谈谈这个问题。"

斗私批修会开始了。我第一个走上讲台，深刻地检讨这种行为，我特别记得老师说的那句话："那是欺骗组织、欺骗党，从小就像这样做，长大就成了人民的敌人。"最后，我说："毛主席教导我们，'要斗私批修'，这就是一种私心在作怪，我深刻认识这种行为，我很后悔，以后决不再犯，希望老师和同学们监督我。"同学们都认为我认识深刻，联系实际好，响起了一阵掌声。

老师在同学发言的间隙作讲评："'斗私批修'最为重要的是要触及灵魂，我们要挖掘灵魂深处那些肮脏的东西！大家都要好好想想。"老师一说完，我又走上讲台，"我接着发言，我还有一件事是一个私字在作怪，今天在这里我要揭批出来，那就是在破四旧的时候，我把我家的一个四旧的东西——上面有一个大双喜字的坛子送去交给派出所，回来的路上，我捡了一个笑罗汉，是一块玉，我把它拿回家藏了起来，没交出来。今天通过斗私批修我认识到这是错误的，明天我去把它拿来交给学校。"

这次斗私批修会开得很成功，大家都触及到了灵魂深处，扫除那些灵魂深处的肮脏的东西。特别是我的心得到很大触动，受到很大的教育。一个星期以来那种不愉快，一下不见了。就如自己做了坏人，一下变成了好人那样的坦然、自信。

学校近来都在召开各种形式的批斗会，这时候我们学校已经揪出了七八人个来批判，有周校长、教导处的杨处长，还有我们以前的班主任汪老师、上体育的国民党军官梁贵灿等等，批斗会时台上站了一大排。学校开完后，就开班上的。在我们班上接受批斗最多的是梁贵灿和我们以前的班主任汪老师。

梁贵灿是我们学校的体育老师，五十来岁，身材魁伟、面部表情威严，一举一动都是一个标准的军人模样。特别是他批评人的时候，让人害怕。你站在他的面前是那样的渺小，他笔直地坐着，两手放在膝盖上，一板一眼，批评完后还要你面壁站两节课。同学们都很怕他，也很恨他。当然也并不是没有喜欢他的时候，那就是在下雨天，不能在室外上课而改在教室上课的时候。他会给我们讲故事，讲他以前打仗的事。他是国民党的一个骑兵部队的，他参加过多次抗日战争的战役，在一次战役中投诚进入了解放军。解放初回到他的家乡凤县，在这里找了一个比他小十岁的农村姑娘结婚，到小学上体育课，一干就二十年。他上体育课很特别，主要训练学生站姿和队列，也教教打篮球，不过那已经是附带的事了。在他那种军人般训练方式的教学下，学生走出来还像模像样的，凡是会操比赛，他上课班级的学生，肯定拿第一。

他是我们班的体育老师，每次上他的课我都特别认真，可他还是爱盯着我，还当着全班同学的面说："张卉卉，你那么高的个子，要昂头挺胸，不要怕个子高，中国人就是要高，要站出一个中国人的样子！"每次他这样讲，我都很不舒服，我比其他同学都做得好，为什么还要拿我来说，而且我最讨厌别人说我高，因为大家都矮，我在同龄人中要比其他的人高出一个头，我觉得这实在是不好的。因此，平时跟大家在一起的时候，我总是要把自己尽量处理得矮一点，不要和大家拉开那么大的距离，保持一致，他却偏要说这个问题。

梁老师所讲的故事中，最喜欢用的就是"我们的骑兵出击了，两兵交接，面对日本人的脑袋，我大马刀一举，嚓！嚓！砍得他西哩哗啦，人仰马翻。我们骑兵威风得很喽！"每次他讲到这里，总是眉飞色舞，手舞足蹈。全班同学的神态，也跟着他的表情动作在变化。平时在他高兴的时候，同学们也爱逗他，"梁老师，给我们讲一个'大马刀一举，嚓！嚓！砍得他西哩哗啦！'"特别要把"嚓""嚓"两个字讲得很夸张，还要配上相应的动作。他也不生气，还得意地说："改天、改天！改天给你们讲更多的。"

在批斗会中不知是谁首先发现了这个问题："一个国民党骑兵，'嚓''嚓'砍得他西哩哗啦！砍的是谁？"

他再到我班接受批判时，有同学就把这个问题提出来了，"梁贵灿我问你，你总给我们讲'面对敌人的脑袋，我大马刀一举，嚓！嚓！'你砍的是谁？不是解放军吗？今天你要把这个事情说清楚！"

梁贵灿就是站在接受批判的讲台上，身板也很直，只是把头约低一点，和他旁边的汪老师形成鲜明的对比。汪老师一上来就把头低着，腰弯着，同学们说什么他都回答"是"，批判得大家也觉得没什么意思。后来，矛头就一致指向梁贵灿。

他抬头看了看大家说："我们当时是跟日本人打仗，杀的是日本人。不可能是解放军。"

"你们国民党怎么会跟日本人打仗，杀日本人？太荒唐了！"

"当时就是这样！我说的是真话。"

发言的同学就对同学们说："梁贵灿极不老实，不坦白交代，不低头认罪，这是不行的。来！把钢钎拿上来。"这时，两根钢钎压在了梁贵灿的脖子上，他还是身板直直的，头略略有点低，他们用钢钎使劲压他，他根本就不动一下，完全无济于事。

　　这时同学们想出了一个好办法，把钢钎的一头放在黑板架子下，另一边用一个人吊在上面，形成了一个杠杆的形式，其支点就是梁贵灿的脖子，这下梁贵灿的腰不得不弯下来了。男同学们都轮流着去另一边吊着。

　　不过梁贵灿的回答还是没变："我们当时杀的就是日本人，这个我没说错。我在国民党部队的时候根本没有和共产党交过手，后来就投诚了。"

　　下面的同学就用粉笔、纸砣一齐砸向他。不管同学们怎样折腾，他还是那句话，大家又是一阵口号。这时，一个同学站起来，他不喊口号，而是让大家跟着喊平时我们编的儿歌："梁贵灿，大坏蛋，坐起飞机丢炸弹，人民要他赔钱万，他要回家去下蛋！"大家反复地喊，喊完一遍就哈哈地笑一阵，然后又开始，"哎，注意了，注意了，一二！"大家一齐又喊开了："梁贵灿，大坏蛋，……"

　　批斗会在一片儿歌声中结束，大家像过节一样的高兴。

　　学校的课，基本上都是开批斗会，写大字报。不过总是做这些事，也显得有些单调。班主任李老师就组织我们搞一些活动。在我们教室的旁边，有一大块空地，我们和其他两个班平分，在这里种植不同季节的蔬菜，收割后拿到街上去卖或统一卖给学校的食堂，所得资金全作为我们的班费。这笔钱最大的好处，就是我们可以经常组织去看电影。就那几部电影，《地道战》《地雷战》《平原游击队》，反复看了好多次。但只要上演都要去看。每个月都要看一场电影，有时候就是新闻专集也要去看。其目的在于大家好玩，不在于看的什么内容。

　　一次，李老师专门通知，晚上要看一个专题片，那是全校都要看的，有的班还是在白天看。片子的名字叫《刘少奇访问印度尼西亚》，要我们去看一看，刘少奇这个全国最大的走资本主义道路的当权派，带着他的老婆王光美去访问印度尼西亚的时候，那种资产阶级的行为和资产阶级的形象。特别要求我们注意的是王光美，她那妖娆的打扮，一天换一套衣服，有的是露出大腿的旗袍，有的还是袒胸露背的裙子，外出还要打把伞，这就完全是资产阶级的生活。世界上还有三分之二的人处在水深火热之中，等待我们去解放，他们却在那里花天酒地。大家都去看，看完回来后，每人都要写一篇感想。

那天我们可算真的长了见识，从片子上看到印度尼西亚国家房屋的漂亮，人的穿衣打扮是那样的好看。王光美穿得那么漂亮！的确是老师说的那样，是一个妖精、一条美女蛇！看完电影回家后，我就开始写感想，我觉得那是我写批判稿以来写得最好的一次，以前写都是在报纸上抄一篇，或找几篇每篇抄一点来组成一篇。今天的这篇我完全是自己写的，我在老师讲的基础上去作了发挥，完全没有抄，因为有针对性，找不到抄的。不过，从这次以后，我自以为我还是会写文章的。第二天，小琴、云霞还是拿我的去抄的。

看过这次电影以后，有好久没放电影了。一天上午搞完劳动，李老师宣布："今天天气好，下午我们要搞一个活动，我们要上山去搞，大家回去吃完饭，十二点钟准时到校，迟到的人我们就不管啦。"

回去以后，爸爸的饭已经做好，不过又是一大锅红苕，只有很少的米饭。我们家的人，个个都能吃，四姊妹都是长身体的时候，每个月供应的粮食半个月就吃完，那时每个人是二十四斤粮，还要按比例搭配苞谷，所以每一顿饭要添加一半的红苕。天天这样的红苕饭，大家都吃厌了，但也没有办法。

爸爸还在桌子边坐着，正完成他的《我的检查》。他的脸阴阴的，见我回来，问道："今天为什么回来得这么早？"我把下午老师要组织出去搞活动的事给他说了。他拿了一个大碗，舀了满满的一碗饭递给我说："快吃了去，不要去迟了。"我接过碗走到锅边说："我不要这么多饭，要两个红苕！"

"红苕，我吃，你们就吃饭吧！"爸爸说。我家是有规定的，不管哪一个，都要先吃两个红苕，再吃饭。爸爸这样做，那是把他的饭留给我们吃，他就全吃红苕。不管爸爸怎么说，我还是把饭倒了回去，夹了两个红苕。

我还没吃完，小琴、云霞就来叫我上学，我给她们一人一个红苕，边吃边走，她们好像对红苕还不那么反感。

我们准时到了学校，同学们都已经到了。大家都猜测今天的活动是做什么。问李老师他也不说，说是到时候就知道了，还搞得神秘兮兮的。一会儿，李老师背着一架手风琴来了，那是学校唯一的一架手风琴，大家更是激动。除了上音乐课，有时候音乐老师背着手风琴来教我们唱歌以外，平时我们是从来没有享受过的。李老师今天把它背来了，大家自然是激动。

"集合，集合！"李老师发话了。大家很快站好了队。"大家听好了，我们五（一）班，今天出去搞活动，地点就在我们后面的菠萝山，我们先比赛爬山，从我们现在的地点开始，一直爬到山顶，到顶以后去拿那些树上挂的纸条，每人只能拿一张，上面写有一个人的名字，你要注意了，不是随便拿一张，到时候我们是要比哪个的最大，最大的前十个有奖。打前站的同学他们早就已经上去了。听清楚了？我们现在唱首歌，大家听我起个音。"他在手风琴的键盘上按了一下，"大海航行靠舵手，……预备，唱！"李老师拉着手风琴为我们伴奏。那天我们的歌唱得特别的洪亮、有精神。

山不很高，我们一会儿就爬到了顶。我第一个就冲上去了，看见不远的一排树上挂了一些纸条，赶紧跑了过去，纸条上的名字让我吃了一惊：刘少奇、邓小平、陶铸……邓拓、吴晗、廖沫沙、杨晓扶、万富宏……张兴富。在我一愣之时，后面上来的两个同学不容分说地拿了前面两张最大的纸条，我趁他们不注意的时候，赶快把写着爸爸名字的那张纸条，拿来揣在荷包里。小琴、云霞她们也上来了，她们也赶快拿前面两张纸条。本来我是第一，我可以拿到前面写着刘少奇的那张纸条，可我不想太多的人看到这里有我爸爸的名字。

一会儿，同学们前前后后全都上来了。上来以后，有的在比大，有的为没有拿到纸条而沮丧。我上来得最早却很难过，不知道老师今天要上来搞这样一个活动。今天一天的高兴，这一下全没有了。我没精打采地站在那里，看着大家高兴。李老师在拉手风琴，一些同学在跟着唱，欢乐这时候属于他们。

没有小琴爸爸的名字，因为我爸爸来这里之后，他就不是教育局局长了，他是历史反革命。按官位排，他还排不上。小琴没有受到我的打击，不过她看懂了我的心思，走过来对我说："那边有一棵红子树，结了很多红子，又红又大颗，我们过去摘。""你们去嘛，我不想去！"我的确不想动，手里拿着那张写有爸爸名字的纸条，在一横一竖地折，不知道应该怎么办，想把它撕掉，又怕老师一会儿要交上去，也不敢撕。

老师在那里组织领奖，同学们都在那里围着，小琴、云霞她们得到的都是不错的名次，还得了一个很好的奖品。特别是拿第一名的那个同学，拿着他的奖品，一个大笔记本在那里欢呼。我心里一直在想，那个笔记本本来应该是我的。

奖品很快就发完了。这时候，云霞他们几个在和老师说什么，老师刚才兴奋的表情，约有一点变化。他走了过来，走到我的面前，从我手里拿过纸条，看了看说："好了，今天这事，我也有责任，我没有给他们打前站的同学讲清楚。不过，你也要接受这个客观事实，事实就摆在那里的，有哪个同学不知道呢？你也不要把它看得那么重。他们都说你是第一个上来的，现在好了，是你自己放弃的。现在只有以后再争取了。"

"老师，以后有这样的活动，我可不可以不参加?"我的口气有些胆怯。

"那可不行，我们要在革命的大风大浪中去锻炼自己，这点小事就经受不起，那怎么行！好，过去吧，我们集合了！"

老师虽然没有答应我什么，但他的话还是让我明白了很多，高兴了一点，跟着老师走到同学中。这时候没有一个人再说什么，大家就像什么事也不知道。

回家以后爸爸问："你们今天搞的什么活动?"我说："爬山比赛。""你没有拿到名次?""没有。"爸爸没再问。

我赶快帮着爸爸做饭。这里是每天吃两餐，上午十点过吃，下午五点过吃。我们刚到这里的时候很不习惯，可全凤县的人都是这样，我们也必须遵守这个习惯，否则就和大家不合拍，上班、上学都不行。

吃过晚饭，小琴他们几个来叫我去排练节目，准备赶场天上街宣传，我给爸爸说了声就跟他们出去了。妈妈这一段时间主要在新华书店的一个老库房清理旧书，每天都要六七点钟才回来。每次都是我们几姊妹先吃，爸爸等着妈妈一块吃。

我们排练节目回来，也就是十点半钟，我们总是按时回家。回来后见妈妈正在洗她的工作大褂，准备洗了，烤干明天一早又穿着上班。她一边洗一边对爸爸说："那里面的书很多，也很乱，大捆大捆的。有好多幸好在破'四旧'时没有被烧掉，好多是古今中外的名著，都集中在那里。听周岚说，那还是在文化大革命刚刚有点动静的时候，很多地方也没人管，'老县长'是分管文教的，虽然那时基本上不让他管事，他都是在乡下搞中心工作，但他看到那个情况，专门找人通知把文化馆、书店的'四旧'东西全搬到了天主堂。周岚说她当时是在书店负责，认为这是多此一举，但是老县长说的事，不好不去做，她说谁也不知道时局会发展到这个样子。这可是一件大好事。"在这里，我又听到了"老县长"这个名字。

"那你还要在那里清理多久？"爸爸问。

"谁也不知道，反正还早得很。"

"那你也不要着急，慢慢理。"

"我知道。只是那里的书也没人管，前天我就告诉他们的，天主堂的书被人偷了，今天还没有人去管。偷的人是从后面的窗子翻进去的，可能偷了很多，那里是空了一大片。这两天还在不断地少，可能他们是天天去。"妈妈说着，把她洗的衣服挂到了灶上烤。

她说的偷书的事，这两天我听到外面有些人说，说是"县门口的肖番他们这几天得到很多书，在天主堂里面"。也没人说是"偷"还是怎么。可我哥的说法是"那是邓天厚在天主堂里偷来卖给肖番的。这是邓天厚自己说的"。哥现在已经没上学，因为他的小学已经读完了，初中老没有招生，他就在外面做小工。这一段就在和邓天厚他们一起挖土石方。邓天厚家的房子救了凤县十二道牌坊的最后一道，造反派、红卫兵当时没有敢砸，后来也没有人想到再来砸这个东西，邓天厚和他的妈妈也还安然地住在那里。邓天厚在队里也做一些农活，但他平时多数时间是在城里找一些小工做。这在当时，生产队是不允许的，可就是他和红卫兵有过那次英勇斗争之后，就没有人敢管他，他也活得自在。

肖番这个人，"文化大革命"开始时他上高中。开始也跟着大家一块参加各种游行、宣传，后来就什么都不管了，也不参加什么派，成了逍遥派，在家里看书，外面的任何事情都与他没有关系。每天他就是看书、找书。家里的藏书有上千册，这是很不容易的。因为他家庭成分好，父母都是贫民，"文化革命"的事情与他家就一点关系也没有。他家就是一个"革命春风吹不度"的死角。邓天厚不知道从什么地方了解到肖番收藏书，平时在什么地方发现了书就给肖番搞来。开始也白给，后来次数多了，他就要肖番给钱。

邓天厚发现红卫兵、造反派抄家的时候容易搞到书，他就经常利用这个机会，得到手以后，悄悄地送到肖番那里。一次他拿一本书来就对肖番说："你得给钱，我帮你找书耽误了我好多活路！"

肖番接过书一看，"《唐宋词选》，好书！"

"我也不知好坏，反正我只知道你喜欢的就是这种黄兮兮的竖竖字，一句话，'四旧'，你就要！"

"你也不要说它是'四旧'，书就是好东西！"

"那我不管，你给我钱，多少你看着办，要不是，老子不给你找了！"

"下次给，我没有钱！"

"那就算了！"邓天厚一把抢过书，扭头就要走。

"哎哎，哎！给你，给你，你一定不能给任何人说，要不我们就做不成喽！"说着摸了一角钱给他。

一天，邓天厚找到肖番，把他拉到一旁悄悄地说："我可以给你找好多的书，你是不是都给我钱？"

"那当然！"

"老价钱？"

"可以。"

当天晚上，邓天厚就给肖番送来了一麻袋书，按数给钱，邓天厚那天可是得了十块钱。这对邓天厚，可是一个从来没有过的钱。他一天在生产队劳动的价值也就一角几分钱，在外面做小工一天四五角钱。一个刚参加工作的工人一月只有九块钱。他觉得这次是发大财了，可以用这些钱和老妈过一段日子了。

第二天，他又想去再发一次财，去到那里才发现已经不行了，他前次所翻的窗户，已经被人钉得严严实实，怎么也撬不开，只有打道回府。

一天放学很早，我去到妈妈整理书的天主堂。这个地方我来过，不过都是在外面的坝子玩。天主堂的房子很高大，孤零零一栋耸在那里，外观一色的白，它的窗子好奇怪，一个个高尖尖向上，又高又大，窗檐边都长出了小草。大门进来，从地到天一直通到顶，中间没有什么东西隔断，好像通过这里可以到上天，好威严。窗上的玻璃五颜六色、形状各异，太阳光透过它们照进来，撒满了一屋，很是漂亮。

一进门，我没看见妈妈，只看见堆得成山的书，说它成山，是因为我叫妈妈只听到她回答的声音，而看不到她的人。我在这些书堆转了两圈，才发现她就在进门正对面高台上的那一堆书里。

"妈妈，这里的这么多书怎么看得完?"

"那也不是一个人都要看完，都是有挑选地看。"

"那我怎么知道我应该看些什么? 看哪些书?"

"这很简单，你看了就知道了。"

"这些不都是'四旧'、毒草吗?"

"也不都是。"

"我可以看?"

"当然可以! 这里的书灰很大，要看你到那边妈妈整理过的书架上去拿。"

"妈妈，现在我不看，我是来帮你整理书的。"

"那也好，你就帮我把这些书放过去。"

我在那里把妈妈要我放的书一一地放到架子上。都是些大书，我没有看的兴趣，只把它们按妈妈的要求放好。这么大的房子里只有我们两个人，显得非常的安静，这种安静让我害怕，我怕从那高高的屋顶上会掉一个什么东西下来，那顶上还贴有一些星星一样的图案，这么高是怎样贴上去的？我坐在一堆书上昏沉沉的，觉得没什么意思。

突然，我被堆在书架角的一堆书所吸引，上面的那一本，图案很鲜艳，红的，绿的，黄的，有两个人在上面，穿古装的一男一女，我走过去拿来看——《田螺姑娘》。我仔细地看每篇下面的一排排字，它写的是：很久，很久以前，一个农夫，很勤劳，每天种地早出晚归。有一天，他种地回来，一进屋，就见桌子上已经摆满了饭菜，他到处找，希望知道这是怎么回事，是谁做的，找不到，他就吃了这顿丰富的晚餐。接着两天都是这样，第三天，他同样一早就出去种地，不过，走到半路，他又回来了，躲在屋后偷偷看。一会儿一个仙女一样的姑娘，从水缸里变出来，在那里做饭，农夫赶快跑进去抱住她。原来这是一个田螺姑娘，她被农夫的勤劳所感动，来帮助他，愿意与他结为夫妻。

我觉得这书很好看，长这么大就没有看过这么吸引人的书，它上面五颜六色的图画，它的人物的模样都是那么样的美。我看完了字，又看了一遍图画，就在这一刻，我好像看懂了书。

以后我每天都要去那里帮妈妈整理书，更重要的是去看书，有时经妈妈的允许还要带一两本回家看，也正好借给小琴他们几个看。很快我看完了那一堆小人书。

七、过年

　　妈妈到天主堂清理书以后，批斗会渐渐地少起来。后来也就没有再批斗她。只是他们在银行的钱被冻结，所有的走资派、反动人士存在银行的钱都被冻结了。不管你的工资有多高，现在每个月只按家里的人口发，每人十五元。我家两个大人，四个小孩，总共九十元，只有爸爸妈妈他们以前一个人的工资数。当然，就是这个数，当时在县里也不算最低了。

　　每月的这十五元钱的生活费，有一个特殊的名字，叫"养狗费"。这样一来，家里的生活水平急剧下降，本来就是有钱也买不到东西，什么都是定量供应，要凭票供应，钱少了就更难过了。我最害怕的是每月买米，仓库规定，每月要在二十号以后才能买下一个月的粮食，而我家的粮食只能吃到十五号，就是说还有几天没有着落，借来吃不是办法，不能老借。那就是要添加大量的杂粮、瓜菜。因此每月在吃饭问题上最要解决的是，早日买到粮食。而这个重要的任务基本上都是我和妹妹的，爸爸妈妈有事，哥哥在外面做小工，弟弟还小买不到。

　　每次买米都是一大早的就去排队，要排到下午，我和妹妹轮流，换着回去做饭。自从开始发"养狗费"以后，妈妈就把每个月的伙食平均到每个星期，哥、我和小妹三个分着管，一人一个星期，开支要记账，每一个小钱都要记清楚。我们三个也就把家务也作了分工，每星期交换一次任务，爸爸妈妈不再管我们。这段时间，凡是我管伙食的那个星期，总是还要节约钱，因为我买菜的时候都是拣最便宜的买，然后把节约的钱给妈妈。我觉得家里的日子很难过，要帮妈妈节约点，妈妈总是说不用，要大家吃好一点，可我知道妈妈的钱，还要经常寄给外婆和舅舅，钱很紧张。

一次买米，我让妹妹在那里排队，拿背篼坐在队伍里，我回去做饭。这时候的排队已经不是站着，要站一天的时间是肯定不行的，男的、女的、老的、少的都是怎样舒服就怎样坐在那里，排成长长的一大队。

当我从家里回来，拿着一盒饭给小妹送来，来到仓库时，看到好多人围在一起看，好像是有人在吵架，声音很大，我听出是小妹的声音，赶快走了过去，说"怎么回事!?"

小妹见我来声音更大，"他插队，我们一早来就在这个婆婆的后面，他来以后不去后面排队，就把他的背篼丢在我们的旁边，现在他说他在我们的前面插队，就是不行!"

"什么叫不行，我本来就在这里的!"那男的声音同样很大，说着还把他的背篼向排队的背篼前踢了一脚，"我今天就在这里了你们要怎么样? 狗崽子还敢在这里逞强，我怕是天下大乱了?"

"她们是在我后面的。"我们前面的那个婆婆说。

"是在你后面，那哪个不是在你后面，你看清楚点!"

"算了，算了，不就是一个人吗? 有哪样希奇的，站好就行了。"后面有人在说话。

我们吵不过他，我只好劝小妹说让他站在我们的前面。小妹一听我这样讲，一下就哭了，边哭边说："他本来就不是这里的，还要让他站在我们前面。"

"我不是这里的? 我是哪里的? 我看牛鬼蛇神的崽，今天也要翻身咯!"

"算了，人家都没再说了，哪个在哪点，哪个不清楚!"后面的人有些看不下去了说道。

我们都没有再说什么，小妹哭了一会儿，便坐在一边拿着我送来的饭，慢慢地吃。我今天做的是老南瓜饭，把老南瓜切成坨，用点油炒一下，再把煮好的饭倒在上面焖十来分钟就好了，很好吃的，又能代粮食，这就是粮食不够吃瓜菜代的一种形式。小妹抬着一大碗南瓜饭，吃了一会儿说："卉卉，你今天做的南瓜饭油放少了，没有我做的好吃。"

"谁说的，我今天还做了一个油辣椒！"我是在强词夺理，我炒菜，油是放得少。我家每月就是供应的两斤菜油，每天是要计算着吃。哥哥做菜放油就放得多，爸爸常说他是"吃了搬家！"

买粮食的长队在慢慢地缩短，我们离窗口已经很近了。我叫妹妹站起来，准备好要轮到我们买了。好不容易轮到我们买了，我们前面那个插队的买完，购粮本刚一递出来，我就把我家的购粮本递了进去。我怯怯地说："请你给我们少搭点苞谷行吗？"那时每个月的粮食不能全买米，要按30%—40%的比例搭配杂粮，苞谷或豆类。一般情况开票的人就按当月的比例给你开，但也有少搭的，这就要看与他的关系和他当时的心情。这些仓库的人是最了不得的，人人都想巴结他们。可我在他们的脸上从没有看到过表情，给你开票的时候是眼皮都不抬一下。我们和开票的人都没有关系，刚来两年的外地人，又是一个小孩，能和他们有什么关系，每次他都是甚至头也不抬，就把票开好了。有一次，我发现他给前面的那个人少搭了苞谷，也就央求他给我也少搭一点，不知道是他那天的心情好，还是他看我可怜，他就像上帝一样仁慈，给我少开了十斤苞谷，多开了十斤米，那个月就觉得饭特别好吃，因为大米多。

我想今天也许还有这样的好事，也是一副可怜巴巴的样子，声音很小，但很清楚。"叔叔，请你给少开一点苞谷？"

"什么都没有了，今天的卖完了，明天再来吧！"开票的人把我的购粮本往外一砸，没好气地说道。

"怎么就卖完了呢？倒霉！"

"我们等了一天，等到的是卖完了，明天不还是一样买不到，你们是什么鸡巴仓库！老子不吃了行不行？"后面排队的人在骂。

"我今天就在这里排着队了，等到明天再来，又在后面去了，还是买不到。"

大家议论纷纷，发气倒火。站前面的几个人好像是不想走了，我现在就是排第一个，我也没动。小妹在那里埋怨："不让那个人插队，我们就买到了，就是你!"

"是我!? 你不让他不行嘛，他那么凶!"我也一肚子的委屈，没好气地说。

"我不排队了，我要回去!"小妹说着就要赌气走。

"你走你的，我在这里排，我排到明天，我第一个买。"小妹真的走了，留下我一个人在那里，我突然觉得很孤独，想到今天买米这倒霉的事，感到很委屈。现在要是回去了，明天就不可能排在前面，这里还有好多人没有走。他们有的找人带话回去了，那样子是要在这里排一晚上。

这时，有个中年男子出来维持秩序："要继续排队的大家排好，这个小姑娘是在第一的，大家记好自己的前后，要出去一会儿的前后打个招呼!"有十多个人在那里排着，他们把买米的背篼按顺序一个一个地用绳子捆在一起，我是第一个，背篼就捆在窗户的栏杆上，其他的捆在我的上面。这样大家就可以自由多了，只要有两个人在那里看着就行了，没必要所有的人都在那里站着。我也可以轻松跑出来玩。一会儿，那个中年男子又发话了："来，来来，我们十几个人，除了几个老的和这个小姑娘，剩下的还有十个人，我们分成五组，两个人一组，轮流值班，其他人都回家，明天一早来买粮食，没必要大家都在这里，你们看，行不行?"

"这样好!"大家一致同意，我当然是最高兴的。

"那好，我们十个来抓阄。按上面的时间决定，相同时间的是一组。"这个中年人很快把大家组织好，现在只有第一组的两个人留在那里看着，其余都回家了。

小妹回家后，把今天的事告诉了妈妈，妈妈对她说：你是对的。小妹高兴地去做饭去了。

我回来后，妈妈问明了今天的情况说，是应该像你这样，凡事都要会忍让。我把我们后来排队的事告诉了妈妈，妈妈听后很有感触地说："这人是个将才!"

"妈妈，什么是'将才'?"

"'将才'，那就是当将军的人才。"妈妈这样一说，我懂了，能把大家组织起来一起做事的人，那就是"将才"。

第二天一早，我第一个就买到了粮食，而且昨天开票的那个人还少给我搭了一点苞谷，这完全是我买粮食的精神感动了他，今天我并没有请他这样做。当然，我还是很感激他。

我和妹妹是那天第一个背着粮食从仓库里走出来的人，走之前我没有忘记对昨天我们最后一起排队的人说声再见。

要过年了，每家按购粮本上的人数，每人供应一斤咸肉、一斤鲜肉，到粮店领票，才凭票购买。妈妈说鲜肉到过年的那两天才买，买来好过年，咸肉能够放就去把它先买来了。我们已经是好久没有吃肉了，只有过年、过节才有供应，平时就没有。赶场天，街上有鸡、鸭卖，没有猪肉卖。因为猪肉是国家统购统销的产品，卖猪肉是不容许的，抓着要被罚款没收的，在市面上是看不到私人猪肉卖的。当然也有黑市，那就是一般人不能买到的，也很贵。在赶场的时候，有农民拿鸡、鸭来卖，那也是很贵的。不过我家有时候还是偶尔买来吃，那就是在爸爸上街赶场的时候。

爸爸的检查写完了，没有要他再写，也没有再去接受批判，而是到农村去搞"中心工作"。回家的时间少，一般一月回来一次。他回来是我们最高兴的日子，主要就是爸爸在赶场的时候，是一定要去买好多好吃的，其中最好的就是必然有一只鸡。

可是快过年了，爸爸已经有一个多月没回来了，家里是好久没有吃过肉了，还是国庆节时候有供应。一听到妈妈说要把咸肉先买来，当然就高兴得不得了。可买来以后，妈妈没有要吃的样子，三块咸肉，都挂在门背后。

我每天都要去看两次，它是那样的漂亮，浅浅的黄里透着油亮，上面薄薄的盐，有如一层霜。每一块肉都有很厚的一层瘦肉，买来的时候妈妈就说，今天的肉不好不好，太瘦了，还要贴油炒。我把三块肉翻来看了看，的确是很瘦，有一块上面有一小坨瘦肉吊着，就要掉下来了，我忍不住它的诱惑，在它上面轻轻地撕了一点尝尝，有点咸，可味道很鲜美。看着它吊着的那一坨，想想它已经是吊着的了，吃了也没人知道，干脆就把它弄下来吃。主意已定，中午上学前，趁家里没人我把那一坨拿下来放在口袋里上学了。

下午不上课，全校听忆苦思甜报告。我们五（一）班是学校的先进班级，什么事都要做在其他班的前面。我们很早就在礼堂划定的区域坐好，其他的班级还在慢慢地抬凳子。小琴这时候起了个头让大家唱歌："天上布满星，月牙亮晶晶，生产队里开大会，诉苦把冤伸，万恶的旧社会，穷人血泪恨……"

一会儿，做报告的人来了，她是下坝生产队的朱兰花。我见过她，前次在破"四旧"，造反派、红卫兵要砸东门下坝箭塔的时候，她就在最前面高声喊："我们要保护我们的粮食，在解放前，我家就是没有粮食，父母才把我卖了，今天如果我们又没有了粮食，我们又会受罪。"我就记住她说的，是家里没有粮食就把她给卖了。当时觉得很奇怪，买去做什么？又不是牲口？我对小琴说："她就是我们以前见过的那个人？"

"哪个人？"

"东门砸箭塔时，召集人拿刀刀喊口号的那个。"

"是是是，她喊'文攻武卫，针锋相对'，还对农民说：'我们也是给他们学的，这叫做用武力保护我们的粮食，《地道战》上不也是这样的吗？'我们几个当时还在笑，说她披着衣服那样子好像《红岩》上的'双枪老太婆'。"小琴兴奋地说。

她开始做报告了。她穿一件洗得发白的蓝色的妇母装，从左侧面开的衣服，一般都是农村人才穿这种衣服。她的衣服上面两颗扣子都没扣，不知是忘了，还是有意不扣，让脖子那里舒服一点。因为天冷，她穿了好几件衣服，从脖子那看到一层层的。我觉得她很冷，因为我们下面的学生是每人都提得有一个火笼，她那里是什么也没有。不过还好，刚开始一会儿老师就给她提了一个很大的火笼上去。

她很会讲，我们都很受感动，"在旧社会，那一年，快过年了，也跟现在的时间差不多，天下着雪，家里没有一颗粮食，我家婆又生病了，没钱看病，一大家人要吃，实在没有办法，大人就把我卖给地主家。我那时才七八岁，落雪下凝的就睡在猪圈里，有一堆稻谷草，就卷在里面。吃的是猪狗食，每天砍柴、打猪草、喂猪、带孩子要做到很晚。一次，地主家的小孩吃的饭没吃完，要我倒去喂猪，我抬出去趁没人的时候，在那里急急地吃，这时候，地主家的小崽出来了，见到我吃了他的剩饭，就在那里又哭又闹。我被狠狠地打了一顿，罚我一天不得饭吃，饿得我头昏眼花的实在不行，在晚上只有偷吃猪食。"

她讲到这里，我们好多同学都哭了，我也流出了眼泪。在我从口袋里拿手帕的时候，摸到了刚才还没吃完的那一小块肉，心里很难过，解放前穷人连饭都没有吃的，我们现在吃得饱穿得暖，过着蜜一样甜的生活，我们还有什么不满足的呢？毛主席说的，世界上还有三分之二人民，还处在水深火热之中。"水深火热"的情景可能就是像我们解放前一样，可我还在这里偷咸肉吃，我觉得很不应该。摸着那一小块咸肉，我想把它丢了，这是我的一个思想问题，应该赶快改正。可是我摸了几次都没有舍得丢，还是把它偷偷地吃了。

偷吃生咸肉的事，很快就被妈妈发现了，因为我后来又忍不住偷过两次。妈妈把我们一个个叫来问。问我的时候，一开始我不承认，我说那可能是耗子吃的，不是我吃的。妈妈说耗子吃的不是那个样子。最后我只好承认我吃过，我想尝尝是什么味道，我错了！说到这里眼泪就流了下来。妈妈说："不要哭，要认识到错，偷吃东西是不好的，大家都还没吃，再说那还是生的，有很多寄生虫，吃了会生病的，知道了吗？"

妈妈说完，就动手拿了一块下来，叫我切一块下来炒，我可是切了一大块下来炒，那天晚上正好爸爸从乡下回来，我们一家是欢欢喜喜地吃了一顿晚饭。

学校放寒假了，要过年了，爸爸也可以过了年才回乡下去。妈妈做了五斤米的甜酒，这可是这两年过年做得最多的一次，因为，今年有爸爸从乡下带回来的一点糯米。我和小妹要拿它用来做甜酒，哥哥和小弟提出要用来做粑粑，最后妈妈表态是两样都要做，这当然是最好的。爸爸负责做粑粑，做几斤糍粑，几斤汤圆。爸爸开始打糍粑、舂汤圆面，我们跟在爸爸的后面跑上跑下、跑前跑后好不愉快。

没两天，妈妈的甜酒也做好了。她特意买了一个商店里卖糖的那种大口玻璃罐子装上。妈妈在考虑一个问题，甜酒一做好是什么时候都可以吃的，可能没几天就会被我们偷吃完，又没有什么地方好藏，就那么大一点屋，藏在哪里我们都能够找到，最后她想到了一个绝妙的办法，可能是谁也想不到的，而且是行之有效的。那就是她在玻璃罐子上贴了张条，上面写了一条毛主席语录："要斗私批修"！把罐子放在最显眼的地方平柜顶上，任何时候只要一进门就可以看见，非常诱人。这可真管用，几天过去了也没人偷吃一点。我几次借着擦柜子的机会想吃一点，手伸进去又放了回来。那几个字太有威慑力了。不，应该说是毛主席在看着我们，这是妈妈把它贴在上面的时候，对我们大家说的。

过年好，在我们一年三百六十天的日子里，盼望的也就是这两天。从我们天天唱的歌里，也能发现儿童的心理："红萝卜，蜜蜜甜，看到看到要过年，过年又好耍，又吃汤粑又吃'嘎'。"凤县这个地方，把肉叫"嘎嘎"，吃肉就叫吃嘎嘎。越是接近过年的那几天，我们的这首歌唱得越勤。不过，在我们看来还要增加一句，那就是：又穿新衣，又得钱。

每年过年，妈妈都要给我们做新衣服。过年是妈妈最忙的时候，她不仅要给我们做新衣服，还要帮同事及邻居家小孩做新衣。不过，她后来是先把我们的新衣服做好了，才给他们做，这是在我们的强烈要求下，才得到的，要不是妈妈总是先给他们做。

除夕之夜，我把新衣服放到枕头边，那是我最满意的一套新衣服。是妈妈托人买的料子，说是料子，实际上是装尿素的袋子。从阿尔巴尼亚进口的尿素，袋子上还有好多外国文字。这种袋子是在卖完化肥尿素以后的废物利用。这种布料柔软结实好洗，拿来洗干净，然后根据自己的喜欢把它染成各种颜色，再做成新衣服。我们在街上买来染料，按照它上面的说明自己染，其实是很简单的操作方式，容易做，效果还不错。我就把我和妹妹的染成红色、黑色，红的做衣服，黑的做裤子。这是搭配得最好的两个颜色，革命现代京剧《红灯记》里面的铁梅，就是穿这样的一件红衣服。我很早就想有这样的一件红衣服，又买不到这样的布，也就做不成。今年妈妈很早就托人买总算是买到了，衣服做好以后，我试穿过一次，穿着走到院里，邻居阿姨都说我本来就像铁梅，穿这件衣服就更像了。不过我还是把它脱下来，等到过年的那天才穿。现在看着枕边的新衣服，我满意地睡着了。

大年初一，我起了一个大早，不是要给爸爸妈妈拜年。我们家从不拜年，也不发压岁钱。今天是在弟弟的监督下要进行早请示，不过今天的早请示增加了一项内容，就是要背诵《毛主席视察大江南北》，这是妈妈一个月前从书店买来的，买来的时候，妈妈就提出了要求，要我们几姊妹都要能背诵，时间就安排在大年初一早上。它有平时抄大字报那么大的一张纸，上面是红红的字，印刷得很漂亮，我们把它贴在墙上，我们每天都要背，两三千字，没多久我就背熟了。可弟弟妹妹背得慢点，哥哥没多少时间在家，也还没有背熟，不过在过年的前几天他们都天天背，终于把它背下来了。

我一起来，穿上新衣服，第一个就站在那里背，这个东西虽然有两三千字，可对于我这个全校背诵毛主席语录第一名的人来讲，这不是什么难事，我很快就把它给背完了。我背完以后，妈妈给了我一角钱，爸爸也给了我一角钱。在我的记忆中，我家过年还从来没有发过压岁钱，今天是第一次，而且是这样的突然，这样的意外。我拿着钱反复地看，新崭崭的，还透着油墨的香味，我找了一个我最喜欢的小本本把它夹在里面，害怕会把它给搞脏了。

小弟是最后一个起来的，他是听到了我们背完，得到钱后欢喜的呼声，激动得赶快起来，还没搞清楚是怎么回事，就光溜溜地爬起来，站在床上急着说："我背，我背！让我背！"他还没有背得几句，就背不下去了，我在那里给他提示，他还是背不了。他急得哭，哭着也还在那里背，结果是急得一泡尿尿了下来，尿顺着床上地上流。

妈妈赶紧拿衣服给他穿上，说："慢慢背，妈妈先把钱给你，给他们一角，给你两角，你今天是最积极的一个。"说着，她拿出两角钱给弟弟，爸爸也给了他一角，他就比我们多了一角钱，不过我们平时，什么事弟弟总是优先的，因为他最小，我们大家都让着他。

小弟今天可不一样，他不要这个钱，他说："我不要，我要向毛主席做早请示，我的《毛主席视察大江南北》还没背呢?"

小弟背不了那么长的文章，最后妈妈好说歹说才说服了他，就让他背前面三个自然段就算是完成了任务。

大家把这一件令人兴奋、令人激动的事做完以后，爸爸的汤圆已经煮好了，"来来来，吃汤圆喽!"爸爸把汤圆一碗一碗地端进来放在桌子上，招呼着我们。

"我要放甜酒!"我首先提出这个要求，这可是盼望了好久的。

"我也要。"

"我也要，我也要!"

弟弟妹妹着急地跟在后面说。

"好，我们今天每人加一瓢甜酒，因为今天是过年。过年怎么过，就是这样过的。"爸爸也很激动地在为我们忙着，平时还很少看见爸爸这样高兴，不过今天他并没有穿新衣服，妈妈也没有穿新衣服。

我们穿着新衣服，跳进跳出，好是欢喜。

我还在吃汤圆，争鸣、母儿来叫我，说是国营饭店今天一早要卖议价馒头，他们都带了钱去买，要我一起赶快去。我给妈妈说，妈妈叫我先用我这个月所管的伙食钱里面垫，买回来以后，再还给我。

议价馒头是很难买的，以前都是在赶场天才有买的。议价馒头就是不要粮票，而价钱与其他的是一样的。这样的好事，是我们家家都希望得到的。赶场天卖的时候，农民多，他们力气大，像我们这样的小姑娘，难买到，就算是买到几个，也是被挤得披头散发，一身臭汗。今天不赶场，农民不会来买，人就很少，就比较好买。

我拿了钱，我们三个赶快直奔国营饭店，我说去叫小琴，他们都说来不及了，去晚了就没有了，它是定量供应的。

今天是初一，好多人都出去玩去了，知道的人不多，母儿知道也是他妈妈听国营饭店的人说的。凤县就这一个国营饭店，还有一个是公私合营饭店，当然是国营的好，什么时候人都很多。

我们到那里的时候，已经有好多人在排队了，有的人买着热腾腾的馒头出来，那是一脸的笑意。我们赶快排好队，看到前面的人不断提着馒头出来，我们好高兴，想着是自己已经提着馒头出来了。争鸣在埋怨母儿："你昨天就知道的，为什么昨天不告诉我们？不然，我们早就来了，还用得着现在还在排队吗？"

"我想知道的人不多，又不是赶场天，用不着忙，再说了，昨天我妈告诉我，要我今天来买的时候已经是很晚了，我哪有时间告诉你们。"

"什么是很晚，有几点钟了吗？"争鸣还是不高兴地对他说。

"几点钟，我没注意，反正广播已经停了！"母儿有些不高兴地说。

广播停了就要回家，我们都是以县广播站的第三次播音结束时间为最晚的回家时间。因为只要广播传出"凤县人民广播站，今天的第三次播音到此结束"的声音，整个县城很快就会很安静，它就像军营里的号角，能达到统一划一的效果。这也许就是长期以来县里电力不足，就那鬼火一样的电灯，是在第三次播音结束以后马上就停电，所以凤县的人也就养成了这样的生活习惯，第三次广播停了就不再出门。所以母儿的理由是很充分的，停了广播就已经是很晚了，一般不再出门。

我们排队，在那里站了很久，可前面的人不见减少。我注意观察才发现，有人在插队。按规定每人只能买一次，一次只能买十个小馒头，大的就只能买五个。有的人是买回去以后，又来插队买第二次。这样队伍就开始混乱，大家都到前面去挤，这时候劳力好的，个子高大的当然就占优势，买了一次两次，还在那里挤。

我们三个，站了一半天，眼看就要排到我们了，又不按队排了，大家拼命地挤。我们在那里站了一会儿，我对他们两个说："不行！我们也要去挤，走！"争鸣对我说："要不这样，你在外面接，我们两个在里面买了递给你，然后又买？"

"好办法，就这样，争鸣我们开始。"母儿说。

他们两个说着就去了，那阵势，就像走上前沿阵地的战士。两个人的搭配很好，争鸣个子大冲在前面，母儿在争鸣的后面使劲挤争鸣，他的一个屁股翘着抵在争鸣身上，争鸣很快站上了卖馒头出口的台阶上，手伸了进去，买到了。他要换出来，并把馒头递给我，母儿这时候在后面大叫：

"踩死人喽，踩死人喽！"他这一招还真厉害，旁边的人稍微动了一下，争鸣挤下来了，他挤到了争鸣刚才的位置，到了窗口边。我赶紧从争鸣手中接过馒头，把我的钱递给了他，他使劲顶着母儿，不要让他被挤下来。母儿刨开了窗口的好几双手大声说："该我买了，阿姨，卖给我，卖给我！"他手上的钱被接了过去，一提馒头递给了他。他举着馒头喊："让开，让开我要出来！"争鸣这时从他的侧面轻轻一插，母儿下来了，争鸣又上去了。母儿在下面推他，争鸣很快又买到了。

他刚一出来，里面就说卖完了，过两天再来吧。后面有人说争鸣，一个人买了两次，争鸣说，"你看到我买的两次，那馒头在哪里？你看，我们三个，一人一包，我买的两包在什么地方，我吃了不成？"那人好像知道情况，看了看我，也没说什么就走了。

我们提着馒头，为我们今天的有勇有谋感到非常高兴，当然，主要还是看到我们的馒头高兴。我们把馒头拿回家后，就约好大家一起去安定医院玩。

安定医院，就是疯人院。凤县人这两年，也不知是谁最先开始的，大年初一这天要去安定医院玩，一个是那边一路风景好，一路玩着去，到那里还主要是看疯子。

以前我从来没去过，爸爸妈妈不让去看，说："疯子有什么好看的，人疯了，就什么也不知道，是很可怜的，被关在一些铁笼子里，还要去作为动物一样地去参观，这是很不道德的，你们可不能去看。"我们今天出来，我没有告诉他们要去安定医院，只是说我们要出去玩。

安定医院离县城大约有七八里路，一路上的确风景优美，就是一个漂亮的森林公园。一条不大的马路，能勉强通过汽车，基本上没有汽车来这里，有时候用汽车送疯子进来，不过那是很少的时候，多数疯子都是被绳子捆了抬进来。

平时很少有人来这里，大年初一这天热闹了，一路都是人，大家都穿得干干净净、整整齐齐，小孩子们穿的都是新衣服。老的、少的，男的、女的，大家有说有笑，前呼后唤好不热闹。

一路上，母儿总有熟人打招呼，我们几个也是很打眼的，今天的路上基本没有我们这种少男少女结伴的，一般都是一大家人，几个亲戚朋友。小琴、云霞、张囡、张威他们按排班，今天早上去敬老院给老人们拜年，下午也都来了。张威是和争鸣、张囡他们一班的，后来才到我们红卫兵战斗队。我们三个没敢说早上买馒头的事，要不他们会骂死我们的，说我们不叫他们，还说是一个战斗队的呢，有好事不叫他们。

我们一路风风火火，打打闹闹，没多久就到了。那里的疯子还很多，有的是几个人关在一个房里，有的是一人一间。他们都摸摸嗦嗦的，不知道在忙些什么，不过还是很好看的，他们都有些奇特的动作。有个男疯子，坐在那里，把他的棉絮打开，把里面的棉花一点点地撕出来，飞得满地都是，他又把它捧起来撒向天空。这时一个小孩喊道："疯子，打个滚！"这时旁边一个妇女说："不能逗疯子，会越逗越疯的。这么冷的天，把棉絮都撕了，晚上怎么盖？"

"真像看西洋景，好玩！"

"妈妈，那个女疯子的屁股底下为什么是红的，是不是出血了？"一个小男孩在问他妈妈。

"是出血了。"他妈妈说。

"那她为什么不把它包好，她不痛吗？"

"她疯了，她什么都不知道。"他妈妈回答。

"她没有妈妈吗？"小孩子问。

"她妈妈老了，帮不了她。"

我们都认得这个女疯子，她的名字叫花猫，大名叫什么我们都不知道，只是听大家平时都叫她花猫。她家就住在县门口，以前她经常坐在她家门口的一块大石头上唱歌。她会唱很多好听的歌，《四季歌》、《刘三姐》的歌我会唱一点，就是从她那里听来的。她以前一直都在家，靠她的母亲做点针线活养活她。不久前，她妈妈死了，没人管她，邻居就把她送到这里来。

看到她屁股后面到处是血，她坐过的地方也留下红红的印记。我们几个女孩虽然还没有那个东西，但我们还是朦胧地知道一点。张囡叫那几个男生快走，就母儿讨厌，他不走，还要说，有什么稀奇的，大家都在看。最后我还是把他拉过来了。他走过来说："你们知道花猫是怎样疯的吗?"

"我们没人知道。"我说。

"我知道，我告诉你们！"母儿说。

"就你知道，整个凤县就没有你不知道的！"小琴说。

母儿得意地说："本来就是这样，你们说不出来嘛！花猫是个大学生，还在上大学的时候，一次接到家里的信，说是家里出了大事，要她赶快回来，实际上她家人是要骗她回去，让她嫁人。当她赶回来的时候，走到马羊关，那时回来是走路，就要进城了，被几个人抢了东西，又强奸，这样她一下就疯了。"

"什么是强奸?"云霞问。

"强奸都不知道，那我也不知道了。"母儿说。"叫卉卉告诉你。"

"我怎么知道，你为什么叫我告诉她?"我知道是怎么回事，可我怎么对她说呢。

"好好好，都不告诉你，你自己会知道的，知道了吗?"母儿这样说，云霞好像知道了，也不再问。

我们在外面的坝子玩了一会儿，虽然是冬季，还是看得出这个坝子四周的花台上有好多开败的花，那菊花，干枯的枝条上还吊着打焉的朵，那串串红的干枝上，一串串的红已经变成了串串黄，不过总算在这里还能看得到花的迹象，在城里是没有的，我们学校以前是有很多花的，这两年花台都变成了跳台，大家都在上面跳着玩，再也没有一棵花。

我们几个女孩，在花台边走了一圈，回来是每个手上都有两朵小菊花，虽然是寒冬它还是在残枝败叶上努力地开放，一半是紫色，一半是白色，它低着头，上面迎霜接雪的那一半就变成了紫色，那紫色是那样的深，深得仿佛是在上面涂的紫药水。我在那里欣赏着难得见到的花，玩了一会儿就往回走了。

我们回家了，就像一支小分队从前线打了胜仗冲回来，一路欢喜跳着跑着，很快我们就到了家。分手之时，我们七个人，围成一朵花，每人一只手搭在一起，一二三唱"扁担开花，各回各家，不回家的就是死娃娃"。

我刚要走到家门口，张威从对面窜出来，吓了我一大跳。

"你吓死人啦！"我往后退了两步，要不就要撞到他。"你什么事，早不说，一下窜到这里来了？"

"卉卉，我是来告诉你一个事的，这事不能让其他人知道。"

"什么事，还这样神神秘秘的！"

他把我拉到一边，小声地说："县门口那个叫肖番的，他家有好多书。"

"我知道他有好多书，是邓天厚在天主堂偷来卖给他的，有什么稀奇，大惊小怪的。"

"不，你就不知道了，他现在开了个地下图书室，可以在他那里借，也可以在那里看。"

"要钱吗？"

"在那里看不要钱，借两分钱一本。但他是偷偷地开的，是他的朋友才能去。"

"那你去吧，我又不是他的朋友！"

"我哥是他的朋友，我哥给他说过，他知道你，知道你是在天主堂看书的，你妈妈天天在那里整理书，他都知道。他说让我们两个去。"

"那好，你到县门口那里等着我，我回去一下再来。"

从妈妈不在天主堂整理书后，就没有那么多好书看了，后来我还几次后悔，当时应该拿一点回家来的，就是妈妈不让，说这样不好。现在是没有书看了，今天有这样的好事情，我肯定是要去的。

我回到家，爸爸还在为我们准备吃的，我在爸爸做好的菜上，每一样吃了一点，拿了两个馒头就走。妈妈在后面喊："你去哪里？"

"我去玩！"

"你是个野人，一天玩疯了。"妈妈说。

不过我知道，爸爸妈妈对我们都是说说而已，从不管我们怎么玩，在什么地方玩，只要每天"第三次播音结束"电灯熄前回家就平安无事了。

　　走到县门口，张威在那里，我拿了一个馒头给他。我们一前一后地走进肖番家。他的地下图书室是很窄的一个巷子，在两栋房子相接的中间，房子的两边靠得很近，不到一米宽，过两个人就要侧着身子。前面从上到下是用木板钉好的，看不出有夹层，人从房子的后面进出，还真有点像以前电影上的共产党的地下活动室。

　　我们走进这个图书室，被这里的一切所震惊，这么小的一个地方，安排布置得这样有序，让人觉得主人一定是一个图书管理的专业人员。这么样的一个房子不可能放书架，他的书是分门别类一本本挂在墙上，挂得是那样的整齐，从侧面一看，如操着正步走过来的士兵，每一个点都在一条直线上。

　　肖番看着我们进来，走上前来对我们说："要看什么，你们自己拿，高处的拿不到，这里有竿子，不过拿的时候一定要小心，不能给我搞坏了，在哪拿的放回到哪去。"

　　我在旁边的一个小凳子上坐着，在离我最近的地方拿了两本书看。看到有些晚了，我和张威准备每人花两分钱租一本回家去看，我拿出今天得的崭新的一角钱递给肖番。他说："你们拿去看吧，不要钱，两天内还我就行了。"我们把书藏在衣服里面，高兴地走了。

　　两天后，我们把书拿去还，又在那里看书。我和张威经常背着他们几个去看书，他们有时也追问、盘查，我们都是扯一个事哄他们，我们不敢让更多的人知道。在这个地下图书室里，我们知道了我们在学校从来不曾接触过的大量的历史文化知识。

八、窗外鬼影

　　年很快就过完了。爸爸又回到乡下搞中心工作去了。妈妈现在的劳动改造不是到天主堂整理书，而是到县托儿所洗衣服、打扫卫生，我们中午到那里食堂吃饭。我们吃得很多，按定量每顿就只有四两米的饭，可我们就是吃六两也不够，在家里还可以多做些红苕，在这里就是一钵饭，一钵菜。不过我们晚上回去还是可以煮一大锅红苕吃，每一个赶场天，妈妈都要买几十斤红苕，背一大背篼回家，家里的桌子底下，任何时候都有一地的红苕。妈妈爱说的一句话是，就是喂四头猪，也吃不了这么多！也不知是怎么的我们总是吃得多，又好像什么时候都是饿。在托儿所食堂吃就更是这样。

　　每天去吃饭的时候，都看着妈妈洗的那小山一样的一堆衣服，天很冷，地上还有冰，妈妈是一件一件地在那里搓洗，我心里很难过。天天都有这一幕，我们去以后就帮妈妈打水、清洗。妈妈不让我们做，可我们还是在那里忙着，总是可以帮她做一点事的。我想妈妈在书店清理书多好，没有这么冷，我还可以看书。

　　一次，我在帮助妈妈洗衣服，一个穿对襟衣服的中年男子走过来，他围了一条围巾，这是很少的，当时很少有人围围巾，县里面也没有围巾卖。我们刚来凤县的时候，妈妈给我围了一条红围巾，被同学们起哄，他们追在我后面叫"资产阶级小姐！""吊颈索！"还是小琴、云霞她们帮我赶走了他们。从那以后，我就不再围围巾，也没有看到其他人围。

这个人走近以后，我看清楚了，他就是文教、卫生系统的造反派，他们叫的牛司令。他稳步地走过来，把围巾朝后面一甩，"刘林，你要老实哟，有人反映你洗的衣服不干净，原来是叫小孩子在这里做。叫你洗衣服已经是便宜你呐，那是看你有四个小孩，要不是，你这种性质的是应该下到农村去劳动的。"他的声音很小，不阴不阳的，我很害怕，我怕他会打妈妈。我记得那次"100人批斗会"的时候，他就在那些人的脚上一人踢一脚。

我看妈妈什么也没有说，只是在那里一件又一件地搓，我也不敢帮妈妈洗了，怕再洗不干净被别人说，我拿来大盆，把水一桶一桶地打好，等妈妈来洗。

弟弟妹妹放学来吃饭了，我赶紧去拿碗筷。我们吃饭很简单，每人一钵饭，从食堂里打来，四个人的菜是打在一起，一大钵，大家一起吃。我们把饭打来了，三个一起去打菜，拿着一个钵钵，说它是钵钵还不如说它是个盆，实际上就是一个小盆。大一点总比小好，小了打菜的师傅就可能少打一点，所以我们总是拿大的。我们三个在那里看着大师傅打菜，希望给我们多打一点，虽然没有肉，都是些白菜萝卜、瓜瓜菜菜，在我们感觉还是很好的，何况有时候还有一块做菜的时候用一点肥肉熬油的油渣，有两次我们就得到过，这样我们每次都希望有奇迹出现，三双眼睛都瞪大了，盯着打菜师傅的勺，希望有奇迹出现。当我们正在全神贯注盯着大师傅给我们打菜的时候，我们几乎同时发现，有一块"油渣"打进了我们的钵子。

我端着打好的菜，又仔细地查看了一下，再次确认就是有一块"油渣"，而且还很大，激动地叫妈妈快来吃饭。我把菜放到了刚才妈妈洗衣服的台子上，这时候这台子成了我们的饭桌。我们围着它站着，每人端一大碗饭等妈妈过来吃。现在吃饭，小弟不再组织我们搞向毛主席请示这个仪式了，主要是条件不允许，没有地方，就在妈妈洗衣服的台子前吃饭，又没有毛主席像，无法进行。

妈妈来了，弟弟妹妹几乎同时把筷子伸到菜钵里，找到那块"油渣"，互不相让，最后还是妈妈发话，妹妹才放了手，她觉得很委屈，还在那里说："为什么每次总是要我让他？"这时候只听到小弟大叫一声，我们以为出什么事了，他说："妈妈，你们看这是什么呀？"

我们赶紧凑上前去看，小弟用筷子夹着一个东西，就是我们刚才看到的那快"油渣"，"呀?! 是一条大虫子！"小妹大声地说道。我打了一个冷战，凑近看了一眼，是一条肥肥的花虫，有拇指大小。妈妈忙叫我们不要闹，把虫丢了就行了。弟弟一下把它丢在水沟里。"妈妈这菜怎么办？"我问。

"怎么办？吃！"妈妈回答得很小声，但很有力。

我们恢复了平静，就跟什么事也没有发生一样，在那里埋头吃，一会儿，那菜钵里就只剩下一点汤。

下午我没去学校，妈妈有好多衣服要洗，我坚决要求要帮她洗。我给妈妈撒谎说，下午不上课，老师要开批斗会。妈妈也就让我在那里帮她的忙。有我帮忙，下午还很早我们就洗完了。吃过晚饭，妈妈叫我背上背篼一起出去。我说："天都黑了，还背背篼出去干什么？""背着走就行了，问那么多！"

我们走到东门街上，一个破烂的老房子。我们一进去，一个二十来岁的姑娘出来，妈妈叫我叫她邹阿姨。她热情地对妈妈说："刘姐，快坐。我妈前几天就叫人拿来了，在里面呢。妈，刘姐她们来拿了。"一个婆婆走出来，婆婆不到五十岁，完全就是一个农民的穿戴，"哦，刘姐来了，你姑娘都这样大了，我家邹花在你们单位，得你多照顾，你有哪样事情你只管说。那天邹花回来说的事，我已经帮你办好了，需要做什么你只管说，我们办这些事，乡下的亲戚朋友多，好办。你们就不一样了，拿钱也找不到，去哪里买，人家也不敢卖给你们，抓到就倒霉了"。

她一来就对妈妈呱呱呱说了一大串，我听不懂是买什么东西。妈妈只是谢谢，也没有说是什么。妈妈拿出我们提来的一些旧衣服，一一地理给她，专门提出几件说："这几件是我旧衣服给你小儿子改的，还可以穿。"

听妈妈这样一说，我才发现她家有好多娃娃，最小的两个是男孩，两三岁。妈妈的衣服包包一打开，屋里一下变出了好多人。婆婆对妈妈说，她有八个孩子，其他的两个大点的是他叔叔家的，在城里做零工，如有什么事做，帮他们找点。说完她叫他叔叔家的两个男孩："去把你刘姐的东西拿来。"他们两个走到后面的房子，它是一个大房间，里面很乱，是厨房，又是杂货屋，里面还有一个磨子，他们走到磨子旁边提了两个袋子出来。

"共六十斤，看你们好几天都没来拿，知道你们没空，我们已经帮你们推好了，都在这里。两个大袋，一个小袋，小袋是头子，你们拿回去喂鸡。"说着她提起那个小袋。妈妈从她手里提过来说："这个我们就不用拿回去了，放在这里你们喂猪，我们拿回去也没什么用。"妈妈说着把那一小袋放在地上，连声道谢，我们拿着那两袋回家。

那是两袋苞谷面，妈妈请婆婆买的黑市苞谷，市面是没有卖的，要找熟人私下找乡下人买。现在妈妈找到能够买粮食的人了，我家粮食不够吃的事，也解决了一点，可以不吃那么多的红苕。这以后，我们几乎是半个月来一次，婆婆买好，我们自己来推，用磨把苞谷磨成面以后，才拿回去。

现在对妈妈的批斗，虽然没有以前那样的频繁，但监督管制没有放松。妈妈在晚上总是在她的缝纫机前忙，多是在帮别人做，很多时候都是电灯熄了，她点着蜡烛在那里做。她一边做一边唱着歌，这是她最自由、最快乐的时候。但是就在这些时候，窗外有人在监督，我们时常在窗户上看见有人影在晃动，开始我很害怕，只要一看到就赶快用被子盖着头，害怕会发生什么事情。

这时候听着的是妈妈那几分悠扬，几分凄凉的歌声："抬头看见北斗星，心中想念毛主席，迷路时想念有方向，黑夜时想念心里明。"也是很奇怪的，听到这首歌，我好像心也明了，胆子也大了，就像有毛主席和我们在一起，什么样的问题都是能解决的，什么样的困难都是能够战胜的。特别是看到妈妈，在这样的时候，是那样平静，外面的人仿佛是在保护我们，她只管做她的衣服，打她的缝纫机。慢慢地我们对外面监督的人就习惯了，他们对我们的生活没有丝毫的影响。

一天下午，有两个年轻人来到我家，妈妈刚从托儿所洗完衣服回来。这两个年轻人也就二十出头，很漂亮，很时髦，穿浅色的裤子，白衬衣是扎在裤子里面穿的，这就是最摩登的打扮，因为他们是造反派，也没有谁敢指责他们，说他们是资产阶级。他们本来长得就像外国人，头发卷卷的，鼻梁高高的，皮肤白白的，就像外国电影中的人物。当时的外国电影就是苏联的和阿尔巴尼亚的，他们最像阿尔巴尼亚电影中的人。在凤县这样的小县城里，他们分来的时候才两天，全县城里的人民都知道他们了，都叫他们"洋人"。他们是去年从省里的一个技术学校分来的，在电影院放电影。放电影那是技术活，他们是懂技术的人。正是因为这样，特别派他们来我家查妈妈缝纫机里的问题。看看里面是不是有发报机，要不妈妈为什么天天都在打缝纫机。

他们到我家，是再一次来查妈妈的缝纫机的，大家都认为，刘林既然是特务，就肯定有发报机与她的上级联系，发报机藏在什么地方呢？她经常都在用而又隐蔽的地方，那就是在她天天都在打的缝纫机里，这样她还可以天天明目张胆地打缝纫机。可是上次派人来查，没查出什么，这次又派两个技术员来查。他们一到，就去拆开缝纫机，一个零件一个零件拆下来看，搞了半天，也没有发现类似发报机之类的东西。天快黑的时候，他们要走了，缝纫机散成一地，妈妈说："你们得给我把它装好啊?!"

"给你装好？没有没收你的就算便宜你了，还要叫我们给你装好，有那样好的事，也不看看你是谁?"他们中胖一点的那个说完甩着手出来。他们走到门口，瘦一点的那个说："你看?"

"看什么?"

"有美餐!"

一群来杭鸡，那是当时最好的品种，肯下蛋。它们可爱，白白的毛，金亮的脚，每只在两斤左右，一摇一摆地从外面回来。鸡窝就在厨房的门外，它们很纯，不怕人，慢慢地绕过人，去上它们的窝。

瘦的那个说："今天晚上我们可能还要来啰?!"

胖的那个说："来! 一定来!"

晚上他们来了，是看上我家那一窝鸡，来偷鸡来了。

这七只鸡是半年前我们自己家孵的，现在一个个长得很是惹人喜爱。老母鸡是本地的土鸡，它也很可爱，它跟小鸡在一起的时候，一副长者的风范，地上有一颗食，想到的是它的小鸡，在那里咯咯地直叫唤，它完全不知道它是在帮别人养孩子，它是那样认真地去完成一个母亲的责任。小鸡长大了，我们也舍不得杀它，一直把它养着。小鸡在两斤重的时候，是最好吃的，可我们认为小母鸡要喂来生蛋，四只小母鸡，每天就有四个蛋。来杭鸡是新品种，比本地土鸡要好得多，最大的特点就是每天一个蛋，本地鸡下一个隔一天。这七只鸡还是隔壁赵阿姨、刘叔叔他们在农科所工作，从外地调来推广的优良品种，给了我家十个鸡蛋，我们专门找了一个会孵小鸡的母鸡来孵的。十个蛋孵出了七个小鸡，其间融进了我们多少艰辛。每天要给老母鸡翻蛋，因为蛋多了，老母鸡翻不动就会受热不均，孵出的小鸡就不多。十多天以后，还要"踩水"，就是用一盆温热水，把孵的蛋放到水里，蛋在水里浮着，一会就可以看到有的蛋在摇晃，那个蛋就肯定已经变成了小鸡。这样做，一般是能够看出可以孵出多少小鸡，但主要的还是要让它在水里有一点湿度，便于生长。在孵小鸡的整个过程中，每两三天要把老母鸡捉出来，喂食喂水，因为它太尽责了，整天不吃不喝专心养育它的娃娃，不吃不喝会死的，一定要让它出来吃东西。

晚上十二点过，两个"洋人"准备了四节电的电筒来到我们家。他们对偷鸡这个行当也是相当地有技术，他们走到鸡窝边，打开鸡窝门的同时，雪亮的电光，一下射了进去，里面的鸡一个个就真是木鸡了，不动不叫，呆呆地在那里。胖的那个拿着电筒牵着麻布口袋，瘦的那个从鸡窝把鸡一一地抓出来。这时候抓鸡，虽说都是木鸡，但它不会永远都是木鸡，离开强光以后，它又要叫的。瘦"洋人"是早就知道这一点的，他抓鸡是有一套的，先抓住鸡的脖子，提出来以后，把脖子扭一下掖在鸡翅膀下面，鸡这时就跟死的一样，不跳不闹，乖乖地装在麻布口袋里。

他们很快地就把那几个小鸡及它们的鸡妈妈全部装进了袋子，提走了。整个过程不到十分钟。

第二天一早，我出来放鸡，鸡笼空空的，我一惊，赶快去告诉妈妈。这时一家人都追出来看是怎么回事。隔壁赵阿姨、申阿姨她们都出来看，小琴、争鸣他们也上来了。因为这些年，不管怎样，在这个小县，还没有听说有哪家的东西被偷过什么，包括鸡。但大家推断，这些鸡只能是被人偷了。"哪样人这么缺德，偷东西吃了不得好死！"小琴走到我家的小院坝中间，大声骂。

后来，县委大院里一连发生了几起偷鸡的事情，也没有人管，也没有地方可去告。不过，就算是人被偷了，杀了吃都没有人管，没有地方可报案，何况鸡了。我们只有再孵一窝小鸡来慢慢养，可惜我们那窝鸡，都好大了就这样没有了。

这事过了很久以后，妈妈调到电影院后，那两个"洋人"年轻人自己告诉妈妈的，说我家鸡还有其他几家的鸡都是他们偷的，那段时间他们是吃够了鸡肉。他们还对偷鸡的高级技术也作了绘声绘色的描述。

九、电影院混票

学校不上课了，我们每天也用不着再到学校去报到。我们出去的时间更多了，天地对我们来说更宽了。年龄大的学生们可以走得很远很远，去串联，去闹革命，很多人还是走路到遵义，像当年红军二万五千里长征那样走，到处串联。全国各地都设有"红卫兵接待站"，红卫兵每到一个地方，吃住都由接待站管，不用给钱。坐车也不要钱，只要上车就能够到终点。大家都赶火车到北京，每一列到北京的火车都坐得满满的，伟大领袖毛主席在天安门城楼上多次接见红卫兵。我们在纪录片里看到，很是激动人心。我很喜欢看这种纪录片，很真实，还能见到毛主席。

可现在没有钱看电影了，学校不上课了，我们五（一）班也不存在了，那就是说没有班费看电影了。虽然那几部电影我们是看过一二十次了，但再放的时候我们还是要去看，而且并不觉得它是看过的，电影对于我们总是那么新鲜，那么有吸引力。

那天吃过晚饭，我和哥哥去婆婆家背苞谷，现在买的黑市苞谷不用在婆婆家那里磨了，县里已经有打面的机器了，是县农具厂生产的，这是毛主席的"抓革命，促生产"号召的丰硕成果。那天工人阶级还抬着这台磨面机游行，他们都是"4·9"派的，当然，这个派的所有人也都扬眉吐气、趾高气扬了，他们体现了工人阶级的作用。不过有了这个东西，我们可是轻松多了，只要把苞谷倒进机器里，那边出来的就是苞谷面。用不着我们在那里一点一点地磨，每次都要磨一晚上。

我们到了打面房，有好多人在那里等着，排了很长的队。我正在发愁，就看到张威和他哥哥也在那里。张威悄悄地走过来给我说："我们去肖番的书屋看书去，让他们在这里等，这么多人，还早得很呢。"我哥哥跟他哥哥也很熟悉，他们走在一起说些什么。我们两个走过去："你们在这里看好了，我们有事。"不容分说，说完就跑。他们还没有反应过来是怎么回事，我们已经跑远了。只听到哥哥在喊："你要早点回来背哟！"

我们刚到肖番的书屋，只见肖番跟几个人站在那里，那情景好像是要出去。"你们两个鬼又来了！"肖番笑眯眯地说。

"你不是说随时都欢迎我们吗？"我说。

"那是，那是。可今天不欢迎。"

"为什么？"

"今天有更好的事！"

"什么事？"我急着问。

"你们不知道？"

"不知道！"

"今天要放一部新电影，外国片《瓦尔特保卫沙拉热窝》。我们马上就要走了，你们今天就先拿两本书回去看。有两本新书，今天才还回来的，你们拿去看。"说着他开门走进他的书屋。张威跟着他进去拿。一会儿他们出来了，张威手里拿着两本书，用牛皮纸做的封面，看不到书本来的封面。

我上前问："什么书？张威。"

肖番过来说："我来给你们分，卉卉先看这本《青春之歌》，张威你先看这本《烈火金刚》。"说着把它递给了我。拿着另一本对张威说："你看这本，史更新那才是英雄，真正的男子汉。看完后给你哥看，这本书一拿来就被人借去了，他还没得看呢。"

他们都是大人，正谈着他们去串联的事，说到他们在去北京的火车上，一天一夜没吃没喝也没地方拉的情景。每到一个站，列车都不敢开门，但还是要从车窗上爬进来很多人，快到北京的时候，货架上坐满了人，座位底下躺满了人，座位上一个抱一个，座位的靠背上一个挨一个，都坐满了人。过道上的人一个插一个地站着，厕所里也要站七八个人。说的那个人说，他最奇怪的是，最后一天挤得不可能挪动半步，这么多人的吃喝拉撒是怎么解决的，他一直不明白。他说：人的忍耐力是很大的，有时是惊人的。他们从凤县走路到遵义，再到井冈山、韶山、延安，一路上爬车、走路，什么样的事都做过。做得最多的事就是吃东西不给钱。不是他们不给，是他们没有钱。他们出来的时候就是空着手，最多就是带几块钱，几斤粮票，早就用完了。他们算好的是出来就是坐车不用钱，到"红卫兵接待站"吃住。他们没有想到接待站不是旅馆，不是什么地方都有。很多小地方找不到吃住，就只有赊钱赖账，有时候不行就只有偷，也没人敢抓，最多就是骂几句。经过一个月的艰辛，最后一站到北京，接受了一天一夜不吃不喝不拉的考验，还是没有见到伟大领袖毛主席。毛主席已经在前两天就接见了红卫兵。他们只有在天安门广场走了一圈，向天安门城楼上仰望，似乎看到了毛主席，他们心里同样也很激动。

我们悄悄地跟在他们后面，听到他们的谈话，很羡慕。心想，如果我有他们这样大，就好了，就可以去串联，赶火车上北京，去见毛主席，就算是见不到毛主席也很光荣、很幸福。

我们一直跟在他们的后面，快到电影院的时候，肖番发现我们还在他们后面，转过头对我们说："你们怎么还跟着我们？"

"我们看电影！"张威说。

"看电影不要跟着我们走嘛，像个跟屁虫一样。"

"我们不跟他们走！"我对张威说。

"你不要说话。"张威小声地说。

到了电影院，我们没有钱买票，张威对我说："跟着肖番他们几个人走，不要吭气。"我按照他说的紧紧跟在他们几个人的后面。今晚是新电影，看的人很多、很挤。进门处只开了一个小门，两个守门员一边站一个。我们在一堆人的驱逐下走到门口，张威示意我拉着肖番背后的衣服进去。在过门的那刻，我卷着身子，悄悄拉着肖番的衣角，很顺利地进去了。

张威说他们经常用这个方法混票。以后要看电影就这样，跟在一个大人的后面拉着他的衣角，就可以混进去。这天晚上的电影很好看，从头打到尾，精彩。

十、串联

　　准备去串联。全国的大中学校的学生都投入到这场革命中去了。有到北京，得到毛主席接见回来的人，在街头巷尾把他们的幸福与激情传递给还没有打算出门的和正准备出门的人们。人们听得如痴如醉，激动万分。我们一帮小学生也在这些人堆里拱，听他们策划，看他们激动，准备走的人三五成群地计划着，不打算走的现在也要走了。有人说，大家走就行了，出门如果能赶上什么车那就是幸福的，行程比较轻松快捷。开始的时候串联的人们坚持的是步行，那就是有车也不坐，这样才能体现革命精神，不过走几天后，人也累了，路程也没有赶多少，那就开始找车，不管哪样车，火车客车货车只要能代步，那是见车就爬，只要能爬上去，那就是胜利。有时候有马车也很好，可以轻松走一段。走出县到地区汽车多，更有火车，那就快了。吃宿在全国各地大小城镇都有接待站，不用花一分钱，只要签名就行。得到毛主席接见的几个人说，他们能及时赶到北京，得到毛主席的接见，就是因为他们几个敢爬火车，会爬火车，要不是要乘上北京的火车见毛主席是不可能的。火车到站一般是不能开门的，上面的人已经很满了，人们是从窗爬进去，还要站在最佳爬窗位置，央求里面的战友帮助，有战友的友谊之手的才能上去。他们是爬装货的火车，几次被抓到，送下站来又爬别的，只要不被抓到，就成功了，几经转折，最终赶到了北京，那是经过好几个站的转折。

听他们说着那是太精彩了，我们只想自己为什么就不多长几岁，像他们一样大，到处串联，那是太精彩了。

我们几个虽然才小学五年级，在他们这些中学生的影响下也想要去串联。母儿提出异议说，没有听说过红小兵串联的，怕没人接待哦。说是说，我们也不敢走，就是走，往哪走，都是问题。不过大家还是不甘心，决定一起商量一下。

我们决定去敬老院，在那里商量。敬老院是我们经常去做好人好事的地方，正好把前几天给他们买的东西带去。到了敬老院我们把给老人们买的针头线脑的小东西给他们。大家到后面水井的小亭里商量，正说着敬老院的负责人周大爷走上来对我们说："有件事，还没有经你们的同意，我就先给你们定下了？"

"什么事？周大爷，凡是你老人家定下的事，我们就去做。"张威抢着说。大家对他有些不满，什么事他总是一副吊儿郎当的样子。我说，让周大爷具体讲，不要吊儿郎当的！我白了他一眼。

"周大爷，周大爷什么事你对我说，我说干就干！"母儿来劲了。

周大爷说："是这样的，县民政科要把敬老院修补一下，工程还不小，这就需要一些煤沙，这个事情你们能做，我就给他们说了，把这个事留给你们做。十五块钱一方，估计需要十来方。不过要从山下筛好后，挑上来，我们敬老院上面有一点煤渣可以筛，不过那是很少的。怎么样，你们愿不愿意干。"这样的好事我们还能不干，要知道，农具厂是我们这里唯一的工厂，年轻的工人每月的工资就是九块多钱。能有这个活路做，我们几个是高兴得忘了是来这里商量串联的事情。大家围着周大爷要他给我们讲故事，这是对周大爷的报答。周大爷喜欢给我们讲故事，他讲的故事我们经常听，有的已经听过好几遍了，不过他喜欢给我们讲，只要一高兴他就会说，今天我该给你们讲故事了。就像喜欢喝酒的人一高兴就说，今天应该喝两杯了。周大爷六十多岁，解放凤县的时候他是个民兵，参加县里的几次剿匪行动，立过功。唯一的儿子在朝鲜战场上牺牲了，成了烈属，他和老伴后来进了敬老院。老伴在前几年也丢下他先走了，他进敬老院已经好多年了，是这里的老人。敬老院的事现在县里也没人管，就是他在具体负责，他给我们找了这样的好事，我们当然非常高兴，这就意味着我们可以找到钱，有钱可以帮补家用，还可以去做更多的好事。大家幸福地围着周大爷，听他讲故事。

故事讲完，我们就开始查看这里都多少煤灰，准备怎么做。没有想到这样的好事落到我们这，大家七嘴八舌说开了，好像马上事情就做完了，钱拿到了手。

周大爷见我们兴奋的样子说："你们虽然还是娃娃，就从这些时间你们经常来我们这里帮我们这些孤寡老人做事，就冲这一点，我看重你们，相信你们能做好这件事。不过这不是闹着玩的，是要见真功夫的，答应了，你们就要好好干，要按时，保证质量完成喔！动工还有几天，你们要是把煤沙筛好了，就挑上来，放在这里，他们来丈量，按方付给你们钱。一方，是好多你们晓得不，具体讲就是，长宽高都是一米，也就这样高。"他用手在腰前划了划。"他们会计算的，不会亏你们的。那就这样了，我先下去。"周大爷说完走了。

周大爷的一席话，说得我们知道这件事的严重性。大家就讨论什么地方有煤沙，哪家有筛子，几个人一组分成几组，要怎么干才快。母儿站起来打断别人的话说："我觉得我们现在就可以去筛煤沙了，用不着等几天。要不就被别人筛了，现在的小工活路少得很，我们要把握机会。"

争鸣说："这个事情不存在什么问题，周大爷跟我们说好的，他就要用我们的，其他人即使知道，也没有什么办法。我们和周大爷和敬老院这么久的友谊，他不会叫别人搞的，况且是他先提出这个问题的。还有什么好担心的，我们现在还是商量出去串联的事吧！"

两个意见都有道理，实际上是要决定：串联我们要去还是不去？最后就采用举手投票解决，争鸣、张威、小琴和我赞成去，母儿、云霞不赞成去，最后还是决定要去。

去什么地方？远了肯定不行，我们几个又没有钱，还走不出遵义，就得饿死，那就只能是去近的地方。近的地方是哪里呢？只有到区里。凤县的几个区，都有几十公里，最近的也有二十多公里。我们怎么去？这时候云霞说她的外婆家所在的那个区，三凤区就是最近的，二十多公里。听她舅舅前几天来的时候说，区里也有接待站，还经常有红卫兵去。既然是这样大家最后决定就去三凤区，串联。

第二天一早，我们几个穿得干干净净，戴着毛泽东思想红小兵的红袖章，每人都背了一块毛主席语录板。当然语录板还是我的那块最好看，那是我爸爸亲自给我做的，它不是一般的就是一个平板的那种，它是有边的，红底黄字，是那样的耀眼。一面写着：领导我们事业的核心力量，是中国共产党，指导我们思想的理论基础是马克思列宁主义。另一面写着：我们共产党人好比种子，人民好比土地，我们到了一个地方，就要和那里的人民结合起来，在人民中间生根开花。母儿很羡慕我的，想拿他的那块和我换着背，我不愿意，在他的再三央求下，我才同意出了城，换给他背一下。

我们排着队出发了，云霞在前面扛着旗子，上面几个金灿灿的大字：毛泽东思想红小兵。我背了一大包我们昨天晚上加班印的传单。一路走一路发，我们自豪地走出城，好像很多人都在看着我们，欣赏我们。我们也要去串联了，仿佛我们也是红卫兵了，从这里走出去，就能见到毛主席，这是多么光荣的事情。

走到东门外，母儿的舅娘家。母儿要我们去他家舅娘家玩玩再走，去吃新苞谷花，我们都想吃的好东西。不过时间不早了，还是不去的好，就叫母儿回去拿，我们就不进家去了。

一会儿，母儿提着一包东西，走到我们面前说，来，来来，吃这个东西。我们一人抓了两大把，原来是炒米花，是刚打的新米炒的，真是香。

我们顺着公路走出了下坝，一路没有车，也没有见到多少人。下午，我问路边劳动的人，到三凤区还有多远，他们说是就要到了，前面就是。我们在路边找了一个宽敞一点的地方坐下，把带的饭菜、红苕什么吃的摆出来，开饭。正吃得香，路边收割谷子的农民，见我们几个打着旗子挂着语录牌，以为我们是下乡来宣传的，就在那里大声地喊："下来表演个节目！哎！来给我们跳个舞！"

"我们，去吗？"我试探性地问，其实，我是很想去表现一下。

"走走，人家很欢迎我们。"母儿说着就要走。

张威站起来说，怕时间来不及了，我们还要赶到区政府招待所才有接待站呢。我说，去表演两个节目就回来，耽误不了多少时间，还是去吧。

那我们就去表演两个节目就赶快走。争鸣说完，带着我们一伙人下去了。

我们就在刚割完谷子的稻田里表演节目，农民们在稻草堆上坐着，一个天然的舞台。舞台边上有我们的旗子，我们背着毛主席语录牌放声唱："秋风送爽，稻谷香，好一片丰收在手，好景象。红旗飘扬，歌声嘹亮，红小兵走上了战场……"

我们把近段来所排练的节目都表演了一遍。最受欢迎的还是"三句半"：全国形势一片大好，祖国河山如此多娇，牛鬼蛇神见此不妙，逃之夭夭！……后面的半句都是母儿说，他风趣幽默、形象逼真的表现，惹得大家哈哈大笑，激起一阵阵的掌声。来看的人越来越多，周边田里劳动的人都来了。我们也很高兴、激动，自编自演的节目都演完了，还在那里现场发挥，大家完全忘记了我们还要赶路。

最后，还是张威没有忘记时间问题，召集大家急忙"谢幕"，我们才又踏上征程。

我们按照农民告诉我们的路线，走小路，近得多。走了一段羊肠小道，从山顶直下到山脚，准备过渡口，过了渡口，爬上山顶，就可以说到了。

这条河叫凤儿河，它穿过一个大坝子，从凤县县城旁边流过。为什么县城址当年没有选在凤儿河，老人们说：凤儿河三年五年要泛滥一次，河水大，县城依着它不好，所以县城就选到凤落山脚下。老人们说，欺山不欺水，像现在这样，县城里只有一条小河，少有洪水的泛滥，依着山，又有山的灵气，是最好的县城址。

在凤儿河上，58年"大跃进"时代就提出要兴建的两个电站，直到现在十年了，还没有修建好。全凤县的人还在盼着"楼上楼下，电灯电话"，也不知道要在什么时候才能实现。

我们走到了凤儿河边，没有桥，这里过河用渡船，一看渡船，在对岸，又没有船家。我们怎么过去呀，大家都有些着急。刚才还夕阳在山，这时候，天黑了下来。大家突然意识到问题的严重性，要是过不了渡，我们也不可能往回走，那是很远的路，还有一段山路，刚才农民们还说晚上这一带山里有豺狗。我们一齐大声地叫喊：我们要过渡！有人没有？只有我们的声音在山里回荡，见不到一个人。

母儿说："我喊一二三，我们一起喊。一、二、三！"我们一起放开嗓子喊"我们要过渡……有人没有……"声音真是在山谷里回荡，但是只有空谷回荡却没有什么别的声音。喊着喊着我们更是害怕了，带着哭腔。云霞大声地哭了起来说："叫你们不要来，你们偏要来。我说这里没有什么好玩的，你们不相信。去田里表演的时候我就告诉你们，还要过一个渡口，你们还是要去表演。现在没有人摆渡了，我看你们怎么办！""不要哭，云霞，我们会有办法的！"我在安慰云霞、小琴，其实我就很想哭。

有谁小声说："游过去吧？"

那可不行，几个女生是游不过去的，这里少说也有五十米。要不我游过去，把船划过来接你们。争鸣提出了一个大胆的想法。

张威说："我和你一起游过去，相互有个照应。这点距离我们是能够游过去的。只是天凉水深，我们要把衣服全脱了，只穿一条短裤过去，等一会儿好穿干衣服。争鸣，我们跳一跳先活动活动，我和我哥他们搞过冬泳，也没什么稀奇！"他们说着就开始脱衣服。

我反对，说："不行，你们这样做太危险，万一出什么事怎么办。要是没有人摆渡，我们就转回去。只要翻过这个山，走不了多远，就可以到我们刚才表演节目的那个地方，在那里找个人家住，明天再来。"争鸣说："你说得好，走上去这一段也很危险的，还不如游泳有把握！"

"不用说了，这点距离我们保证安全，我们最多十分钟！"张威激动地说。

我没办法劝得了他们，他们下去了。这是一个危险的办法，但现在也没有其他的办法。他们把衣服捆在一起，顶在头上，踩着水下去了。他们一会儿就远了，可总不见上岸。看来其实并不像他们说的那样最多五十米，水上的距离是不好估计的。这时候，对面半山上有人在喊："是哪个？"

"是我们！"听到对面有人问话，我们就像找到了救星。赶紧喊了起来："河里有人！"

摆渡的人从山上走下来，正看到争鸣、张威他们游上岸。看着光光的两个人爬上来，他吓了一跳，一看是两个十多岁的娃娃，更是吃惊，一问情况，他说："你们这些娃儿，胆子大，这里河面这样宽，淹死了算哪个的。我就住在坡顶上，你们多喊一下，我就听到了。幸好没得哪样事，快点来穿好衣服。"船工来了，我们很快就过了渡。和他一起爬上了山。到了山顶，他看着我们这群娃娃，天黑了没有找到驻地，还在这里跑，便带我们到区里的招待所，找到了接待站，对接待站人说："这些是来串联的娃娃，你们看怎样安排。这样大点年纪不在家好好读书，出来串些哪样，出点事怎么得了，也不晓得是造些哪样孽哦！"他说着，看着我们在接待站有人管了他才回去。

我们走进接待站，这时候真有到家的感觉，最大的愿望就是能吃点什么。大家都在过厅的凳子上坐着，这时候才体会到家对我们的意义。争鸣一个人在接待处登记，一会儿，就听他和里面的那个阿姨吵了起来。

"你为什么不让我们住，我们红小兵走到哪里的接待站不能吃住的？全国一个样！接待站是用来干什么的？不要说你们这里，北京上海的接待站我们也要住！"

那个阿姨见争鸣说话不客气，也不客气地说："你去北京上海住好了，今天我们这里就是不让住！"

听她这样一说，我们刚才的好心情，一下就不见了，都紧张地看着他们。这是怎么回事，现在天都黑了，不让我们住，那怎么行？我们赶紧上去问个清楚，才知道事情是这样的：

这里前两天接待了一批红小兵，也是我们这样的十二三岁的娃娃，现在全国的学校都不上课，大家都出来串联，当然是到处都是学生。小学生年龄小，走不了远处，就都在近处串了，他们比我们搞得快，都串到这里了。他们在这里住了一晚第二天一大早就走了，后来打扫卫生的服务员发现，房间里的茶杯里装满了尿。其实那是因为招待所的房间里没有厕所，要到外面解决，他们晚上起来撒尿，害怕，不敢出去，就拉在了茶杯里。服务员就向招待所的所长反映，认为这些革命小将太不像话，做出这样没有道德的事情，要去把他们追回来。所长说："算了，他们还是娃娃，追回来又怎么样？以后我们这里对红小兵只管饭，不管住宿。"这是所长昨天的指示，这个阿姨当然不让我们住。也不知道上一批是哪些人在这里做了这种蠢事，丢我们的脸，还让我们来受害。我们怎么办，总不能露宿街头吧。

我和云霞一个劲地央求那个阿姨，一再地下保证，可是没有用。小琴还在和她吵："你们这样对待毛主席的红小兵，我们要写信到北京给毛主席，告你们！"

"写信告我们？你写好了，我等着你们告，我等着！我告诉你们，要吃，里面食堂已经给你们准备好了，有炒饭、有面条，住宿没有！"她说着，关了门拿着她的钥匙就走了。

"阿姨，你走了，我们怎么办？你让我们住嘛，我们不会做坏事的。我们向毛主席保证！"我焦急地对她说。

"没用的，你向谁保证都没有用，这是规定。"她毫不留情地走了。小琴还在生气，争鸣、张威走过来劝她说："不用生气了，人家也不是针对我们，只是怪我们运气不好。都到这里了，还怕什么，了不起我们就在过厅这里坐一晚上，没有什么了不得。""走！吃饭去！吃了饭再说。"争鸣说着叫着大家走向食堂。

我们到食堂吃饭，这顿饭真是好香，好香。葱油饭、面条，我一样吃一碗，他们男生一样吃了两碗。我们觉得简直比在家好吃多了，从来就没有吃过这样的一顿饭，反正又不要钱，我们多吃点，吃得大家都撑着肚子。

吃完饭，要解决睡觉的问题。争鸣问云霞这里离她的外婆家还有多远，云霞说，走出场口，还要走一个小时的路，路倒是大马路，外婆家就在马路边。我们商量，决定到云霞外婆家去住。特别是小琴坚决要求要走，她说："有什么稀奇的，不在这里住也死不了，我们走！"

争鸣对大家说："走！我们走。走到云霞的外婆家，也不过一个钟头，这一路都是大马路，没有什么关系。我拿着旗子走前面，大家手牵着手走。"在争鸣的号召下，大家精神抖擞，雄赳赳气昂昂地上了路。只要肚子吃饱了，还有什么好怕的。

"我们唱歌，大家跟着我一起唱！"争鸣说着起了个头，大家一起唱：下定决心，不怕牺牲，排除万难，去争取胜利。反复唱两遍以后，还有节奏地又朗诵了一遍，那气势，让我们在黑黑的夜里也不感到害怕。然后，我们把所有的会唱的语录歌和革命歌曲都收来唱了一遍。这时候我说，我会唱《四季歌》，是县门口疯子花猫唱的，我教你们。

还没教几句，云霞说她外婆家到了。我们觉得今天晚上走得太快了，我们还有好多歌都没有唱呢，就到了。云霞大声地喊她外婆。

她外婆听到喊声，开门出来，老远就大声说道："哎哟，你这个鬼姑娘，你是做哪样，深更老半夜的，你怎么来了？来，快进来！"云霞的外婆边说边招呼着我们进屋。

一进门，云霞的外婆就给我们烧水洗脚，一盆水，先让我们几个女生洗。我们洗完后，就是那盆水又叫男生："你们几个小伙快去洗。走了一天的路，要泡泡脚。"

母儿犹豫了一会儿说："婆婆，我们换点水？"

"换水做什么？脚又不脏，只要有点水泡泡就行了。"云霞的外婆说。可她见他们几个还是不动，就说："哎，你们城里的娃娃还讲究得很！快来，这里还有点水。"母儿把我们洗的水倒了，抬着盆过去。他看到云霞的外婆说的还有一点水，是在煮猪食的锅里舀的，愣了一下说："用这个洗？"

"这个不行呐？"

"这个水有点黑。"

"这是我刚才洗菜的水，倒在这里面煮猪食的。猪都能吃，洗脚还不行？"云霞的外婆说着，舀了两瓢给母儿。母儿抬着盆在那里不动。张威叫他："母儿，快抬过来，你还站在那里哪样？"

母儿很不情愿地抬着水过来，张威把脚放下去，不就是洗个脚，你做成那样子！

母儿也把脚放了下去，水虽然有点猪草味，但很热，大气直冒。母儿笑着说："哎，不错，我们今晚用中草药泡脚，明天走多远脚都不痛。"

云霞告诉大家，这里的水金贵得很，要到很远的地方去背，一个早上就只能背一回。这里的水是洗菜的水喂猪，洗脸的水洗脚洗衣服。经常是一小点水一家人洗脸洗脚。我们几个女生刚才有一盆干净水洗脚，那是外婆给的特殊待遇。

我们从来没有听说过用水会有这么难，真是像金子一样的"金贵"。

洗完脚，云霞的舅舅、舅妈也过来了，他们端来了刚煮好的苞谷面稀饭，里面有点酸菜有点盐，很好吃，我们每人吃了一碗。这是我们的消夜，平时还从来没有这样的享受。吃过消夜，云霞的外婆、舅妈给我们安排好了睡觉的地方。

云霞和她的外婆睡，我们分别住在楼上楼下。小琴听说有楼上，赶紧对云霞说，我们女生睡楼上！

云霞的外婆说："楼上冷，你们姑娘家，就睡在楼下。"

她还是坚持要在楼上，她说："在楼下，睡在这里，来来往往的人都看见，不行。"

大家没办法，最后还是我们女生睡楼上。云霞的舅妈还特意拿了一块床单上去铺在床上。其实这个"床"，就是在地上垫了一层谷草，铺得有一个床的样子就是了。"床"上有一个用秧草编的，像棉絮一样的东西。云霞的舅妈说，这是"秧稿件"，用来盖的。你们盖这一个东西可能有点冷，我去给你们拿个棉絮来。她说着把那个床单铺在那些谷草上，四周用木头压着。她下楼去拿了一个千疮百孔的棉絮来。小琴悄悄地说，这可能是旧社会的东西！

小琴对云霞的舅妈说："还有那个'秧稿件'没有？我们要一个。"

"没有了。下面的几个娃崽，就用了两个，你们这个还是今年刚做的新的，很热和，加这个棉絮就行了。"云霞的舅妈说完就走了，她不知道我们还要一个"秧稿件"，是嫌这个棉絮很烂，她还以为给我们棉絮是照顾我们。

开始我们没用那个棉絮，睡了一会儿，觉得到处都在吹风，他们这个楼是用木板拦的，四面透风。我们三个睡在一头，抱成一团，还是冷得不行。最后小琴起来，把那个棉絮拿来盖上才好一点，她说，这可能就是旧社会的生活了。我接着她的话说，我们只不过是在进行忆苦思甜。

刚睡了一会儿，不好，我好像觉得全身都在痒，实在是支持不住，就爬起来，满身地抠。小琴也坐起来了，坐在那里，困得闭着眼睛，也到处地抠。

我努力地睁着眼睛，翻开"秧稿件"，没有什么。又把那个棉絮翻开，哟！有好多小动物在运动。我赶快叫张囡把灯拿来，惊呼呼地叫："你们快来看，好多臭虫，太可怕了！"那臭虫是一队一队，像坦克队伍一样，她一下撩开棉絮站起来，在那里发抖。

我翻着棉絮看，太多了，还有的正从那棉絮的缝隙中爬出，我们不要这个棉絮了，吓死人了！

不要它了！不要了！我们把棉絮掀在一边，把四周的稻草捅到中间来，我们就睡在一堆稻草的中间，再盖上"秧稿件"，这才安身地睡了。

我们刚睡一会儿，就听到母儿在那里闹："大天白亮，死猪起床，我来看猪，猪在床上。"他一路模仿着号声走上楼来又喊又叫："起来了，起来了！听到没有？"小琴说："一个男生，跑到女生的寝室来，不要脸。"

"起来，起来，云霞家外婆把早饭都做好了，就等吃了。"母儿走到小琴那边，蹲在那里嬉皮笑脸地说。

小琴站起来捡着身上的稻草，对母儿说："帮我看看后面有没有草。"母儿说："我帮你看，我帮你看。有棵稻草有什么稀奇的，电影上不是有人还专门插一棵稻草在头上。"说着他悄悄地把一棵稻草插在了她辫子上，并示意我们不要说话。

我们下来时，早饭早就做好了，是苞谷稀饭和蒸红苕。我们都吃得很饱。云霞的外婆还给我们放了几个红苕在口袋里，因为我们下一站在什么地方吃上饭谁也不知道。要出门的时候，争鸣告诉小琴，按每人交四两粮票、两角钱给云霞的外婆。

云霞的外婆接到这些钱、粮票，有些激动，手拿着钱说道："不用了，哪里要你们拿钱。"

"拿着，婆婆拿着我们才高兴。"小琴把钱、粮票塞到了她的手中。看着高兴的婆婆把钱揣好，我们也高兴地走了。

我们背着我们的语录牌，扛着我们的旗子，又上了路。我们往哪里走呢？大家边走边商量，最后决定，去汞矿厂。

我们走到了三凤汞矿厂，看到厂门牌子上的大字，我心里踏实了，想到，今天有地方吃住了，工厂总不会不管我们吧。

也很奇怪，不是星期天，可厂里看不到几个人。我们扛着旗帜，排成一队，理直气壮地走了进去，也没有人来管我们。我们在大门前的院坝里站了一会儿，上上下下只有几个人。我们把带来的宣传单发给他们，他们认真地看。一个高个歪脖的人走过来和我们聊，当他知道我们要表演节目时，便说："你们等等，我去去就来！"说完就跑了。

一会儿，他带了二三十个人来。一看就知道他们多是厂里的工人，都穿着劳动布工作服，衣服的左上方印有"三凤汞矿"几个字，也有几个人穿的是农民衣服的。加上刚才的那些看传单的人，观众也不少了。在这么多的人面前表演节目我们还是第一次，我们特别激动，大家都急急地整理衣服，白天虽然不化装，但还是把头发整理一下。小琴辫子上的那棵稻草还在插着，我对她说："你头上有根草！"母儿紧接着说："哪个头上有朵花，明天老虎拖他家妈。……"他反复地念，小琴生气了，满头地摸，"就是你给我弄上去的！"

母儿说："我们准备把你卖了，又觉得不好，就让你自己把自己卖了，你看，大半天了，也没人买。"

小琴生气了说："你们演，我不演了。"这一下，可让大家着急了，都来骂母儿一顿。母儿说："好，我投降，我投降。毛主席说，要允许人犯错误，也要允许人改正错误。犯错误不要紧，改了就是好同志。现在可以了吧！"说着他把那棵稻草拿了下来。小琴才平静下来。

我们把路上在稻田里表演的节目又表演了一次。这次有了前面的基础，表演得就更好。赢得了一阵阵的掌声和喝彩声。特别是母儿他们的

"三句半"，逗得大家哈哈大笑，最受欢迎。

我们表演结束后，天已经晚了。高个歪脖走过来告诉我们，一起去食堂吃饭。张威说："行吗？我们这么多人。"

"这你们就不要管，只管吃饭去！"

我们跟着他走了几栋厂房，来到了食堂。食堂正在开饭，工人们一人端一个饭盒，一盒饭，上面黑乎乎的菜。高个歪脖把我们安排在一个大桌子边坐着，向食堂里面走去。

一会儿他跟一个人出来，他对那个人说："你看，就这些客人，你赶快给我抬上来，只要是能吃的！""高哥，这事不好办，从哪里出这个饭钱？"说话的是一个五十多岁的老伯，他说得很小声。

"哪里出？军宣队！记在他们的账上，人家是来宣传毛泽东思想，又不是来白吃饭。你去，有事有我高皋！"

那个老伯站在高个歪脖的面前，头在不停地摇动，我注意看他，他的头是在不停地摇，完全是无意的。这时我看，在食堂吃饭的人，基本这样，只要人不动，头就会微微地摇动。歪脖子的人也不少，很奇怪。

"那好，我就去抬来！"那位大伯说着走了。

一会儿，他抬来一盆饭、一盆菜、一碗辣椒。那菜就是水煮白菜，看不到一点的油，黑乎乎的。"就只有这个菜？再去弄点别的什么菜来！""没有了，今天就只有这一个菜，大家都是吃这个菜，要吃好的，到军宣队里想点办法！"

这里早就有解放军进驻，管理工厂了。一切都是军宣队领导说了算。高个歪脖和老伯他们正说着，就看到有几个解放军进来。高个歪脖拉长声音叫："哎！李参谋，李参谋，给你说个事！"

那个李参谋走过来说："什么事？"

"要给这几个红小兵加两个菜，他们是'不远万里'来我们这里宣传毛泽东思想的，刚在我们厂演出，大家看了都很高兴呢。我们不能让人家就吃这个！"他抬着那盆菜给李参谋看。

"加，加加，就记在我们的账上。对于毛主席的红小兵，我们的客人，应该优待，就这样了。我还有事，我先走了，高师傅。"李参谋一身军装笔挺的，不新也不旧，是我们认为最好看的那种，里面的衬衣露着一圈雪白雪白的领子。

"那好，我就不言谢了！"高个歪脖对走远了的李参谋扬了扬手，满意地坐下。

一会儿，加的两个菜就上来了。一个炒豆腐、一个回锅肉，这就是我们家里过年的菜了，大家有些兴奋，没人说话，就是吃，埋头吃，几个月没有肉吃了，哪里还等得说话。吃了一会儿才发现高个歪脖端着一个饭盒，自己站在一边吃。见我们看他，忙说："你们吃你们的，我已经吃好了！"说着他把饭盒一放："你们看，吃完了！"

说着，他走过来，对我们说："住宿问题，我给你们说，不要到旅店去，你们就到这附近的工人家里去住，他们不会收你们几个钱的，我都已经打过招呼了，我走了，有事到二宿舍 6 号找我！"说完他走了。我们慢慢地在那里享受这一顿晚餐。

吃完饭，天就要黑了。我们按照高个歪脖子的指点，走进了家属宿舍，问了好几家，都因为我们的人多，安排不下，不能住。让我们分到两家住，我们又有些不愿意。

我们终于走到一个比较偏僻的人家，她家好像就只有她一个人。我们说明了来意，她犹豫了一下，对我们说："你们为什么不住在前面那些人家呢？"

小琴解释说："我们几个想住在一块，那些家都住不下，你这里行吗？"

"行倒是行，只是我还有些事情。"她看着我们，还是没说可以。

我对她说："阿姨，你有什么事你去做，我们不会影响你的，我们决不会拿你的东西，毛主席教导我们，不拿群众一针一线。我们是牢牢记住的。"我说着已经走进了她家里。她家很简陋，但很干净。两个房间，里面一间又用木板隔成两隔，虽然是用木板隔的，但做得还好，面上又用报纸糊好，中间还贴得有一张毛主席接见红卫兵的画，是这屋里最好的装饰，屋里照得很亮堂，真是毛主席像太阳照到哪里哪里亮。这家的床倒是很多，里面一隔有一张大床，外面一隔的一张稍微小一点，外面这个房间是一张单人床。看不到有男人和小孩的任何东西。我一进门特别注意的就是床，看我们几个是不是住得下，这下我心里踏实了，无论怎样，我们今天晚上都要睡在这里。

我走过去小声地对争鸣说："她家很宽，我们完全能住！"

争鸣上前去对他说："阿姨，你就让我们在你家住吧，我们不会妨碍你什么事的，我们在里面关着门，你做你的事。我们人多，可能再也找不到其他住的地方了。我们给你交房钱，你就让我们住下吧！"

"给不给钱，倒没有关系，我今天晚上本来的确有事，既然你们这样说，我的事就不做了，你们就住在这里，也算是做个好事，我也喜欢热闹。三个姑娘睡里面隔的大床，三个儿娃睡外面。"她终于同意了，我们又是一阵的欢天喜地，今天的事怎么都是这样的好呢？来这里我们既见了世面，看到了真正的工厂是什么样子，又认识了工人阶级，还有好吃好住。这在哪里能够办到。

这个阿姨二十多岁，人很漂亮，两条大辫子黑油油的，穿一件红色底上有白色小花花的衣服，是《红灯记》的李铁梅穿的那种。这是我们平常很少看到的。因为这种布是很难买到的。买布要凭布票，一般都是一色的布，花布很少有，特别是这种好看的花布。

她告诉我们她男人是这里的一个工人，在去年的一次事故中死了，她没有单位，就在家里靠厂里的一点抚恤金过日子，又不能离开这里，就这样一天又一天地过。我心里一直有一个疑团想解开，就赶快问她说："阿姨，我想问你件事？"

"什么事？你说！"

"我看见厂里的人有好多都怪怪的，有的脖子是歪着的，有的说话时不停地摇头，是怎么回事呢？"

"这个嘛，是一种病。汞矿厂嘛，就是汞中毒，长期干这种工作，就容易得这种病。"

"会传染吗？"想着今天高个歪脖一直和我们在一起，我赶紧问她。

"这种病不会传染。它是一种慢性中毒的现象，怎么会传染呢？不会的。"

我觉得她懂得好多，知识很渊博，一定读过好多书，便说："阿姨，你读过高中吗？"

"高中毕业，就开始了文化大革命，不能上大学，也不知道怎么办。家里兄弟姐妹多，父母也难得养，就找了个工人结婚。三凤汞矿的工人，在外面大家都是很羡慕的，我找的这个人，很不错，哪个知道他会遇到事故呢？留下我，你们说应该怎么办？一个死了老公的人，走到哪里别人都用另外一种眼光看你，只有在这里混了。"她说话显得很平静，但眼睛里含着眼泪。

"你回家去吧？一个人在这里太难过了！"小琴说。

"回去？哪像你们想的那么容易。好了，我们不说这些了，走了那么多的路，接着又演出，够累的了，大家都进去睡吧！"其实我们每一个人都还想玩一会，但她叫我们去睡，就只有去睡了。

我们一进去，大家都各就各位，一点声音也没有，很安静。听到她在外面收拾房间。朦胧中我睡着了。做了个梦，梦到了造反派又来揪斗爸爸，爸爸的《我的检查》还没有交，他们来清问。几个头戴藤帽，手拿钢钎的男女，气势汹汹来到我家，我在门口大声地喊：爸爸，有人来抓你，快跑！爸爸坐在火盆边，埋着头，听到我的喊声，还没有站起来，就被他们抓住了。他们把爸爸带走了，我哭。哭得一下醒了，才知道是做了个噩梦，慢慢缓过神来。

这时我好像听到外面有声音，我们的灯已关掉，外面有很暗的灯光。我仔细听是有人在讲话。"我这里今天有人，改天再说吧。""我们今天是说好的，兄弟们都在等着嘞！老价钱，又不会少给你，你为什么要留别人？""你以为都是做你们那些事的？""不是做我们这些事的就好，我知道你是时常惦记着我的，我们开始吧，还等什么，兄弟们在外面等我出去，早就不耐烦了！""不行，不行！"

我听那个男人的声音很熟悉。我悄悄地走到门边，从门缝里看到里面的那个人，他就是高个歪脖。他坐在床上，抱着阿姨，手在她的身上慢慢地摸。我心里很紧张，也不知道他们要做什么事，只是觉得不会是什么好事吧，一个男人抱着个女人。我想走开，又想看看他们做哪样。高个歪脖好像在脱衣服。阿姨忙从床上起来说："不能在这里，我们出去！先说好，今天几个？""四个，'工农兵'，怎么样？给你的都是高价了！"

他们两个说完熄了灯，开门出去。他们是在做什么生意我不知道，但"工农兵"这几个字的意思我是懂的，那就是五块钱，五块钱上面的图案就是工农兵三个人。他们走后我又回去睡了。第二天一早，小琴就起来了，她把我们一个个都揪了出来大声叫道："滚起来，滚起来！我们回家了！"

我们爬起来就准备走了。阿姨还在睡觉，不知道她昨晚是什么时候回来的。小琴过去把我们的房钱交给阿姨，她坚决不要，对我们说："你们快走吧，这钱你们留着路上用，再见了，不送你们。"说完，她又倒下睡了。

我们从她家出来，小琴他们说去二宿舍给高个歪脖说一声，我说："你们几个去就行了，我在这里等你们。"因为昨天晚上的事，我不想看见高个歪脖。

我们的串联就这样结束了！

十一、食品站长

　　我们从三凤汞矿厂串联回来，第二天就去了敬老院，把筛煤沙的事情问清楚，动手开始筛。

　　云霞突然生病了，送到医院一检查说是脑膜炎，马上就住在了医院。

　　我们先去云霞家，准备去看云霞。她妈妈洪阿姨在电影院食堂做饭，妈妈调到电影院后，我们经常在那里吃饭，她总要给我多打点菜。我们到她家时，她正要去医院。我们告诉她，我们想去看云霞，她说："你们也不用再去看她了，怕传染你们，等她好了再说。再说现在她正是高烧不退，整个人都烧糊涂了，听他们说，脑膜炎的高烧是会把人烧傻的，不晓得怎么办喽！你们回去吧，她好了再和你们玩。"她说着说着，就哭了。

　　我们也很难过，在那里不知怎样才好。我对她说："洪阿姨，你不要难过，云霞会好的，不会有问题的！"

　　争鸣对洪阿姨说："我家这里近，有什么事就来叫我！"

　　"好。有你们这份心就行了，这个病传染性大，特别是对你们娃娃，你们就不用管了。回去吧！"洪阿姨拿着她的东西走了，看着她的那样子，我心里有说不出的味道。云霞跟我们在一起，为什么就会被传染到这种病呢？大人们说，这个病不死都要脱层皮，十个九个憨。云霞，我的好朋友，我们是一帮一的对子，在上学的时候，她经常帮助我，特别是同学在后面追着喊"打倒张兴富！打倒刘林！"的时候，我是一点办法也没有，是她站出来和他们骂，把他们赶走。我一直没有当成红小兵时，是她跑到老师那里去兴师问罪，老师同意下一批发展我，可惜现在又不上学了。常常吃饭的时候，她还要端着一碗饭跑到我家外面来和我一起吃，还把她的菜夹给我吃。最记得那次她家外婆从乡下给他们带来了狗肉，她悄悄地给我拿来一点，洪阿姨知道后，拿茶缸舀了一缸叫云霞拿到我家。我们吃得好香，从来没有吃过这样鲜的东西。现在她生病了，我一点办法也没有。

回到家我把这事给妈妈说了，妈妈说："怎么会得这个病，是很恼火的。"说完她拿了十块钱给我，叫我拿去给洪阿姨。十块钱虽然不是很多，但它是我们一个月的"养狗费"。我拿了钱，到了云霞家，她弟弟告诉我他爸爸妈妈都在医院，我又去医院。我走到医院，天已经黑了，医生不让我进去，他把洪阿姨叫了出来。洪阿姨看到我得了一惊："你怎么能来这里，不是给你们说过不要来吗？天已黑了，你一个人来，不害怕呀？"

我把十块钱递给她说："洪阿姨，这是我妈妈叫给云霞看病的，妈妈说不多。妈妈叫我告诉你，这两天食堂那边，她去做，你安心照顾云霞，让她好一点你再回去。"

洪阿姨接过钱，用手背擦了擦眼睛说："我家云霞一定会好的，到处都是好人。今天又找到了这里最好的医生陈亮，看情况还是有好转。"陈医生我知道，他在凤县很有名，除了他的医术高明以外，更主要的还是他人好，一个病人到他那里，只要说上几句话，病就好了一半。那年批斗县长万富宏的时候，糖尿病发作，没有医生敢给他看病，人已经快不行了，是他抢救了这位县长。当时有好多人看到，后来大家还经常念叨这事。"回去吧，卉卉，你也不能去看云霞，她现在高烧不退，也不省人事。我知道你和她的情分，她好了就和你一块上学。"

我很想哭，忍着没有哭出来。我对洪阿姨说："我远远地看她一眼，可以吗？"她说："那好，你就在这里，我进去把窗子打开，你在窗子外面看看她吧！"

我在窗子外面，看到的只是些瓶瓶罐罐和她的床。我擦擦眼泪回家了。

接下来的一个星期我们都是筛煤沙。我和张威一组，小琴和母儿、张囡和争鸣，我们是自由搭配组合，这样分成组做起来很快也少扯皮。每个小组三方。筛这些煤沙倒是要不了几天，关键是要把它挑到敬老院的半坡上。我们就这样一挑一挑地挑了上去，挑了好几天。妈妈用她的一件旧呢子大衣给我改的衣服，我天天穿着劳动，几天肩上就磨破了。隔壁赵阿姨看到还在说："卉卉，怎么穿这么样的一件好衣服来劳动，可惜了！"我是喜欢这件衣服的颜色，墨绿色，这是很难看到的颜色，也有些舍不得。妈妈说："这衣服厚，穿上肩膀少吃亏，坏了就算了，本来就是一件旧衣服。"

我们三个组都做完了，收沙给钱，我们共做了十天，每人得了九块钱，这是个大数目好差事，难以得到。我们每人交两块给张囡，作为我们集体的活动经费，七块是自己的。大家对这笔钱都有自己的打算。而我把钱全部交给了妈妈，这是我第一次靠自己的劳动挣来的钱。妈妈说："多少钱没有关系，小孩子家，劳动有好处。钱我给你放着，要用就来拿。"

妈妈到电影院以后，主要工作就是卖电影票，作为牛鬼蛇神她还要打扫电影院里的卫生。每次要扫几箩瓜壳果皮纸屑出来，我和妹妹都要来帮妈妈抬出去。到电影院打扫卫生很累，但也有很多好处，最大的好处就是我们不用再到电影院混票。电影院的票一般都是卖不完的，除非是新电影，可新电影太少，基本上是没有，因此空位很多。电影院的叔叔阿姨都认识我，也很喜欢我，他们还要找个位置让我坐好，其实哪些地方有空位，我比他们清楚得多，因为妈妈那里还有票的座位，这里就是空的。后来我知道有几个位置一般是不卖票的，就等于是我们的特殊位置。等到电影要开始的那一分钟，电灯熄了，后门那没人了，我就过去开门，悄悄地把我的伙伴放进来，找位置坐好。这种正大光明的看电影，比我们以前的那种方法要好得多。即使被发现，给几个叔叔阿姨说一声也就完事了。

妈妈到电影院以后，还有一个最大的好处就是有了一定的权力。那时电影很少，尤其是好看的电影，新电影，很难买到票，要买到好位置的票，就更是一个大问题。妈妈就可以把这些票留给那些有关系的，百货公司、烟酒糖公司、粮店、蔬菜公司、食品站的熟人，有时候还要我给他们送去。这样一来，我们的日子也好过得多了，什么东西我们都能够买到。粮店也不会给我们搭配那样多的苞谷，有时候还可以买到一些议价米，这是极大的特权，我们就可以少吃一点苞谷和红苕。

特别是食品站的姚站长，只要他批一个条子，就能在杀猪厂买到猪肉、猪头、猪脚、猪内脏。他的权力可是比县长的还大，那架势也是全县只有他一个是人，全县人民都靠他养活。他走路很慢，穿一件长长的军大衣，慢慢地迈大步，他的军大衣也像在跟他一前一后地走。老百姓说这叫方步，是当官的人走的，所以又叫"官步"。他迈着官步，衣角都能"掺"死人。他有一个习惯，走路从不看人，也不看路，眼睛总是看着天，老百姓叫他"姚望天""要望天"。以前我去杀猪厂买猪内脏，没有他的批条，就只能在肉摊子那里排队等候，常常是排一天，却卖完了，经常买不到。那时，我总想，什么时候有姚望天的批条，直接到屠宰场里面买一个猪头回去有多好。但那好像是天方夜谭，根本不可能的事。只有老老实实地在那里排队。

姚站长家有八个小孩，最大的那个男娃娃跟我一班，叫姚跃进。他从小就不读书，毛主席语录不会背几条，上学来就是会打架。没有哪个老师敢管他，也管不了他。在上四年级的时候，我和他打过一架。他伙着好多人跟在我的后面喊"牛鬼蛇神""打倒张兴富！""打倒刘林！"他还在那里说："我喊一二你们就一起喊！"我在前面走，他们离我就两三步远，那声音是震耳欲聋。我实在是忍无可忍了，突然转过身来，抓住姚跃进就给他几个耳巴，他还没有反应过来，哪里会想到我会转身来打他呢？我们抓打起来，我虽然不是他的对手，但我个子高，也还有优势。云霞小琴在一边拉架，他们是拉着姚跃进，实际是在帮我打。一会儿老师来了，老师一来我们都放开了。

老师说："张卉卉，你为什么也会打架？"

我没有回答老师，只是在那里哭。云霞在那里给老师说："是姚跃进他们，欺负卉卉，他们在她的后面喊打倒她的爸爸妈妈！卉卉才打他的！"

"打倒就打倒，有什么稀奇的，还要打人，以后不许这样！不要哭了，回家去吧！"老师就只批评了我，我哭着一直想不过来，他为什么这样，为什么不批评姚跃进？我哭着回到了家。云霞把这事告诉了妈妈，妈妈说："他喊就喊，有什么稀奇的，你不要理他们完了，还要和人打架。打到什么地方没有？"我没有说话，云霞和小琴在那里指着我的手脸给妈妈看，"这些都被抓到了！"

不一会儿，姚跃进带着他的妈妈来了，一进门他妈妈就说："我看共产党的天下，还有没有理，我家儿子无缘无故被打成这个样子！牛鬼蛇神要翻天了！"他家妈妈很胖，站在我家门口就把门全都给挡住了。妈妈摸了五块钱给她说："小孩子家，不懂事，大家都互相原谅，给跃进买点什么吧。"她拿着钱说："我们倒不是来要钱的，是来讨个公道！"

云霞、小琴说："卉卉还不是被打伤了！""是你家跃进讨厌！"

"哪里来的有你们说话的份？"她一边说着一边拉着跃进走。姚跃进走了两步回过头来狠狠地说："你们注意点，老子不擂死你们！"

我们把这事告诉了争鸣，争鸣是六年级的男生，站在那里一高个。他说："这事你们不要怕，我去收拾他。"不知争鸣是怎样收拾他的，反正以后他不敢做什么了。从那以后在班上我们从不和他讲话，他也还是那样，没有哪个老师敢管他，能管得了他。

妈妈到电影院卖票以后，他家经常叫人代口信给他们留票。我对妈妈说："我们不要给他们留票，凭什么要给他们留？"妈妈也不听我的，每次都给他们留好。他们家是从来不自己来拿票的，都是别人来拿。我们也没有看见他们的时间，更没有找他们批条子的时候。

这次云霞生病，妈妈去代洪阿姨，买菜做饭，搞得不错。电影院的工人阶级领导，叫妈妈除了卖票还要担任食堂采购，打扫电影院的事就叫别人干了。

妈妈担任了食堂的采购，责任重大，要尽量把大家的伙食搞好，最重要的就是要有油有肉。一天下午，她以单位的名义去找到了"姚望天"。找到了他的办公室，他的办公室就是他的家。妈妈一进去，根本没有人理她。她找了一个地方，把上面的东西挪了挪，把屁股放在那里。这个家里是到处乱七八糟，饭锅在床上，一个两三岁的小孩睡在旁边。水壶、杯子在地上，倒得一地的水。

"姚望天"在窗子边坐着，手里端着一杯茶，还是穿着他的那件军大衣，见妈妈进来，他站了起来，一只手端着杯子，一只手放在茶杯盖上，踱着官步，眼睛望着远方的天说："下班了！"

妈妈忙说："我知道下班了，姚站长。我是电影院卖票的，现在又在兼管伙食。"她有意先说她就是卖电影票的，以便让他知道每次给他们留电影票的就是她。"我们电影院的人很辛苦的，白天晚上地忙，还要下乡去放电影，有的要走几十里山路。工人阶级领导要我来和你商量，是不是能够给我们批个条子？"

"你们辛不辛苦我管不着，也与我没有什么关系！"

"那是，是这样的！"

"不过，看在你卖电影票的分上，我可以给你批条。"

妈妈得到了几斤猪头肉的批条。电影院食堂的伙食得到了一次改善，我家的伙食也得到了一次改善，妈妈买了半个猪头回家。这对我家，就是特大的喜事了。我们把妈妈围得团团转，都在提要求，要怎么吃这块猪头肉。最后妈妈还是把它炒成了回锅肉。炒好以后，除当时吃的以外，剩下的平均分为四份，我们四姊妹是一人一份，一份有大茶杯的大半杯。妈妈说让我们明天吃，怕我们抢得太凶打架，就干脆给我们分好，各人保管明天慢慢地吃。吃完饭以后，我端着我的那半杯肉，看了又看。在那里数有多少肥的、多少瘦的。数着数着又吃两块，觉得实在是好吃，要细细地品味，才能感觉出来。刚才吃饭的时候吃的是什么味道，根本就没有搞清楚，只在加紧吃去了。现在才吃出是那样的香脆，不知不觉半杯肉吃完了。小弟赶快去告诉了妈妈，妈妈说："吃完了算，吃完了，她明天就只有看着你们吃！"

十二、捡骨头

近一段时间，在我们这群小孩子的中间兴起了捡骨头、牙膏皮、橘子皮，采中药香芙子和车前草去卖的风气，卖给收购站。一时间，大家都迷在这些东西的上面，渣渣坡、垃圾堆成了我们经常光顾的地方，在这些地方去找财宝，一天也就能找几分钱。人最集中的地方要算大操坝，在大操坝的操场里长了很多香芙子草，如一棵棵细小的韭菜，要挖出它的那个头，它的头也像韭菜的头，这个头就是一种药材，药材公司收。我们有好多小孩，都去挖这种药，几天工夫，一个好好的操场就被挖得遍体鳞伤，草没有了，泥土到处翻起。

牙膏皮，一开始还可以捡到一些，后来就很难了。我们常常是把家里的还没有用完的牙膏，把它挤到每一把牙刷上，最后不行，就拿一个小缸子挤出来，这就可以先得到这块牙膏皮。

捡骨头，没有肉吃到哪里去捡骨头，那就只有国营饭店。到桌子下面到处转，哪怕是一小个也不放过。有的捡回来是很脏的我们要把它淘洗干净。一次我和妹妹去国营饭店捡骨头，那天里面吃饭的人很多，骨头也很多，我们不一会儿就捡了一箢。当我们准备走的时候，我看见前面桌子底下，有一大块刚丢下来的骨头，便跑过去捡。当我正要捡到它的时候，一只大脚把它踢得很远。周围有几个人在笑，我抬头看这只"大脚"，是老造反派牛司令的。我气愤地瞪他一眼，他狡猾地说："去那里捡，不要在这里败坏了我的兴致!""他们家吃骨头!?"

我拉着妹妹,装没听见他们说什么,转身就走,走到饭店门口不知是谁的脚绊了我一下,一下我摔在了地上,地上到处是骨头,我们捡的骨头倒在了地上。笑声从四面响起,妹妹赶紧来扶我起来,我们在一片笑声、奚落声中,捡完了我们倒在地上的骨头,冲出了饭店。

回到家我才发现膝盖骨很痛,撩开裤脚一看,膝盖骨在门槛的铁钉上割了一个口,像一个小嘴巴,肉翻起,血敷满裤子。我不知道怎么是好,又不敢告诉妈妈,妈妈要问起怎么回事怎么办?只好拿张手巾把它包好,又用一根小棉绳捆上。还好就一个星期就结壳长疤好了。

这几天,天下了好大好大的雨,似有人在上面一盆盆水往下倒,就没有歇一下的时候。街上的水越来越高。凤县是在一个山洼里,四面环山,全县最低的地方,就是东门箭塔下面的水库,通过水库的坝往下是一马平川,再往下就是凤儿河,凤儿河流进乌江,乌江进入长江。本来在这里涨水是淹不了多少的,水是可以从箭塔下堤坝的泄洪口流下去的。可这几年,水库没人管了,城里垃圾到处堆放,大水一来,垃圾都冲到了泄洪口里,把泄洪口给堵上了,水不能出去,只能淹过水库大堤满出去,这样,水位就淹了很高很高,一直淹到县衙门,半个城的街道都淹在了水中。年纪大的老人家们说,从来没有见淹这么高的水。全县人民都在自救,水火不容情。人们能做的事就是照看好自己的人,捡好自己值钱的东西。在街上能看到的就是人们抱着自己的小孩,扶着老人,提着自己值钱的东西,在那里无助地张望,这时候有的只是祈祷。

水在县委门口就没有再涨了,老人们都说,它不敢进县衙门。从来就没有听说它进去的。我家还在县委的里面更高处,洪水对我们没有影响。只是觉得天上的雨怎么就没有一个完的时候,大盆大盆地往下倒,两天以来我们进进出出地跑了多少趟,衣服都打湿了多少件。不过跑来跑去的看人们紧紧张张地在水里抢东西,还很有意思。

张威一早就来告诉我,地下书室被淹了,我们去看看,是不是要帮忙。我们去到肖番家,他家就在县委门口。水淹到他家,有一尺深,他家的东西和书都被打湿了很多，幸好放在高处的还没有什么影响，不过现在是不管在高处还是什么地方，都要把它捆好包好拿出来，放到安全的地方。因为雨还在继续地下，到时候怕房子也保不住。低洼的东门外就有房子被水冲垮了。我们帮着肖番把书捆好，又一捆一捆地搬到县委上面的一个农机仓库里，肖番的一个朋友在那里上班。

我们七八个人在那里忙了一个上午，总算把书全部安全转移了。我问肖番："你家的这些东西，铺盖卷、衣服要不要搬?"

肖番说："那些东西不要紧，只要把书搬出去就行。到时候不行捡两样丢出去，够我妈用就行了!"这时候我才看到他妈妈在远处的一个安全的地方坐着，一块防雨布搭在身上，无奈地看着远方、看着雨。

张威说："书是转移了，可就这样放在上面还是不行的，得去把它打开，好多书都是湿的!"

"正是这样，你和卉卉去把它们晾开，我们在这里看着水，要出现什么事，街坊邻居好有个照应。"肖番对张威说。

我和张威又去把那些书一本本晾开，仓库很宽敞，有很多装机器的大木箱，我们就把书放在木箱上，一本本整整齐齐地放着，看上去很令人欣慰。

下午雨开始小了，水渐渐地消了。街面露了出来。

小琴母儿来喊，说是快点，水消了，我们去捡骨头。我们喊了争鸣张威急急地跑到街上，水还没有退完，最深的地方还淹到我们的腰。国营饭店被水冲出来很多骨头。饭店平时煮肉，集下好多骨头，这一涨水，全都被冲了出来。水还深，只能用脚在下面探，探到一块就赶快弯下腰去，很快地把它捡起来。要很快，因为弯下去的时候，水会把脸淹到。

我们就这样捡了很多。在水里捡东西的还有好多人，他们捡碗、瓢之类的东西。我们每人都捡了一大撮箕骨头，就不要说有多高兴了，我们可以卖不少的钱了。

水慢慢地退了，留下的是一街的污泥，有半尺厚。住在街边的人家，拿着铲子把自己家门口的那一块通道上的污泥，铲到两边，两边到处是一堆堆的污泥小山。街面上走的人多了，慢慢地也踩出了一条通道。

于是我们约了我们一伙人，在十字街口打扫污泥，虽然下雨又会冲下来新的污泥，但铲一下还是要好得多。

　　我们正干得欢，突然听到东门菜市场哭哭闹闹的，一大群人围着，我们赶快跑下去看，说是死了人。

　　我们从人群中挤进去看到，是一个大姑娘死了放在那里，用一块床单裹着。听旁边的大妈说，下雨的那天晚上就没见到她，还以为她去了她福泉水井外婆家。结果雨停了，问外婆家，就说这些天就从来没见她来过。昨天雨停了，到处找不到人，今天才在水库下面的泄洪口发现，被好多草和泥巴盖着，衣服也冲不见了，光光的一个人，样子很惨！是怎么回事，为什么会在那里，就没有人知道了。

　　她家里的人也只有哭，不知道怎么办，因为也找不到应该怎么办的地方。家里人也就只有哭。第二天就把她给埋了，人都死了有什么办法，也就只有认命了。

十三、麻王洞

大水过后，我们开始到山上打猪草、到收过庄稼的地里砍苞谷杆卖。

猪草卖到生猪仓库，一分钱一斤，我们每天可以打几十斤，可以卖几角钱。我和小妹一块到落凤山脚去打，那里的土肥，草长得很好。打回来的猪草放在河里淘，把它淘洗干净是一回事，更重要的是增加它的重量。以至于每次都遭到收猪草的工人说："你们淘这么湿做什么？""我们是把它洗干净！""洗倒是洗干净了，就是太湿，下次再是这样就要扣你的秤了！""好，好好，下次我们一定注意。"我们每次都这样说，到下次又再犯。可能是他们看我们年纪小，打猪草卖也有些可怜，每次都只是说说，却从没有真正扣过我们的秤。

砍苞谷杆买，要到坡上的瘦土，种在瘦土里的苞谷杆才甜。收了苞谷以后，就可以去砍那些还有水分的苞谷杆，背到街上一分钱一根，娃娃们很喜欢，虽然卖不了几个钱，但卖得很快。

一天我和小琴、母儿爬到凤落山的高处，找到一块刚收完的苞谷地，砍了好大一捆苞谷杆。突然，我和小琴几乎是同时发现，在我们下面的不远处，有一朵鲜红鲜红的花，有好大一朵，好看极了。我们两个丢下手上的苞谷杆就跑，都想摘到那朵花。那花也在那里一晃晃的，一会儿又看不见了，也许是被吹动的树叶挡住了。我很快跑到了小琴的前面。当我快要到的时候，有一个一人高的坎，我一下跳了下去。跳这样的坎是常事，比这个高的我都敢跳。可这次一跳下去，一棵刚砍的苞谷杆桩上削尖的头正好扎进了我的腿。我一下跳了起来，苞谷桩倒是拔了出来，可腿肚子上老大一个洞，血汩汩地流。我又疼又怕，抱着脚就哭，小琴、母儿一见这样的情况，都吓着了。我们拿出手巾，要把伤口捆上。母儿说："不要忙，你们用力按着，我去找点药来？""找什么药？"小琴问他。"苦蒿呀。小时候，我在山上被割了个口，舅妈就用这个东西给我包过，还管用呢。"

母儿不由分说，过去扯了一把苦蒿，用石头把它捣碎了，一下敷在我的伤口上面，我顿觉凉凉的，真的好像好多了。我抱着脚，擦了擦眼泪。母儿说："好点没有？""好点了，不过好像比刚才还要痛了！""不要紧，不会有什么的，过两天就会好。我那一次，也是痛得很厉害，敷了这个药，也没有管它，几天就好了。"

"来，我给你把花摘来了！"小琴说着，从身后拿出那朵"花"，是一片鲜红的圆叶子，没有一点瑕疵、一点疤痕，红红的，润润的，真是好看！我接过叶子，问小琴："你是不是搞错了？我们不是看到的一朵红花吗？怎么成叶子了？如果我们看到的是红叶，为什么只有一片呢？"

"没错，就是这个，你不信自己站起来看。就是片很稀罕的叶子。"小琴说。

我把那片叶子看了又看，然后递给小琴，"小琴，应该给你，是你摘到的！"

小琴说："为了它，你的脚都被戳成这个样子了，你拿着！"

我歪着脚，拿着叶子，跟着他们一起回家。他们两个一人扛了一大捆苞谷杆。没走多远，我们坐在一个山洞边休息。这个洞有一个很吓人的名字，叫"麻王洞"。老人们说，过去，凤县是土匪出没的地方，他们的落脚处，就是麻王洞。为什么叫"麻王洞"，没人知道，也许是土匪的头子是麻子吧！

母儿神神秘秘地说："来，我给你们摆牛希的故事。很吓人的。"

小琴说："什么东西，你不要吓人！"

我对小琴说："你听他的，不就是两个人吗？"

　　三年自然灾害的时候，城关镇有一对年轻夫妇，家里什么可吃的东西都没有了，夫妇两个饿了几天了，实在没有办法，想着反正都是死，饿死不如饱死。按照老百姓的话说"死也做个饱死鬼!"两人主意已定，半夜三更去偷生产队的耕牛来杀。两口子费了好大的力，才把牛给杀死了。他们把牛头和心肝肚肺煮在锅里。还没有等到一锅水开，事情就发了，生产队的人找来了。牛希把杀好的半边牛肉扛到后山的麻王洞里藏好，正喜滋滋从后山路上回来，走到后院，就听到闹声，悄悄一看，生产队里的一二十个人正在那里把家里的东西到处翻，在锅里舀那一锅还没有烧开的牛杂汤喝。一个人问他女的："你男人呢?"女的没有回答。有人又说："还有半边牛不见了!""找!""找不到，天已经大亮嘞! 干脆把她拉出去游街，你们哪个去把队里的锣拿来，让她敲起!"有人又说："我们再去找找牛希那个家伙。"牛希听到这些，知道事情不好，拔腿就跑，跑到了"麻王洞"里。

　　他们把牛希的女人拉出来，把那个牛头给她挂在了胸前，再把锣塞给她，一路敲一路喊：我有罪，我偷杀队里的耕牛!

　　一路人走到了街上，早起的人们，拖着疲惫的身躯，懒懒地站在门前、靠在门框上、蹲在门口，看到一个女人胸前挂着牛头走了过来。牛希的女人喊着"我有罪，我偷队里的耕牛吃!"脖子上挂着一二十斤的牛头，手里的锣还要不断地敲。她实在是受不了，她突然站在那里不走了。用双手抱着牛头啃起来。生肉在热水里泡了不久，有的地方鲜红，有的地方乌红，血水流了她一身。她不管不顾地大口大口地啃，好像害怕别人抢她的，吃慢了就没有了。一脸、一嘴的血，啃下的生肉就一口口地、一坨坨地吞。有人说："偷杀耕牛，犯罪! 开春来，田土怎么办? 不要让她吃了!"也有人说："吃就吃吧，都是饿的，太可怜，太可怜了!"

　　过了几天，牛希的女人被牛肉胀死了，死前叫得很凄惨，因为是犯人，也没有人敢管她。

　　民兵到处找牛希，但到处都找不到。麻王洞，找到一堆牛骨头，还有一些发臭的牛肉，牛希却是活不见人，死不见尸。人们只有胡乱推测，也不知所以。麻王洞也太大，洞里也很复杂，他死没有死在哪个地方，也没有谁知道。但人们相传的，就是牛希吃牛肉胀死在麻王洞里了，洞里还有他的阴魂。

母儿说着说着大喊了一声："牛希来了！"虽然明知他是吓人的，但还是吓得我和小琴大叫起来。

母儿又说："其实洞里很好玩，洞里有滑云山，'山'很高很陡，往上爬时，前面的人稍不注意就会踩着后面人的头。翻过滑云山，下去就是阴河，阴河很窄，有的地方一步就能迈过去，但水很深、很冰。水里也有鱼。里面的鱼很奇怪，虽然有眼睛，但看不见，你把手伸到它的面前它也不会躲，很容易就把它抓住。鱼也没有鳞，光溜溜的，烧来吃，很好吃。最好玩的是里面有两个洞，洞很大、很高，高得看不见顶。灭掉灯火，你会看到四周亮闪闪的，像有好多星星在闪烁。里面有各式各样的石头，好看极了。两个洞的通道只是一个小洞，小得只够一个人勉强爬着梭过去。因此，这个小洞有一个很有意思的名字叫'猪钻孔'。有一次，一伙人来玩，先出去的人在洞口拉了一堆屎，后面的人出不来，在那里作了好久的斗争，好容易出来了，差点没把黄疸都吐出来。还有一次，差点闹出人命来，前面的人推了一块大石头挡在那里，本想吓一下后面的人，谁知道那块石头一推下去，就卡在洞里了，怎么也搬不出来。洞里的人哭闹成一片，洞外的人急得不知道怎么办。最后还是回去找石匠，拿来钢钎、二锤才把它打开。这以后大人们再不让小孩来玩了，来玩的人也不敢再开玩笑。但里面还有很多地方没有人敢去，肯定有更好玩的地方。"

我和小琴听完母儿的讲述，都很激动，几乎是同时说："那我们也去玩？""不行不行，里面很害怕的！还有牛希呢！"母儿赶紧摆手。

这时，我的脚好像也不痛了，三人急急地把苞谷杆扛到街上。也奇怪，今天买的人特别多，没多大工夫我们的苞谷杆就全卖完了。每人得了两毛八分钱，我们很高兴，今天算是钱最多的一次，一共得了八角四分钱。

十四、偷回来的书屋

这个星期，该我管伙食，我把买菜的钱一天一天地分配好。又把自己卖苞谷杆的钱、卖骨头的钱添了一点进去，想改善一点生活。

我已经在母儿的舅妈那里学会了炒酥苞谷。今天的早饭我就是准备炒苞谷花，做油茶，煮花生。吃油茶下苞谷、花生，是这里的最好的午餐，今天我就来做一顿最好的早餐，让妈妈上班回来有个惊喜。妈妈上班早上去得很早，她要去把食堂的菜买好背回来，洪阿姨做早饭用。洪阿姨早就来上班了，云霞脱离了危险，现在还在治疗当中，看来问题不大，只是好像的确比以前笨了一点，洪阿姨说："只要保住生命就行了，要那么狡做什么？"云霞也笑眯眯地说："我变成了一个傻瓜、憨包！"话也说不太清楚，好像变成了一个大舌头，说一句话口水就顺着嘴角流。我们几个去看她的时候，大家心里都很难过，想着云霞就成了这样一个人，曾经是那样的聪明可爱，特别是有同学欺负我的时候，她是那样勇敢地与他们斗，想到当我在加入红小兵的申请书成分一栏上写"贫农"，一直没有能加入时，她跑去找老师说："为什么不发展张卉卉，毛主席说，要允许人犯错误，允许人改正错误。张卉卉学习好、工作好、劳动好，三好学生，又能团结同学。为什么不能发展她当红小兵？"

那时候她的思维是那样的敏捷、口齿是那样的清楚，现在变成了这个样子。医生说，她以后还可以好一点，但不可能恢复到以前的样子了。我下决心，不管云霞成什么样子我和她都是"一帮一"的好对子，我不会嫌弃她。想到这些，我决定，吃过早饭去看云霞，给她送点新花生和新苞谷花去。

妈妈回来了，她今天的样子很高兴，见我做了这么丰富的油茶早饭说："现在我家卉卉也会做油茶，炒酥苞谷了，在哪点学的？""母儿家舅妈教的，我做得不错吧！"

"不错，不错！妈妈今天也不错！"

"你有什么不错？"

"今天我们早上学习，读社论，大家一个一个地读，每人读一个部分。最后，你严叔叔说：'不知道是什么怪，同样的社论，就刘林读来好听，其他人读的是什么我没搞懂，刘林读我听懂了，大学生就是不一样！'"

"他是电影院守大门的，他知道什么？"

"卉卉，以后不许这样讲话，工人阶级是最聪明的，最革命的，知识分子要接受他们的再教育。能够得到他们的肯定，妈妈就很高兴！今天没有人打扫电影院，妈妈下午要去扫，扫完就要准备卖票了，可能不回来吃晚饭了，你们自己吃。这个月的钱还有没有，要不要再给你们一点？"

"不用，还有呢，我们自己又凑了一些。下午我来帮你扫！"

"不用了，你在家看书吧，不是叫你写读书笔记吗？"

"我会做的，到时候按你的要求，超额完成，我向毛主席保证！"

"那你就早点来！"妈妈说完，拿上她自己做的蓝布对襟衣工作服，准备走了。

这两年她和爸爸都是穿妈妈自己做的这种衣服。妈妈还给我和妹妹做了一件这样的对襟衣服，用的是枣红色的布。这是我排了一天的队才买来的。我最喜欢穿的就是这件衣服，因为大家都说我穿这件衣服最像铁梅，我就天天穿，洗得都有些发白了，肩上、袖口上都在烂了，妈妈常常说我这么大了，也不知道自己把它缝两针。

妈妈拿上她的工作服，在门口刷灰，看到我的那件红衣服晒在那里，提着破的地方对我说："不要忙穿，妈妈回来给你补好再穿。"

妈妈一走，我赶紧把那件红衣服收下来，找来针线，准备自己补一下。但没有红线，只好将就用白线，慢慢地缝，自己感觉还不错。补好一看，不好，补的地方像一条白色的雷公虫（蜈蚣）爬在那里，实在不好看。我从抽屉里找我们以前抄大字报时没用完的红墨水，涂了一涂，好看多了。我为自己的第一次缝补感到满意，尽管像一条雷公虫，我还是觉得很好看，提着在那里欣赏。

这时候张威来叫我，说是去书屋看书，我穿好刚补的红衣服，对张威说："我们先去看看云霞，给她送点新花生和新苞谷花去。"说着我用纸包了一大包给云霞带去，张威却是毫不客气地把他的荷包装满。我还准备给云霞装油茶，张威说："那就不用了，滴汤洒水的，回来要去书屋，难得拿缸子。"我觉得张威说的有道理，就拿着苞谷花、花生就走了。

我们到了医院，把东西给了云霞，对她说："我们还有事，不陪你了，我们要走。"

"你们去哪里，我跟你们一起去。是不是又要去串联，你们不要我去了？"云霞说着就哭起来了。

"我们不去串联。是要回家里去做事！"我急忙对她说。

"那你们去敬老院？我也要去，我好久都没有去了。我现在好了，我没有病，我不会传染的，医生说过的。我没有变懜！"她说这一堆话，费了很大的力，急急地，口水从她的嘴角流下来。

我在一边看着哭了起来，我不知道怎样去对云霞说。张威走过去对她说："云霞，我们今天的事你去了也做不了，是我家婆婆病了，要回去照看！""你骗人，那用得着卉卉去？""我家婆婆最喜欢卉卉，这你是知道的，她去了婆婆高兴，病就好了。"张威这样说，云霞好像觉得是道理。就说："那你们过两天来带我出去玩！""这就对了，我们等你病好了，就来带你去玩。那我们就走了！"张威说完，拉着我就跑。

走出医院我问张威："你为什么要骗云霞，你这叫欺负人！我不和你去书屋看书，我要去帮我妈妈打扫电影院！"

张威跑上来对我说："你是怎么的，她是病人，现在她还有很多事都不清楚，你怎么和她讲，你总不能让她哭着闹着不高兴吧。你怎么办？你只有哭!"张威的话说得有些讨厌,不过他说得对,我也就不再说什么,一起到肖番的书屋去。

走到县委门口,还没有绕进他家的院子,就看到很多人围在那里。我们跑过去,挤进围看的人群,只见一捆捆的书提出来,扯得乱七八糟,一地都是。肖番站在那里,一句话也不说。我走过去,他看见我,却笑了起来说:"铁梅来了!你还应该用一块红布补在衣袖上,就更像铁梅了。"他平时爱叫我铁梅,我虽然不答应,但心里还是很高兴的,他今天叫我铁梅,我很想哭,看着这些书,有好多还是我们在洪水中挽救出来的,现在在地上被踩得不成样。我偷偷地擦着眼泪。肖番看着我,小声地唱:"铁梅呀,你莫要哭,莫悲伤,要和敌人算清账,这血债还要血来偿……"这是《红灯记》里面李奶奶的唱段,他是在安慰我,也是在宽慰他自己。

里面搜书的人出来了,走在前面的是牛司令。现在他是县革命委员会主任了,但大家还是这样叫他,他也不反对,牛主任牛司令他都喜欢。天并不冷,他却还是围上他的那块长围巾,把一边搭在肩后。我刚来凤县的时候,妈妈给我围过一条红围巾,第一天围到学校,被同学们认为是资产阶级,以后就没有再围过,都被虫蛀了好多小洞洞。县里很少有人围围巾,在这时候就更没有人围围巾。他是特殊人物,也没有人敢说他。他不围围巾时就觉得很奇怪,脖子细长细长的,有长颈鹿的感觉。

他后面的一个人急匆匆拿着本书出来,"牛司令,你看,你看,这里还有一本叫什么《牛虻》,这不是就是流氓书?还有错别字!"

"拿到一边去,什么流氓书?是一本资产阶级的书,不要在这里丢人了!"牛司令以前在书店工作,这些他是知道的。

"主任,这事怎么办?"

"什么怎么办!书全部没收,抬回去!人就不用管了,看在他,有老母要照顾,孤儿寡母,加强教育就行了。"

"肖番,你听到没有,以后不准再搞这些反党反社会主义的东西毒害人民,这些书本本都是大毒草!全部没收,抬走!"那个说流氓书的人指手画脚地说。

肖番不说话,看着那些书,被箩筐拖走,他的泪水就要流出来了。张威和他的哥哥赶快把他拉走了。

牛司令在一伙人的前呼后拥中，走了过来，他们走过我面前的时候，牛司令看了看我："这不是刘林家铁梅吗？的确像铁梅！"

"牛司令，特务的姑娘应该像特务，怎么会像铁梅呢？"他手下一个人说。

"像谁就像谁，我们讲的是事实，不是阶级！"

"对，对对对！"

我装着没听见，气冲冲地走到肖番家院坝里，把散在地上的散篇的书捡起来。

张威回过头大声地叫我："卉卉，走！"

我走过去，几个经常来看书的娃娃也跟着走了过去，我们不知道应该对肖番说什么。有一个娃娃像突然想起什么一样，小声地说："幸好我前次借的书还没有还，有两本在我家里。""我的也有几本没有还！"好几个都说他们还有没有还的书，一共也有十多本。肖番说："我知道大家的好意，书屋没有书了，就那几本也不够，那几本书就算是我送给大家的，作个纪念吧，上面都有书屋的收藏章。"

我走到肖番的面前对他说："不要看这十几本书，把它收在一起，慢慢地再积，毛主席说'星星之火，可以燎原'！"

"铁梅，有些事你不知道，在我们县书就是那么多，我能找的都找了，现在是全部被收了，你还从哪里找那么多的书？从什么地方去燎原？"肖番仰头说。

张威对肖番悄悄地说："前次涨水时，搬到上面仓库的书还一些没拿完，有些烂，被水打湿得太多了，当时就没有拿回来，现在还可以把它拿来粘好。"

"我知道，那也没有多少！"肖番说。

"我们现在还是去把书室收拾好再说。"我建议说。

肖番看了看我说："回去收拾书室。"

那几个娃娃回去拿他们还没有还的书，我和张威去前次藏书的仓库把余下的书搬回来。其实也没有多少，不过一二十本，张威是为了安慰肖番，才说还有不少。

我们回来的时候，肖番他们已经把书屋收拾干净了。我们把拿来的书一页页地理开。被水打湿过的书，理出来，原来一薄本，现在变成了一厚本。我们没有办法，只有用砖一本本地压，也没有多大的作用，还是肖番的妈妈教我们用熨斗，一页页把它熨平。烫的时候要在已经干的书面上，用一块湿布搭上再熨，这样不至于烫坏，又有一点湿度，书纸便于恢复，这样搞出来效果还不错。

肖番的妈妈，年轻时就守寡，一直守着这个儿子。儿子从小酷爱书，家里的钱都被他用来买书了。但只要是儿子要干的事，她就全力支持。现在儿子的书没有了，她也在那里着急，跟着我们一起修补破书。还对肖番说："儿子，有什么关系，我们从头再来。妈经历的事情多了，这算什么！"

补完后，一一地清点，加上那几个娃娃拿来还的，还不到四十本书。不过我们已经很高兴了，不管怎么样这个地下书室还可以存在。

整理完书，我就先走了，还要去帮妈妈打扫电影院。到了电影院，妈妈已经打扫了很多，弟弟、妹妹也在那里帮她。看到有他们两个在帮忙，我很高兴，想到这两个小东西也知道来帮助妈妈，突然一下觉得他们长大了很多，以前他们是不来的，即使来了，有什么事给妈妈说了就走。按他们说的是，要划清界限，怕别人说他们没有阶级立场。

回到家，吃过晚饭。张威来到我家，神神秘秘地叫我出来，对我说："我们有一个新的计划，马上就要行动！"

"要做什么？"

"我们已经找到了那些书放的地方了，准备去把它拿回来！"

"你是说去偷？"

"可以这么说，但也不能说就是偷，这些书本来就是肖番的，我们是去帮他拿回来。"

"在什么地方，偷得到吗？"

"地方我们已经查到，在县委大楼一楼最后的那一间房子里。那些房子都是一样的门、锁，我哥他们刚才去看过，容易打开，很简单，不行就从窗户上爬进去。"张威说得很轻松，顺手就可以拿到似的。

"不可能这样简单，要是被人发现了怎么办？"

"我哥他们都已经设计好了，需要多少人，怎么安排都做好了，时间就在熄灯以后，以熄灯为号。"

"你们搞的这个好像阿尔巴尼亚电影上的地下游击队，是叫我去给你们放哨？"

"我就是来叫你的，我们一起去，不会有问题的！那就走？"

"走！"

我们一切都准备好了，就等十点半电灯熄。凤县还是老规矩，晚上十点半全县熄灯。新修了凤儿河电站，电灯不再是一根红丝线，尽管每天也就是三四个小时的照明能够保证，但人们已经是很满足了。

广播里传出了那好听的声音："凤县人民广播站，今天的第三次播音到此结束。"

广播停了，电灯跟着也就停了。我们几个按照安排好的任务，开始行动。门外有两个放哨的，我负责在进门的走廊转角处放哨，张威任务最重，他要想法把门打开，门口有两个人提着口袋在等着，门一打开他们就进去，装好书就走。

一切就绪，只等张威。他准备从门上的天窗翻进去开门，结果爬上去一看，天窗已被钉了一半，只有一个小缝，人不可能进去。这些都是五十年代的苏式房子，空间高，门窗也很高，他不可能从天窗上打开门锁。不过他们早就有准备的，翻进去的方案不行，马上又改为第二套方案，下面的人给他递上去一根铁丝，他把它弄成一个勾，伸进里面去打开暗锁。他在上面弄了一会儿，还不见弄开，下面门口的两个人真似满弓上的箭，随时都要射向里面。我们都为他捏着一把汗，能不能打开，他也从来没有做过，只是以前听邓天厚说过。这次他们本来想找邓天厚一起来，但又觉得不牢靠。张威自告奋勇，但是，翻窗没有问题，要搞开暗锁就是技术问题了，不那么简单。

"行不行？要不，干脆下来了，回去看一下，明天再来。"肖番在下面小声地问。张威没有回答，只管弄。

突然，咔嗒一声，门开了！肖番他们呼地一下就窜进去了。张威在门框上爬着，深深地吸了口气，太紧张了，他只想休息一下。肖番说："每一箩里拿一点，最好不要让人察觉。"有人说："你怕什么，东西丢在这里了，其实根本不会有人管的！"

很快，书装满了，他们提着书出来，张威在后面关上门。这次"盗"书大获全胜。地下书屋继续运行了。

十五、爸爸们的"五七"干校

　　爸爸从农村中心工作组调回来，集中到"五七"干校劳动改造。

　　一次，爸爸从"五七"干校回来，对我们说，要不要去他们那里玩，说，要过年了，他们那里很好玩，有山有水，有吃有住，有好多家的孩子都去那里玩，我们去了也有伙伴。我们当然是想去，那么好玩的地方我们还能不去。爸爸说我们不能一下了都去，这样去了找不到住的地方。凡是带孩子去的都是跟爸爸妈妈睡，我们要去也就只有小弟跟爸爸去，他是男娃娃可以跟爸爸睡。

　　哥哥不可能去，他还正在忙他的上山下乡，现在全国都在响应毛主席的号召，"知识青年到农村去，接受贫下中农的再教育"，"农村是一个广阔的天地，在那里是可以大有作为的"。下去的都是初、高中的学生，哥哥才小学毕业两年，但他读书很晚，所以尽管是小学毕业，玩了两年，也有十七岁了。他认为现在又没有书读，在家里呆着，做小工又不好找。见着大家都在上山下乡，插队当农民，他也想去。就一天在外面到处去打听，小学毕业可不可以去下乡。

　　我和小妹都想去"五七"干校，央求爸爸带我们去。爸爸说我们去了没有地方住，干校的人都是睡大房间，七八个人一间，我们去了只有去找一个阿姨挤着睡，会影响别人的休息，不好。最后，我想出了一个办法说服了爸爸，我们带着被窝去，我和小妹自己铺床睡，小弟跟爸爸睡。睡觉的问题解决以后，什么都好办。爸爸终于同意了。

妈妈回来了，爸爸给她说这个事。妈妈说："你把他们都带到那里去，有什么好处，那里以前是一个劳改农场，就不是什么好地方。现在那里都是些有问题的人，也是劳动改造，把这些娃娃带到那里影响不好。再说，你一个人一下就带三个小孩去，带队的领导那里怎么办？他们会不会干涉？"

"那里以前是劳改农场，现在是'五七'干校，全部重新整理过一遍。现在在里面劳动改造的人，其实都是些很好的人。大家除了劳动以外，都在学一些手艺，基本上是每人都学一门手艺。学木工、漆工，学医、采药，学得认真得很，如果你去看了，你也会觉得那里是一个大学校。在那里能学到很多东西。不过大家学这些手艺是在为今后作准备，都在想我们以后怎么办，我们这些人，多数都是一些肩不能挑手不能提的人，今后用什么来养活自己，还是要早作打算。带孩子们去这里，也能让他们学点东西，一天在家到处乱跑，还不如去那里看看。至于那里的监督管理我们的人，过去都是同志，除一两个坏人以外，都跟我们关系比较好，也在和我们一起学手艺。牛司令刚开始的时候还来一下，现在很少去。王家才在干校的时间比较多，他手下有几个人是很讨厌的。但在那里的小孩子也不少，大家都习惯了，这些孩子也成了我们的一员。只要不生事，他们也只好默认了。不过没有人一下就带三个孩子去的，好在卉卉她们也懂事，只要把住的地方找好，吃饭交伙食费，就没有什么。"听爸爸这样一说，我更想去了，巴不得马上就走。

妈妈听了，没再表示什么意见，对爸爸说："小海说要去参加上山下乡，这几天天天在外面跑，可管理的人认为没有小学毕业就去上山下乡的，他还没有资格。其实他的年龄倒是不小，他一个人下去没有一个伴也不行。我倒是想，要不让他下到我的老家南县去，那里有外婆、舅舅，一寨子上的人都是亲戚，他们也会照顾他。现在又没有书读，一天到处晃，也不行。我还想，不知道我们今后会是怎么样，让他先去有一个窝，我们今后不管怎么样也有一个后路。"

"这是可以的，他要是就在凤县下乡，就一个人，我们都不放心。回南县就不一样，这里也不算远，一天的路就到南县县城，再走半天就到外婆家。一年去看个一两次，一举两得。我也认为最重要的还是给自己留条后路，不然到时候一家老小怎么办？我把卉卉他们三个带到干校，这一段时间，你就和小海回去看看，先把那边的事情搞好，再来这边办，应该没有问题。"爸爸说。

我想这就是我家最大的事了，它决定了哥哥今后的发展，暗示了我们的最后出路。我还没有去过南县，这两年过年都是妈妈回去看外婆，每次都要带一些腊肉来。听妈妈说农村那边的条件比凤县好。

记得最清楚的是，今年上半年，舅舅看到妈妈写的信，知道我得了贫血，从南县乡下，找了一个玻璃瓶给我寄了一瓶猪油来，妈妈每天要我用来拌饭吃是对我的特殊照顾。饭刚做好，热腾腾的舀一碗，放点猪油加点盐，那是好香好香，就我有这个特权，小弟小妹就不能，要吃可以，那就只能是酱油拌饭，不可以放猪油。小弟不满意地说："得个贫血有什么了不起的，不就是可以吃猪油拌饭吧，我还要得更老火的病，那时候我就要天天吃红烧肉，我是不会给你们吃的。"小弟说这话的时候，那双眼睛是一眼看着我的碗，每当小弟那双眼睛看到我吃的时候，我就要把油拌饭拨一半给他，开始他不要，因为妈妈说过"这瓶猪油就是卉卉的，由她一个人吃，一个人保管，谁也不能吃她的！卉卉生病了，我们大家都要关心她"。

小弟故意夸张地说："毛主席教导我们，'我们的干部要关心每一个战士，一切革命队伍的人都要互相关心，互相爱护，互相帮助'。'毛主席的话我细心领会，千遍万遍下功夫，深刻的道理，我细心领会，只觉得心里热乎乎。'"说着说着他又唱了起来。

妈妈知道小弟的不满，就对他说，"特别是你，要学会关心别人。不要什么都是你先，搞惯了！"

不过小弟还是很听话的，他很想吃油拌饭，却从来不自己去拌一碗，站在那里看着我吃，我拨半碗给他，也是悄悄地，他总是叫我少给他一点。

那一瓶猪油可能有两斤，我吃了半年。不过我们都还惦记着那油拌饭，要是哥哥下乡到南县，我们就有油拌饭吃了。

爸爸妈妈最后决定，我们三姊妹跟爸爸到干校，就在那里过年。哥哥和妈妈去南县商谈插队的事，过完年才回来。

我们收拾行装，和爸爸一起到了三凤"五七"干校。

我特意带了一个笔记本，红壳的跟毛主席语录本一样大小，上面也是烫金的几个字"笔记簿"，这还是前年做"三好"学生时学校发的奖品，我一直没有用。我在上面摘录了一些警句："刀不磨要生锈，人不劳动要变修"、"镜子越擦越亮，脑子越用越灵"、"对同志要像春天般的温暖，对敌人要像秋风扫落叶一样残酷"。还特意在书室借了两本书带去看。当然还带了本毛主席语录。

到干校才发现，这里的人实际上好多我都认识。有的虽然叫不出名字，也是经常看到的。印象最深的要算杨晓扶、万富宏，他们被揪斗的情景还历历在目，他们当然不认识我。爸爸带着我们一一介绍，当走到一个白发老人的面前的时候，爸爸告诉我们"这是洪伯伯!"

"'一朵鲜花冒出来!'你看，又冒出来了。"看见我，那个洪伯伯笑了，对我说。我也笑了，这就是在福泉边上教我们唱山歌，别人叫他"老县长"的人。

"你们认识?"爸爸奇怪了。

"怎么样，你收集的民间文学?"洪伯伯问我。

"她知道什么民间文学，你的题目出得太大了!"爸爸说。

"这你就不知道了，你不要小看他们，以为他们什么都不知道，其实不然，就要从小给他们要求，给他们题目，让他们去想、去做!"

"那也要切合实际!"

"我不切合实际，那我们就长着眼睛看，看看谁的正确!小姑娘，不要听你爸爸的，要听我的，听到没有?"洪伯伯说。

"好的。我听洪伯伯的!"其实他说的什么我也没有听懂，不过看着他是那样的慈祥，出于礼貌我这样回答。

爸爸很快把我们的吃住安排好，我和小妹与王阿姨、陶阿姨住在一间房里，在这里劳动的阿姨不多，我们还算住得宽畅。我们一进门，她们就帮我们收拾、铺床。爸爸把我们的照看拜托给她们，就出去了。王阿姨就开始打毛线，陶阿姨勾花，这是当时很时兴的技术。我早就想学勾花，现在有了好机会了，可以跟陶阿姨学了。

第二天一大早，我就听到有动静，欠着身子向窗外望，有人在活动。王阿姨说："是去冬泳的人。""冬泳是做什么？"小妹问。我也不知道冬泳是做什么。"冬泳就是像这样的天气去浮澡。"王阿姨给我们解释。

"走，我们去看他们冬泳去。"王阿姨带我们两个跑了出去。

天还没有大亮，就有好多叔叔、伯伯已经站在河边。这条河离我们住的地方很近。河面很宽，水很平。冷风吹得我直打哆嗦。冬泳的叔叔阿姨们在做准备活动。他们没有统一的标准，也没有人指挥，每个人做的动作都不一样，但都做得很认真。最认真要算杨晓扶，他是个北方人，个子很高大，在那里弯腰、扩胸，一板一眼地做得很到位。万富宏已经脱了衣服，在用火酒擦身子，只见他双手在头上身上到处擦，身上的皮肤看着看着就变红了。他精神得很，对杨晓扶说："来'五七'干校真好，可以免去批斗，还能锻炼身体。你看我现在的身体比以前好多了，功劳就是冬泳。"

"对于我们来讲，可能主要还是能免去批斗吧！"杨晓扶说。

"还是多方面的，多方面的。现在就比以前的精神压力小得多。"

"那是，那是！"杨晓扶笑着说。

爸爸带着小弟走过来。看见他们两个，爸爸对他们说："早，凤县最大的头、二号走资派！"

"老张，带着儿子来了。好。过来'胖子'，来，伯伯教你喝酒，喝完我们下去游泳！"万富宏对小弟说。

"他还不行，今天第一次来，还要慢慢来！"爸爸把小弟拉到河边，要他先在里面洗脸。自己去做准备活动，要下水。这时候已经有好几个人下水了。这么冷的天，他们好像一点也没有感觉到，没有一个人像我们这样缩着脖子，耸着肩的，一下就扑到水里，在那里游得很欢，似乎并不冷。

我和小妹也学着王阿姨，把外衣脱了在那里洗脸。爸爸还在做准备活动，我走过去对爸爸说："爸，我也要下去冬泳?!"

爸爸看了看我说："下去是很冷的，不要看着别人吃豆腐牙齿快!"

这两年学校不上课，一个夏天多数时间都在河里。游泳我早就会了，但冬泳却没有尝试过，我非要试一盘。

"你衣服也没有，怎么游?"爸爸见我态度坚决，口气软下来。

"我们平常浮澡都是穿短裤、褂褂，现在还不是就是这样!"

"那好，你多做一会儿准备活动，我等着你一起下去!"

我过来给王阿姨、小妹打了个招呼，就在做准备活动。王阿姨说："卉卉，冬泳要慢慢地来，哪里能就你这个样子，一来就下去的?"

"这个没有什么，我经常做小工，身体好得很，还有这么多的叔叔伯伯，他们都不怕，我也不怕，不就是冷一点。"我对王阿姨说，实际上也是在对我自己说。

小妹说："不怕! 卉卉，我要是会浮澡，我也下去了。毛主席要我们到大风大浪中去锻炼自己，这里最多就是冷，又没有风浪。你去，我帮你服务!"

我脱了衣服，河风吹得我直打哆嗦。我加紧做操，想赶快把身上做发热。爸爸说："脱了衣服，做操一直要做到发热才能下水，下水就加紧游，游两圈就赶快上来，不要一下在水里呆的时间太长，要慢慢来。"

我按照爸爸说的方法，一下进入到水里，天啦! 全身都是冰木了! 我闭着眼，紧张得全身都僵了，赶紧死劲地划水。这时，我听见爸爸在身旁说："不要闭着眼睛，眼睛要看前方，放松，用力。"过了一两分钟，身上开始缓和，手脚这时候才是自己的。爸爸却说："游回去了!"我跟着爸爸，很快就游到了岸上。王阿姨、小妹当我的救护队，拿着大衣把我包起来。

我完成了第一次冬泳! 体会了那刺骨的水，寒冷的风，特别穿的那湿褂褂，就像一副冰冷的盔甲，死巴在皮肤上，风一吹，就有受刑的感觉。爸爸说，穿游泳衣就好多了。游泳衣? 是什么样子，我听都没听说过，更没有见过，更不要说穿了。王阿姨和小妹帮我穿好衣服，不一会儿，全身都在发热。我很高兴，也很兴奋，叔叔阿姨看到都说："张卉不错！"他们都给以称赞的目光。这一天，我都处在这种兴奋与幸福之中。

第二天，我又和爸爸他们冬泳的人一起，进行了又一次的锻炼，又有了一点进步。

游完了泳，就是两个小时的学习时间。十点钟开饭。吃完饭，就开始了他们每天的劳动，爸爸他们十多个县里较大的走资派这样的人物，今天安排的是到二十里地以外的崖窝背炭。天冷了，这里的取暖问题要他们自己解决。他们早就派人到崖窝去烧木炭，那地方人迹罕至，森林很大，在那里砍柴烧炭是最好的。那边烧好，再派人去背。那里没有车路，全靠人背。

他们各人按照自己的任务去准备工具。爸爸准备了扁担和绳子，他说："挑，比背篼拿得多，又好走。"我对爸爸说，我要和他们一块去背炭，爸爸答应了。小弟小妹走不了那么远的路，爸爸就不让他们去，让他们跟王阿姨、陶阿姨她们在一块，在食堂帮忙做饭。

爸爸给我找了一个背篼，我认为太小，背不了多少，爸爸说："你不要认为这个背篼背不了多少，你只要把这来回四十里的山路，走下来就不错了，还要嫌背篼小。"

我背着爸爸给我准备的小背篼跟着这十多位叔叔伯伯上了路。他们这一路年纪最大的就是老县长洪伯伯，虽然五十多岁，不过他的头发好多都白了，看起来是很老。小的要算肖番，不到二十岁。他是因为在一次抄写大字报的时候，没注意下面垫着一张报纸，有一幅毛主席像，被透下来的墨涂脏了，被当场抓为现行反革命。批斗了很长一段时间，后来没人管他了，"五七"干校建立以后就把他放到了这里，他现在最大的特点就是不说话，每天基本上见不到他说一句话。要他做什么事都可以，你就是听不到他说话。他在干校年龄最小，做事最多。在这里见到他，已经不是以前的那个肖番了，和我们几乎没有话。我找到他说话，他也就是个微笑。就在他出事那天，他的母亲见那情景还没有站起来就倒下了。肖番没来得及安排母亲的后事，被抓走了。是邻居们帮着把他母亲的后事办了。从他出事那天，地下图书室也就停止了。就这样他完全变了一个人，能在这里再次看到他，其实我很高兴，只是再没有以前的快乐了。

我们走了两个多小时才到那里，烧炭的几个叔叔出来迎接我们，"你们再不来我们都变成野人了！""野人好啊，野人没人管啦，哪像我们！"万县长说。

大家走到后，都找一个位置准备就地而坐，洪伯伯忙说："都不要忙坐，站着歇一会儿，这是走山路的规矩。"大家也很听话，都站了起来。万县长站起来，走到水井边，正要捧水喝，"哎！不要忙，不要忙，喝生水前先吃瓣蒜，我保你们不会拉肚子！"

"我说你洪老者名堂多，哪来你那么多讲究！"万县长说完接过蒜在那里嚼来吃。

洪伯伯每人发了一瓣蒜，也给了我一瓣，对我说："小姑娘，一定要吃，不要怕辣！"他听到万伯伯的话就说："在'家里'大小事我听你的，出门路上的事，你就要听我的了。"

"现在哪个听我的，只有我听人家的。你看到了这里我还要听你的！你说现在我们这些人还有什么用。"

爸爸走过来："什么用？能吃饭就有用。来，把给他们带的口粮拿出来！"爸爸说完，从背篼里拿出我们来时给烧炭的叔叔们带来的粮油盐菜，把它们提到了小屋，"给你们吃的，管事的要我告诉你们，再烧两窑就不烧了。怎么样，近段还好吧。有什么好吃的找点出来"。

"好吃的有，还给你们留着呢！前几天我们在山上放的夹子，夹住了一只山羊。肉我们切成块炕着呢，蒸一下就可以吃！"烧炭叔叔指着他们的临时厨房上的一些黑红半干的山羊肉说。

爸爸走过去看了看说："来不及了，我们这一队老的老，小的小，还要赶快回去，现在天又黑得早。留着吧，留着我们下次来吃吧，可能过个十天半月我们又要来了。"

"来得及，来得及！你们把炭装好，我这里就蒸好了！"说着烧炭叔叔就动手。

我很想吃，好久没有吃过肉了，还是在国庆节的时候每人供应一斤肉，我们自己做了一顿红烧肉、一顿回锅肉吃，吃得好实在。这种山羊肉还没吃过，不过只要是肉都好吃，听爸爸说野味更香。烧炭叔叔在忙着做，我依稀觉得有香味，就走了过去。

"想吃了吧！卉卉。"烧炭叔叔对我说。

"你怎么知道我叫卉卉？"

"我和你爸爸是老关系了，怎么不知道呢？山羊肉你吃过吗？"

"没有！"

"那你马上就可以吃了！你来看我的这些东西。"说着他走到旁边的一个架子前，拿出叮叮当当的好多东西，都是山羊身上的。一对羊角、羊头骨、羊的四只蹄子、穿好的一串羊的牙齿，每一样都洗得很干净，剔得很干净，雕得很光滑。我从来不知道能把这些兽骨做得这么好看。最好看的是那四只小蹄子，油绿色，光滑均匀，娇小玲珑。那串牙齿也很好，一颗颗洗得很白，大大小小交错成一串。没有两颗一样的，最好看的是那小尖牙，那样的锋利，像活的一样。

"你如果喜欢就选一样吧，做一个纪念。"烧炭叔叔说。

我不知道选什么，最后还是拿起一个蹄子向他示意。"你喜欢这个小蹄子？那好！你是属什么的？"

"属鸡。"

"好，我把它雕成一只鸡，下次他们来带给你。"

说话间，外面爸爸在喊："炭装好喽，大家准备走！"烧炭叔叔赶快把他蒸的山羊肉拿出来，按我们的人数切为十多块拿出去。站在路口边，每个人给一块。

他给了我两块说："你一个小姑娘来这么艰难的地方应该多给一块。"

大家拿着这热烫烫的山羊肉，没有一个人吃，都在手上捂着，天很冷，拿在手上又热又香，不时闻一闻。我们上了路，还是我忍不住最先开始吃。一大块全是瘦肉，我一丝一丝的吃。这可真是人间美味，可能再没有这样好吃的东西了。吃了一点我舍不得吃完，把它放在荷包里。

走着走着，就觉得背上背的东西越来越重，我双手托着背篼底，托了托，似乎肩上轻了一点。

这时候，这一大队人马没有一个人说话，只有喘粗气的声音。大家都在与面前的坡作斗争，要想尽快爬上去。爸爸走在前面，他从小是在农村长大的，农民的"十八般武艺"他样样会。炼得一身好力气，一副好身板。他会说好多农民的段子，为了缓和气氛他开始吼起来了。

"有力不和坡打斗！喔！"

"哎！仰仰坡，慢慢拖！"

爸爸拉长了嗓子喊，一副老农民的声音。大家开始有了一点动静，有的也想跟着爸爸吼两句，但一时又找不到合适的词。

洪伯伯把背筐靠在一个高坎上，长长地嘘了口气，吼一声："哎……越走越陡，哎……上去就好走！"

洪伯伯是解放前的大学生，不过这么多年来他长期搞农村工作，乡下的这些话他记得很多。他不是要我们收集民间文学吗？这些农民的话话，可能就是民间文学吧！

爸爸一直走在我的后面，突然快走了几步，超到我的前面，他要我坚持，说这是锻炼意志的好机会，只要坚持就能走上去。其实，我已经走不动了，背上的炭压得我喘不过气来，一双脚已经开始不听使唤。爸爸这么一说，我心里只想到坚持，好像又有了许多力气，走起来也轻松了一点。

爸爸走到洪伯伯面前说："洪老者，你多歇一下，慢慢来，我上去以后下来接你。"说完他一连超过他前面的人。他是挑高挑，也就是筐和扁担一样高，这样上坡下坎的方便，走起来又利索。他一会儿就爬到了坡顶。他在上面大声地喊："喔……平阳大路，甩开脚步！"

"哎！快了快了，富子都到顶了！"万伯伯说。

他们都叫爸爸为富子。杨晓扶伯伯不说话，埋头爬坡，这样的坡对他这个北方南下干部是很艰难的。他一个大个子，爸爸他们在给他装炭的时候就装得很少，特意照顾他。开始他不同意，要和大家一样多，爸爸对他说："不是你不愿意背，而是你不能背，背不了。愿不愿意背是态度问题，能不能背是能力问题。毛主席说：'一个人的能力有大小，但只要有这种精神，就是一个高尚的人，一个纯粹的人，一个有道德的人，一个脱离了低级趣味的人，一个有利于人民的人。'就背这么多了，你只要能把这点背回去就不得了，不要'灶门前试担子'，轻得很，这是还要走二十里山路。"现在他相信了，还好没有按他自己的要求背那么多，要不是就背不动了。

爸爸从前面倒回来，把洪伯伯的背篼背着就走。当爸爸要把我的也背上时，我坚决不同意，"我能背得动，不要你背。"说完我急急地走了两步，走到了前面。爸爸说："能行就好，坚持就是胜利。"

我们终于翻到了坡顶，大家坐下来休息。现在可以吃那块山羊肉了。我最先摸出来吃，吃了两口，觉得现在最想的还是喝水。正好洪伯伯在那边喊："要喝水的到这里来，这里有水井。不要忘记吃一瓣蒜，我放在这里了。"说完他坐在了井边，监督每一个喝水的人，是不是都吃蒜了。我走过去，喝了水坐到了洪伯伯的旁边。

看着远处的山，洪伯伯问我："你知道这里为什么叫崖窝吗？不知道吧？你看我们站在这高处看，就可以看到一点情形。你看那个方向，有几个深坑。它不是一般的坑，而是宽大幽深的，有多深从来就没有人知道，更没有人下去过。它是一种天坑，当地的老百姓就把这叫作'崖窝'。不叫'天坑'叫'崖窝'这是群众的智慧，人民群众的语言是很丰富的。你想如果叫'天坑'这个名字多吓人，多难听，它叫'崖窝'，这个'窝'字，就很温暖，很人格化。"

洪伯伯说了很多，我没听懂多少，就知道"崖窝"好听，"天坑"不好听，人民群众是真正的英雄。

我们又开始上路了，出发前大家发现肖番不见了，他是个不说话的人，去哪里也不打个招呼。大家喊了一阵，万伯伯说："刚才我看到他在这条路上转，也许他已经走了。"爸爸说："问题不大，他一个年轻人，不会有什么问题的，我们赶路要紧，走到前面要不见他，我再回来接他。"

大家一上路，接着就是下坡。下坡刚开始还好，要轻松一些，没有上坡那么费力。但下了一会儿，就不行了，一脚踩下去，脚在发抖还没有站稳，又要迈另一只脚去发抖了。双脚就这样交替运行，实在是比上坡还难。爸爸在坡顶就给杨晓扶和我准备了一根棍子，有了它，这时候就像多了一只脚，稳当多了，得力多了。我回过头一看，看到洪伯伯也有一根拿在手里。洪伯伯说："它是好东西，上坡下坡可以帮把力，天热的时候可以用它打蛇，路过人家户还可以打狗。在农村出门什么时候手里都要拿根棍子，就是这个道理。"

我们还没走多久，就看着肖番返回来了，他空着手，他是把炭背到了前面放着，返回来接我们。大家都在问他为什么没有说一声，还以为他不见了。他什么都不说，一直走到洪伯伯那里，把洪伯伯的背篼接过来，背着就走。洪伯伯还来不及说什么，他已经走远了。

我们下完了坡，走到了河边，见肖番坐在那里，看着河水出神。现在只要过了这条河就到干校了，大家也轻松了很多，都在河边坐下来。但现在大家看起来可以轻松了，很快就走到了自己的家门，实际上还有一个大麻烦，那就是过河。这条河不大也不小，水流很急，河面上是一排石墩，我们都叫它"跳墩"，走一步又要跳一步。这是在一些河面水不深，人们想出的过河的好方式，它不用修桥，就解决过河的问题。

现在我们面前的这条河，不大也不小，但水流很急，每一步跳墩的距离很大，跳墩很高。大家不知道这种过河方式的难处。去的时候是另外一条路，回来走这条路，图的是要近得多。我们每一个人想的是，只要过了河就要到家了，现在应该多歇一下，把一身的疲惫都歇尽。爸爸这时候对大家说："我们准备过河了，先不要背炭，上去走一下，看看是不是走得过去，走不过去就不要勉强！"

"富子，你认为我们走不过去？"万县长说。

"那不一定！不要以为你是县长，就走得上去，你要上去走才知道！"爸爸说。

"那好，我就先上去走！"万县长走上去了，开始几步还可以，快到河的中间的时候就不行了，他双脚颤巍巍的，不敢向前迈，看着河水直发昏。"我不行了！我不行了！"他一双手到处抓，想抓到一个什么能够扶他一把。眼看就要下去了，这时候他的面前出现了一只手，是肖番，他看见这个情况，一下跳到水里，水的寒冷对他好像没什么作用，也许是坚持冬泳的结果。肖番在水里站着牵他走两步，走过艰难的那两步，他很快走过了河。

肖番还站在河中间，这时爸爸叫大家赶快过跳墩河，他在头上牵着一个一个地走上去，肖番在水中间，每个人牵着走两步，最后是万县长接应。很快我们都过去了，洪伯伯走得还比较轻松。他说他在乡下经常走这样的跳墩，只是都没有这么险。最后还有杨伯伯没有过来，他在对岸着急，他不敢走，就是第一步也不敢走。爸爸最后只有采取革命行动，一下背着他就走。肖番还在水里面，在最艰难的那两步他要拉爸爸一把，可爸爸双手要背杨伯伯，只见爸爸摇了摇头，稳稳几步，很快上了岸。大家都非常高兴终于都过来了。都围过来看着肖番，他的裤子全是湿的，大家也不知道怎么办，天是那样的冷。爸爸脱下他外面的裤子递给肖番："来！把你的全脱掉，穿一条干的比穿湿的好！"说完，不容分说地塞给了他。

这时，大家突然发现杨伯伯蹲在那里哭，边哭边说他没有用，一个大男人，这一点都走不过来，丢人，的确应该接受批判什么的。大家一阵安慰他。

"富子又过去了！"不知是谁喊了一声，大家才回过神来，我们现在是，人都过来了，背的炭还全在河对面。只见爸爸一边肩膀背一背，飞也似的从跳墩上过，他这样来回跑了几趟，那边的一背背炭就转到了这边。"富子真是好力气！""他完全就是一个英雄！""如果今天没有他，我们这些人怎么办。"大家说。我也觉得爸爸就像一个英雄，在他的召集下，我们这一路人完成了背炭的任务。肖番也是一个英雄。我觉得我也不错，能坚持把炭背回来，跳墩也是我自己过来的，比杨伯伯光荣。不过爸爸说不能这样去比，杨伯伯只不过是没走过这样的山路水路而已，并不能说明什么问题，不要认为自己就比杨伯伯行，没有这样的事。

回来以后我第一件事就是把还有的一块山羊肉给小妹，爸爸的那一块没有吃，留给了小弟，他们当然是非常的欢喜。

有我们背来的炭，干校的人又可以烧一阵子了。

准备过年了。在这里劳动改造的人，家里有事的，经批准回家去了。留在这里的也还有几十人，过一个革命化的春节也还是好办的。但大家总要吃饭，要吃饭就要想办法搞一点好的来吃，特别是像爸爸这种会做吃的的人，在吃的问题上，他们是肯下功夫的。在干校能有什么呢？也就只有那两头猪，是自己喂的，现在正是肥的时候。以前喂的时候就是准备过春节的时候杀，现在强调要过革命化的春节，就谁也不敢提杀猪的事，怕与毛主席的要求相背离。

一天早上，我们搞完冬泳开始政治学习，我也坐在陶阿姨的旁边，因为我觉得参加学习也是很有意思的，学习毛主席语录、中共中央文件，听他们的发言，有很多知识。大家也把我看成他们的一员，让我坐在那里，只不过我不发言，就是听他们联系自己的情况谈改造思想。那天学习的主要内容是一篇《人民日报》社论，关于怎样过一个革命化春节的问题。组织学习的是王家才，自从"五七"干校建立以来，他就在这里当领导，管理几十号人。大家对他很了解，现在虽然不像以前那样可以随便打人，但他是会经常想些绝招来让这些人加强锻炼。比如烧炭背炭，就是他的主意。这里的人对他的安排不敢说一个不字。

王家才指着肖番说："坐那么远干什么！坐这里，读这篇社论！"他和肖番是同班同学，肖番出事，实际就是因为他。当时就是他们几个人在抄大字报，那张有毛主席画像的报纸为什么会到所抄大字报的下面去的，墨汁浸透在报纸上的毛主席像上面，肖番当场就被抓"现行反革命"，当时出了问题他就马上拿出来追究政治责任，用心是很清楚的。这时候，肖番一字一句地小心地读着，害怕读错一个字，招来大祸。

读完以后，王家才说："大家看看，我们今天就联系实际情况，看我们应该怎样过一个革命化的春节，以实际行动来体现我们的思想改造。"大家都不说话，都不知道对这个问题应该怎样说。过了几分钟，还是没有声音。"对这个问题大家也要认识到它是一个革命与不革命的问题，不能是不说话就算了，不说话是过不了关的！"王家才与他旁边的一个人商量了一下对大家说道。大家还是不说话。

"张兴富，你先谈谈！"他见没人说就开始点名说。

爸爸放下手上的报纸，清了清喉咙说："我认为过革命化的春节是非常好的，我们国家地大物博，人口众多，我们的生活是芝麻开花——节节高，但'世界上还有三分之二的人处在水深火热之中，需要我们去解放'。所以，我们要过革命化的春节，我以实际行动来体现我对这一问题的认识，我们无论吃什么都比旧社会好之千倍，我们要感谢党、感谢毛主席，为我们带来的幸福生活。为了过一个革命化的春节，我把小孩也带来了，主要是让他们在革命的大家庭里得到锻炼，同时通过劳动磨炼他们的意志，这样来达到过一个革命化春节的目的。我说完了。"

"说得不错！接着讲。"王家才说。

"我来发个言，我觉得革命化的春节就是要唱革命歌曲，吃忆苦饭，这样才能称得上革命化的春节，要不跟以前的春节有什么区别。"陶阿姨提出。

她的话刚说完，王家才就说："这个建议好，我们就是要这样做，才能真正体现革命化的春节。那我在这里就落实了，从明天开始，政治学习之前由陶喜平教唱革命歌曲，我们要把革命歌曲唱起来，激励我们的斗志。忆苦饭的事由食堂，张兴富你们管，我们在大年三十的晚上，年夜饭就是忆苦饭。大家接着谈，还有什么想法，主要是要谈自己。"

"我是有个想法，也不知道能不能说？"万富宏一直在那里抱着手闭着眼睛，现在他站起来，活动了活动双脚，在那里不紧不慢地说。"你说，我们又没有说什么是不能说的，只要不是反党反社会主义的言论。"王家才旁边的那个人说。

"我要说的是，我们吃忆苦饭的目的是什么？就是说为什么要吃忆苦饭？"

"有话你就说，还卖什么关子！'忆苦'当然是'思甜'了？还有什么好说的！"王家才有些不耐烦地说。

"那我就要问我们怎么样思甜了？"万富宏真是当县长的，一下就接触到了他的主题。

"对这个问题我们要好好讨论一下，当然也是我们食堂的事，大家的意见是什么就拿出来？"爸爸在说话。

"我的意见是杀猪！"是哪位叔叔说的我没听见，他说得很急促，声音也很小，不过大家听得很清楚。

"杀猪可以呀！我们也希望听到这样的意见！"王家才旁边的人说。

"那好！这当然是我们食堂的来做！"爸爸说。

王家才见讨论得差不多了就说："那就这样，大年三十那天晚上，再增加一个项目，一边是忆苦饭，一边是思甜饭。把猪杀了！"这时候大家都有些激动，最想听到的就是这句话。

第二天一大早，我们冬泳回来，就看见院坝的旁边挖了两个大坑，上面放着两口锅，肖番在那里忙着生火烧水，爸爸说那是在准备烧水杀猪。李阿姨在喊了，要大家赶快去唱歌。冬泳的、跑步的、做操的从不同的方向走到学习室，陶阿姨已经开始教歌了，我们在那里唱了一会儿，爸爸对王家才说："我们食堂的今天能不能请个假，要不完不成任务。""不要都去，需要几个就去几个！"王家才说。

爸爸他们出去了五个，杀的的。他们五个都没有一个杀过猪。爸爸从小在农村，十七八岁参加工作才出来，他也没有杀过猪。不过他说他在家的时候杀过羊子，大家就推荐要他来杀，说是杀猪羊差不多。爸爸在乡下还是经常看见别人家杀猪，过年过节，谁家有红白喜事，凡需要帮忙的时候，总有他在场，自然知道怎么样杀猪，就是没有亲自操刀。爸爸和大家一起做好了准备工作，在杀的时候每一个人做什么都作了安排。两大锅水就要开了。

爸爸喊："好，把猪赶出来！"

他们把猪赶了出来，猪在院子里漫步。他们一齐冲了上去，笨猪还没有反应过来就被两个人抬前腿，两个人抬后腿，一下就抬到了杀猪凳上，猪哇哇地叫个不停，这声音里就蕴涵着节日的气氛。那边唱歌的声音小了。爸爸这边拿刀对准猪的喉部一刀下去，猪的吼声这下才是声嘶力竭，四脚拼命地乱蹬。一下，它挣脱了按它的四双手，跳了起来。鲜血从它的脖子下汩汩往下流。爸爸杀下去的那一刀深度不够，气管也没割断，猪在满地跑，一院坝都是血。唱歌的人全都跑了出来，大家看着这一情景，在那里笑成一团，到处都是主意，四方都有叫声。爸爸喊"来来来，大家来，我们把它抬上去，再给它补一刀"。那猪这时候是在尽它最后的一点力气挣扎，被几个人再一次把它抬上凳子的时候已经没有多少气了，爸爸又给它补了一刀，成功了。

接下来，爸爸在它的后腿下割了个口，用一根细长的钢钎穿进去后，对准那个口用力吹气，一个人拿着棍子在猪身上打，那气就顺着往前走，一会儿，整个猪就如吹胀了的气球，毛一根根地竖起来了，要从皮子上飞出来。这下才抬到烧开的那锅水里，开水一浇上去，一把专门的刨刀，两下三下，一个黑毛猪儿，就变成白皮猪儿。白净净、壮鼓鼓的。它四只脚朝天撑着，一副任人宰割的模样。爸爸和那几个叔叔把它抬到杀猪的凳子上，又在它的身上刮一遍，刮出许多黑夹，抬了两桶水冲洗干净，猪现在变得更白了。爸爸用一根绳子捆住猪的一条腿，倒挂在树干上，吼了一声：“水开没有？”“开了开了！”肖番在那边回答，平时不说话的肖番声音是那样的大，那样的好听。“开膛了！”爸爸一边说一边把锋利的刀伸向猪的胸膛，哗的一下，猪胸膛打开了，里面一股热气直冒。肖番抬着个盆过来。爸爸开膛后，在打开的猪胸膛里割了几块肉，鲜嫩嫩的、热腾腾的，那肉还在跳动，又割了猪肝、猪心、猪腰子，肖番飞快地切成小块，倒进那锅翻滚的开水里，加了两瓢盐，那肉块在汤里翻滚，很是惹人喜爱。

唱歌的人不知什么时候已把碗盏、钵子拿来在那里等候。爸爸舀了一点汤尝了尝，细细地品味，他眯了眯眼，那其味无穷的样子，让我们羡慕。“小肖，可以把血旺倒进去了！”肖番把已经煮过一下的小半盆猪血抬过来，那血看起来是熟的，已经变成深红色，肖番一下把它倒进锅里。爸爸在锅里搅了两下，大声地喊道：“吃刨汤肉喽！”拿碗的队伍又向锅边挪动了一下。

“小肖，去报告，我们开始吃刨汤肉了！”爸爸对肖番说。

肖番不用走远，王家才就在人后头，“报告，我们要开始吃刨汤肉了？”肖番把爸爸的话重复一遍。“开始！老规矩。”他的老规矩是，凡是吃好的，先把他们几个管教干部的留出来，其他的每人一瓢。爸爸他们是早就训练出来了，每次做的菜是按人头每人一瓢，刚好够分，不会不够，也不会剩得太多。不够分当然是不行的，有剩的也是不行的，这就意味着你食堂的人有多吃的。要做到不多不少，这也是一门技术。

爸爸得到可以开始吃的指令，很快把那一锅刨汤肉分给了每一个人。大家美美地享受这热热的、鲜美的刨锅汤。我们可是从来没有吃过这种汤，只是听说过，在乡下，过年要杀猪要吃刨汤肉、刨锅汤。今天是知道了什么是刨汤肉，就是要在杀猪的现场做来吃，那肉刚从猪身上下来，还是热的，非常鲜，拿回厨房做，就完全没有那个味了。

大家吃得正香，突然来了两个人，紧紧张张的样子，不知道在给爸爸他们大人说些什么，大家一下端着的碗都不动了，在那里傻傻地站着。这时候只听到一声凄惨的叫声，吓得我不知道要做什么，"妈呀！为什么会这样?!"这时候我才听到是陶阿姨的声音，只见她一下就倒了过去，几个阿姨把她扶住，她已经是闭着眼睛不省人事。大家一阵叫她，才把她叫醒，她没有哭，目光呆滞地看着大家。"把她扶回去休息，留两个人招抚她。小王，你跟她一个寝室，你负责！小吴你和卉卉她们两姊妹换一下，你到她们那个寝室去住，好照顾小陶。一定要把她照看好，快去把！这边的事我们来管!"万县长指挥着大家，还是一县之长的模样。

这时候我才弄清楚，进来的两个人就是前几天我们去背炭那里的两位叔叔，就是没看见答应给我做山羊脚小饰品的"烧炭叔叔"，他们在讲述着今天早上发生的事情。

"我们不是还要烧一窑炭就回来吗？这两天我们已经砍了一些炭柴，今天早上，我们准备再砍一点来添着就可以架窑烧了。我们两个都认为就在附近林子里随便砍一点就可以了，小汪说要到前面深坑处去砍，说是那边有好多漂亮的炭柴，清一色的米青钢，铁实，是最好的炭柴。我们说不过他，就跟他一块去了。大家都知道深坑就是个无底坑，从来没有人知道下面有多深，我们说好就在边上砍一点就够了，他也答应了。我和他在坑边砍，那实际上就是悬崖，小车在上面拖。我们砍着砍着，只觉得脚下的泥巴有一点松动，干树叶也在跟着往下缩，我们正要准备上去，脚下滑动了，哗！我们两一齐往下滑，根本来不及反应应该怎么做，只是想今天完了，一点希望都没有了。突然，我的脚不再动了，我慢慢缓过神来，我踩在一个很窄的岩石上停住了，我知道我这是得救了。我赶快就叫小汪，这时候什么声音也没有，天空一片安宁，我知道出大事了，在那里撕着嗓子喊，只有山谷的回声。小车在上面吓得不知怎么办，听到我的喊声，在上面喊道：'老刘啊！你还在吗？'那声音带着哭腔，也带着一点欣喜。我听到他的声音，就想到，这声音不远，我还有救。小汪怎么办？怕是上不来了。我又在那里喊一阵，直到确定完全没有希望了，小车从上面丢一根绳子下来，我才慢慢地爬上来。上来后，我是走不动了，吓得全身软如一团泥。我在那里坐了好一阵，才回过神来。我们就赶快回来报信。"

听完他的述说，大家就知道小汪肯定是没有命，不过大家的意见还是要去再找找，万一又有一个什么树桩、岩石把他卡住了，开始他只是昏过去了呢？还是再去找找，好让人安心。

王家才的看法不一样，"还有什么好找的，这样的情况是百分之百的没命，老刘那就是万幸了，哪里还有那么好的事，还在什么地方等着你们？那是白徒劳！"

"不管怎么样我们也要去再找找，这才对得起我们的同志，对得起他的家属！"万县长说。

"万富宏，你要组织人去，你就要负责，这可不是开玩笑的，不要以为你还是以前的县长，你现在是靠边站的，你有什么权力召集人去做这样事？要去！你立下字据，一切后果由你负责！"王家才气势汹汹地说。

"这个可以！"万县长摸出笔，拿出学习笔记本，飞舞着写了几个字，撕下来交给王家才。"找五个人跟我走，大家是自愿的，没人强求。我们还是要去再找找，这心里才踏实。"万县长说完，就有好多叔叔表示愿意，站了出来。万县长挑选了五个人跟他去，其中有爸爸和肖番。"大家赶快准备绳索、工具，老刘你带路！""我也要去带路！"小车叔叔见没有点到他的名字赶紧说。"那好，你也算一个，我们准备走！"万县长很果断，他们很快就出发了。其他的人都端着那碗还没吃完的刨锅汤回去了，没人再吃一口。

万县长、爸爸他们去找"烧炭叔叔"小汪去了，在家的所有人都是什么事也不做，王家才安排大家今天就是打扫卫生，要以一个新的面貌迎接新年，大家也似动非动地在那里做。不时听到陶阿姨的哭喊声。我不敢去看陶阿姨，害怕看到她的那样子，早上还在兴致勃勃地教大家唱歌，一下就变成这样，真是祸从天降。我来这里后，是今天才知道"烧炭叔叔"就是陶阿姨的丈夫，他们两个都长得那么漂亮，真是般配。"烧炭叔叔"不在了，陶阿姨该怎么办，我很担心。"烧炭叔叔"还答应给我做的山羊脚小饰物，这下是没有了，这倒是没有什么，只是"烧炭叔叔"人很好，背炭那天就那一会儿，我就觉得他是我见过的最好的人，对每一个人都那样的好，那天如果没有他赶急给大家蒸的那一块山羊肉，我们那么晚才回来，肯定挨饿，特别是年纪大的那几个伯伯，他们是吃不消的。现在见不到他了，大家都非常难过。真是像有的大人所说的那样，好人命不长吗？

想着想着，我心里很难过。也就找了把扫帚和叔叔们一起打扫院坝。院坝里刚才杀猪时的那种热闹、欢喜的气氛没有了，有的是一片寂静，偶尔有几声扫地的扫帚声。我们在那里扫了一会儿，我觉得在这个氛围里让人透不过气来，就约弟弟妹妹一块去河边玩。

我们在河边玩了好久，也不知道在做些什么。一直到下午也没有人听到吃饭的哨子声，我们好像也不饿。还是小弟说："我们的刨汤肉还没吃完呢，我想吃！"小弟这样一说我就觉得很饿了，便说道："走，我们回去吃吧！"

我们回来后，看到厨房里也没人做饭，冷冰冰的。还有几个来干校玩的小朋友也跑来看，见到什么也没有转身就跑。我们端出没吃完的刨汤肉，正准备吃，洪伯伯看到了，他在那里紧张地说："哎！不能吃，不能吃！这样吃了肚子要痛的！来端过来，端过来！我们热一下吃，好吃多了！"我们端着走了过去。洪伯伯把我们三人没吃完的刨汤肉倒在一个小锑盆里，放在烤火的炭火上，又架了几块炭在旁边正好把小锑盆放稳。洪伯伯见我在仔细地看他的小锑盆，解释说："你不要看我的这个盆，它是我洗脸洗脚的，不过我洗干净了，又先在火上烧了一下，高温消毒，干净得很。"我笑了笑说："没有，我是看这个盆好看！""你要喜欢，洪伯伯就送你！""不！洪伯伯，送我了，你没有用的！""送你，送你，你们小姑娘家，热个水什么的方便。"

汤热开以后，洪伯伯硬是要把这个小锑盆送我，叫我们抬着汤回去吃。我把汤抬回来，平均分成三碗，小弟先拿，小妹第二，剩下的一碗就是我的。我们三个吃什么东西都这样，很平均，不过每次我都要悄悄地把我的再分一点给小弟。我们吃完热热的半碗刨汤肉，全身舒服，热乎乎的。

天快黑的时候，万县长、爸爸他们回来了，没找到"烧炭叔叔"的人，也没有找到尸。大家一脸的沮丧。刘伯伯走过来告诉大家，他们用绳子拴着下到半崖，什么也没有找到。看到一根树桩上挂着这个，这是小汪的东西，再往下看就是万丈深渊，没有什么东西能够挡住小汪。小汪是下去了，没有人能够把他找得回来，下面有多深没人知道。万县长、爸爸他们都不说话。这时候刘伯伯拿着一个用一根麻绳穿着的东西走到我的面前说："这是你的，小汪叔叔前几天就在雕这个东西，他说是答应给你做的。我们在半山悬崖边的树桩上就发现了这个，给你！"我接过那个用山羊脚雕的小公鸡，多么好看的小东西，我想哭，现在就连向"烧炭叔叔"说声谢谢的机会都没有了。我把那小东西挂在脖子上。大家在那里站了一会儿，都各自回去了。

"烧炭叔叔"不见了，这两天大家都沉浸在悲哀之中。一个人说不见了，就不见了。不见了也没有什么办法，也不开个什么会悼念。说是现在不兴搞这些，王家才他们说："你们找到一例，我们也就开。他当然也算是死在工作岗位上。"万县长他们提出家属的抚恤问题，得到的回答是"那是他原单位的问题，与我们没有关系，我们也解决不了"。小汪叔叔以前是检察院的，现在公检法早就被砸烂了，根本就不存在，去找谁？这个事情也就这样算了。陶阿姨两三天是不吃不喝，在大家的劝导下，也开始恢复过来。"死了的就死了，活着的还要继续活下去。"在陶阿姨那里这两天听到的最多的话就是这一句话。

第三天早上她开始和冬泳的人一起到河边走走，只是回去以后，她不再教大家唱革命歌曲。也不说话，美丽的脸还是那样的美丽，只是脸上看不到笑容……

早上学习的时候由王家才起一个头，大家一起唱歌，不管好坏，还是能完整地唱完两首，革命化春节的一个项目还是能够进行。不过我总是不明白，毛主席在"老三篇"《为人民服务》里都说得很明白，"村上的人死了，开个追悼会，寄托我们的哀思"，为什么就不可以给"烧炭叔叔"开追悼会？

"烧炭叔叔"的事也就这样完结了，也没人再去提他。大年三十是说到就到。按照早就准备好的革命化春节的安排，要做"忆苦""思甜"的饭。这下最忙的就是爸爸他们食堂的几个人。要说忙，关键是要做两种饭，就要比以前的过节要多一倍的工作量。杨晓扶、万富宏、洪老县长他们被派来帮厨，我也跟着爸爸他们在厨房转，帮助拣拣菜，跑跑腿，做得很高兴。其实主要是能随时看到锅里面煮的那一锅肉，闻到那种香味，随时都处于一种兴奋状态。不过我们不敢偷吃一点，有专门派来监厨的管理人员，他们是随时随地都在岗位上。

"忆苦饭"是用糠壳加红苕做的，先把红苕煮熟，再和糠壳一起揉在一起，做成一个个的粑粑。糠壳还是筛得很细的，爸爸说"粗了吃不下去，就算吃下去也拉不出来。"王家才当然是属于监厨者之一，他看了这个忆苦饭很不满意，说是还不够苦，要求再加点野菜。爸爸说"这地冻天寒的，走什么地方去找野菜。那留到开春有野菜以后再做那种忆苦饭吧"。

王家才说："我就不相信一点野菜也找不到，你们几个看着点，我出去转转！"他对另外几个监厨的人说，说完他出去了。

不一会儿他回来了，手里拿了一把草，递给爸爸，"这个能吃吗？"爸爸接过来说："这是苦蒿，能倒是能吃，就是太苦，做出来大家恐怕是一点也吃不下去。"

"这叫忆苦，又不是让你们来享受的，就是要知道以前的苦，才懂得今天的甜！做做做！赶快做进去！"王家才不容分辩地说。

杨晓扶在一边做着糠粑一边说："那个东西，三年自然灾害，饿饭的时候我吃过，很少一点就苦得很，吃不下去！"

"吃得下去还叫什么忆苦！快做，废话少说！"监厨的一个人在一边说。

万富宏走过来说："我看这样，现在要把苦蒿加到糠粑里去，恐怕来不及了，都基本上做完了。我建议，把这些苦蒿用来做一锅汤，汤下糠粑正合适。"

大家都认为这个办法好，就这样做了。忆苦饭很快做好了，看着那一锅汤，清清的，苦菜在里面像鱼缸里的鱼草一样漂浮着，很是漂亮。一滴油都没有，锅面上晶匀透亮，正如他们说的那样，是一锅玻璃汤。

"思甜饭"好做，只要有肉，怎么做都是吃。按安排每人半斤肉下锅，煮到半熟捞起来，炒回锅肉，煮肉的汤就用来炖萝卜。

终于在安排开饭了，大家要先吃完"忆苦饭"才能去吃"思甜饭"。监厨的人站在打"忆苦饭"那里，每个人一个两个糠粑，一瓢苦菜汤，要把汤喝完，才能去打"思甜饭"。这个汤可真是苦，比我生病的时候吃的中药还要苦得多，我先尝了一口，实在难喝，抬头看到那几个监厨的人好像都在看着我，就有意捏着鼻子一口喝下去，也不怎么苦。小弟、小妹喝了一口就再也喝不下去了。我叫他们背过人去，悄悄地倒进棉衣里面。他们转过身来，还好一点破绽都没有。我们高兴地拿着碗，啃着糠粑去吃"思甜饭"，不过还好，糠粑还不算难吃，慢慢吃，还有点香。

"思甜饭"是每人一份回锅肉、一份炖萝卜，家属呢，不管你有多少也是一样，一份。我们三姊妹也就只能是这样的一份。不过我们觉得我们的这一份回锅肉里面，肉很多。打菜那里专门站的有一个监厨的，爸爸在那里掌勺，到我们的时候，爸爸把勺递给了在旁边监厨的那个人，是他给我们打的。我们这一勺里，的确大片大片的肥肉特别多。我专门数了一下共有十五片，我们每人分得五片，剩下的辣椒、葱蒜我们也分来拌饭吃了。

爸爸那里的菜也打完了，不多不少，刚好打完。监厨的人都有些不相信，不可能有这么巧的事。但一切都是在他们的监督之下进行的。可能他们还只望能够有剩余，可以多得一点，现在是完全不行了。他们认为是爸爸他们在这里面做了手脚。

王家才一直都在这里走来走去的，见到是这样的结局，有一脸的不满意，对厨房的人说："明天还是像今天一样的吃回锅肉，一样的肉下锅。

做好以后，由我来掌勺打，一人一瓢，我就不相信就一点也不会剩。"爸爸说："这当然好，不过，你要把我们食堂的几个人的先打出来！""先给你们打出来就是了，我还不是按规矩打！"王家才说。

大家听说明天还有这么多肉吃，都非常高兴，本来想把今天的肉留一点明天吃的人，想着明天还有，也就把它全吃完了。明天还有肉吃，大家又在盼望着。

第二天，爸爸他们食堂的几个人，还是在监厨的管理人的监督下，把回锅肉做好。王家才在开饭之前，就按昨天定的规矩，把爸爸他们几个厨房的人的回锅肉先打了出来，然后宣布开饭。大家一进来，看到今天掌勺的换人了，有些奇怪。有的说："耶，今天换人了！"有的说："废什么话，你只管打你的菜，吃你的就行，有你什么事！"

打好菜的人端着走出来，有人在小声地说："今天的要比昨天的少。""是要少点！""算了不要说这些，有吃就行。"杨晓扶赶紧劝阻道，又对他们说："到那边去打馒头！今天的馒头做得特别好。富子还会做'白案'，以前都认为他只是会做'红案'，会做肉食，不知道他会还做馒头。走，我们去看，那蒸好的一个个的馒头像小猪，可爱得很。"他们走过去打馒头。到"五七"干校以后今天是第一次吃面食，大家都纷纷地赞叹爸爸做馒头的技术。说他天生就是一个好厨师，从来没见他做过，会做得这样的好。其实爸爸在家的时候就经常给我们做麦粑、蒸馒头，还要做出各种花样，小猪、小鱼、小兔子什么的好看极了。

这边的馒头打完了。打菜的那边突然有些喧哗，有几个人在和王家才说什么。到"五七"干校以后，大家不像以前那样怕他。他是一个管教干部的领导，他不能打人。大家也不去惹他，他安排什么事大家去做就行了。大家都认为惹不起还躲不起吗？不过今天为什么会和他吵起来呢？是因为他的菜到后来是越打越少了。大家都知道，今天是和昨天一样多的肉下锅的，怎么会出现这样的情况？还有这么多的人在监厨，肉会飞不成？那几个叔叔把打好的回锅肉放到桌子上，要大家来评评理。王家才也一肚子火地说："评什么理？你就看到你的碗里少了，就不知道我们几个干部还一点都没有！？"

"那就奇怪了？是谁偷来吃了？"万富宏见人围在这里，也赶过来插嘴说道。

"这么多双眼睛看着谁偷来吃？"杨晓扶还端着碗，在那里用筷子挑着碗里的肉说道。

我们几个小孩跑来跑去地看热闹，我们的早就打来吃了，也没管它是多是少。现在看着他们吵起来，几个管教干部最后是没有吃的了。我暗暗地庆幸我们先就把它打了，要不可能就是我们没有了。这时候，只见王家才几个人在那里摔锅砸碗的。王家才说："你们就会说。我们没有吃的，谁来管我们？"

爸爸走过来说："小王，今天这事，可是你亲自一样样看着做的。肉是你称的，勺是你掌的，与我们食堂的人没有任何的关系。要不这样，我们食堂几个人的都还没有吃，把它分一点给你吃？"

"吃，吃个屁！"王家才说着把手上的瓢一甩，"走！"几个来监厨的干部跟在他的后面走了。

这时候食堂里面才真正是像过节的样子，大家敲着碗，哼着调。最好玩的是万县长，他走到大家的中间，拍着爸爸的肩，用《智取威虎山》少剑波称赞杨子荣的话说："老杨，英雄啊！"

爸爸对大家说："哎，空话少说，来来来，我们准备吃饭！把菜倒进锅里热一下吃，把你们的菜也倒进来热一下，一起吃！"爸爸对最后来打菜的那几个人说，他们也就把碗里的肉倒进了锅里一起热。爸爸对肖番说："小肖，我们好像还有一点酒，去拿来，今天是过节，大家喝一点！"

肖番去把酒拿来了，大半瓶苞谷酒，十几个人每人倒了一点，围在桌前。洪伯伯首先发话："今天的事，太戏剧性了，真是神了！来！大家为此喝一口！"

大家举着杯要喝，杨晓扶突然说道："不要忙喝，今天的事到底怎么回事，我还没搞清楚。一样的肉下锅，他打给每一个人的肉都没有昨天的多，为什么最后还不够，这是为什么？再是神仙也有一个说法？"

"老杨，先喝，先喝了再说！"万富宏说完，先喝了一口。

洪伯伯说："我看今天这事，'解铃还须系铃人'。富子你就给大家指点迷津吧!"

"富子,你说说,你是用什么办法,把今天的事做得这么漂亮!"万富宏说。

爸爸端起酒碗,对大家说:"来! 喝一口!""好,喝一口!"大家都喝了一口。"其实今天这事很简单,我不过就是在炒肉的时候,在锅里多炒了几转。不要小看就这几转,肥肉的油都出来了。昨天的肥肉都是一块块雄雄地立着,它不就占地方吗? 没几片就是一瓢。今天的因为多炒了几转,肥肉的油出来了,每一片肥肉都变小了,一瓢就要好多肉来装。所以不管他怎么样地打,到最后还是不够。我早就给他算好的,所以我要他先把我们的打出来,要不现在我们就没有吃的了。厨房的事,不怕他会监厨! 老话说得好,'干不死的高粱,饿不死的厨房!'这里面学问多了。"

"富子,真有你的,想不到厨房里的学问大呢!"洪伯伯又一次赞叹。

大家一边议论,一边吃,今天是吃得最香的。万富宏说:"这叫你会算,我会干! 来,大家来,为了我们的胜利!"

从这以后,管教干部再也不来监厨了。

春节一过,天气变暖,春天说到就到了。干校的人按照自己每天的生活规律,早上冬泳、政治学习,中午、下午出去劳动,闲下来的时候,就做自己的一门手艺活。做得最多的就是木工和挖草药。做这些也成了一阵风,大家都在做。特别是木工,他们的东西虽然做得不好,还是有一种成就感。自己做小凳子、小椅子、小桌子,没来干校的时候,谁都不会,现在是都可以做了,不用花钱去买,当然是让人很得意的事情。每人都有一套木匠的工具,有空就随时做。做好以后还学着用生漆、清漆把它漆好。漆的工夫不是好学的,就不是每一个人都能做好的。

漆得最好的是肖番,他不怕生漆,就是去摸着也不会过敏,生漆疮。他有很多小木块,正面漆了反面漆,成天反复地练。最后在干校,只有他漆工是最好的,漆得匀净透亮。他漆的东西就像一面镜子,可以看得到人,真是神奇得很。

洪伯伯是去挖草药,他说做木工活,他做不动了,到山上挖挖草药,对身体有好处。他听说我们三姊妹过完年，开春就要回去了。一天下午，他对我说："姑娘，走，我带你去找一种草药。算是洪伯伯送你的一件礼物，你以后说不准能派上用场。"

对草药什么的我并不感兴趣，那些草草根根的有什么用处？不过我看洪伯伯对它就是着了迷，看到过什么草都要在那里说一半天。然后，把它挖回来晾在那里，他房间的周围都晾的是些草草根根。他要把一种草药作为礼物送给我，我不好说，对它没有兴趣。也就跟他走到我们住房前面的田坎上转。他说："姑娘，你不要认为这个老者啰嗦，拿你这个草草来做什么？我这根草药，还是前些年我在乡下搞农村工作的时候，一个老农民告诉我的，他也是作为一个礼物送给我。当时我住在他家，他家孙姑娘出麻疹，我有一个偏方，给那个小姑娘用了，几天小姑娘就好了，没有一点疤痕。他就告诉我这个偏方。方子很简单，就一味药，我用过两次，的确有效。今天我教给你，说不准你哪天能派上用场。"

洪伯伯说了很多，我还是有注意听的样子。我跟着他在田坎上转，不知道他要带我找的是什么样的草。他问我为什么要回去了，现在又不上学了，回去做什么？我告诉他，哥哥要下乡，我们回去送他。洪伯伯听我这么一说，很是惊奇的样子。有好一阵没有说话，突然他自言自语地说："你哥哥才小学毕业就去下乡？错了，这步棋走错了！"

"谁错了？"

"没有谁，我是说你爸爸！"

我们在田边转了一会儿，洪伯伯指着一棵草对我说："找到了，找到了！就是它！"说完他蹲下去，小心地把它连根拔起来，递到我的面前，要我仔细地看，"你看，认准了！"他告诉我这叫"五匹枫"，一个头上长出四五根叶枝，每一根枝的尖上有五张叶子，那叶子有些像枫叶。也许就是这样才叫"五匹枫"吧。我仔细观察这棵小草，觉得它长得很有特色。不要说它是药，把它拿回去找个小碗栽起来，也很好看。洪伯伯告诉我说："记住了我只说一遍，还有也不能把方子随便告诉别人，你在给别人用的时候要把它捣烂。每个知道方子的人只能传一个人，否则，方子就不灵了。这是传方子给我的人说的。""洪伯伯这不是迷信吧？"我听他这样说，就觉得有些像迷信的东西。

"不是迷信，是乡下人为了他方子的保密性才这样说的，让它带有一点神秘的色彩，为的是方子不外传！"

"那它到底有什么用，你还没有说呢？"

"是没有说，不是先要把政策交代好吗？我也不能破坏了人家的规矩。好，你听好了，这种草要用新鲜的，洗干净，加淘米水捣碎，吃了医治狂犬病。也就是农村所说的被疯狗咬的人，有特效，我试过，的确有用。在农村一般没有药医治这种病，得了就是等死，用它就救得一命。"

我拿着洪伯伯教我认的"五匹枫"，回到寝室后，夹在我的那个笔记本里。洪伯伯和爸爸在外面说话。"你们要送儿子去下乡？""是。""小学毕业，哪有就下乡的？""反正现在也没有书读，让他到农村去接受贫下中农的再教育，也是很不错的。天天在家晃着也不是办法。再有一点，这时局不知道怎么变，我们这些人今后怎么办？说赶你就赶你，到来赶你走的时候才打主意就晚了。现在要他到农村去，实际上是先去铺个路，到时候一家老小打着背包去就行了！"爸爸说得很有理，这几句话他说过好多次了，每次都得到对方的称赞，认为爸爸妈妈有远见，把一家的后路都安排好了。万富宏、杨晓扶他们特别感叹，认为这样一家就没有后顾之忧了，在自己的老家农村生活一辈子，也没有什么不好的。祖祖辈辈不都是在农村，只可惜他们的老家都太远，也没有什么人，不可能走这条路。子女下乡的问题就由他们几个同学，自己随便到一个地方。哪里考虑到这样多，也没有这样的条件。每当这样的时候爸爸总是很得意，很高兴。可他今天讲完，没听到洪伯伯的赞扬声，他用奇怪的眼神看着洪伯伯，想知道洪伯伯想说什么。等了好一阵，洪伯伯才慢慢地说："我看你这步棋走错了？"

"错了？为什么？"爸爸第一次听到这个意见，很难接受。

"你现在应该还来得及，你们可以考虑一下我的意见。儿子才小学毕业，又没有人叫他去上山下乡，他就还有读书的机会。你们把他一送下去就完了，不管怎么样，读书都是很需要的！"

"问题是现在不让你读？你没看见现在我家就有三个在这里晃着！"

爸爸的道理很充分。

"这肯定是暂时的，你把他放下去，就失去了机会！"洪伯伯还想说服爸爸。可爸爸的神态，就像一个将军在三军上阵前那样的果断而有信心。

"可能没有办法，只能这样了！"爸爸坚定地说。

洪伯伯还是不肯放弃，还在对爸爸说，"你还是再考虑一下我的意见！""好，好好，我们再考虑一下你的意见！"爸爸的口气显然有些敷衍。

对哥哥是不是上山下乡的问题，我觉得爸爸妈妈是对的，上山下乡有什么不好的，况且他去的那里还有外婆和舅舅在那里。自己有一个家有多好，想干什么就干什么，又没有人来干涉。喂猪养羊，一大群鸡满院子跑，要吃就杀，房前屋后种瓜种豆，最好是种桃树李树，那时候就是什么东西都有的吃了，那有多好。要能让我去，我都愿意去。

我们在干校呆了两个月，春节过完，爸爸要送我们回去了，说是他们开春以后，劳动就比较忙了，我们总呆在那里不好，其他来这里玩的小孩也都陆续回去了。我想到干校来最大的收获就是敢于冬泳，再有就是陶阿姨教唱了几首好听的革命歌曲，陶阿姨说"这叫青春赞歌"，自从小汪叔叔，我的"烧炭叔叔"不见了以后，她不再唱了。每天只要一有空就是打毛衣，她织了好几件送人。她给小弟织了一件背心，很是漂亮，上面织的是凤尾花，弟弟穿起来很帅气。陶阿姨说，她以后有线的时候再给我和妹妹织。我很高兴的是她教会我打毛线，她打的那种凤尾花我也会打了，回去我就自己打一件。这也是到干校的收获。再有算是看到了真正的农村。以前所了解的农村就是城边上的，实际上还很富裕，比如母儿的舅妈家。现在看来他们是很好的了。看到这里的崖窝那些地方的农民，才知道我们是在天上，我们的日子有多好。以前爸爸说我们是身在福中不知福，我还不以为然，现在知道爸爸说的道理了。

要走了，我们得赶快收拾东西，当看到"烧炭叔叔"给我做的那小公鸡，心里一阵的难过，想到不要让陶阿姨看到，免得引起她的难过。我转过头看她时，她还在那里专心地打毛衣，有意无意地，什么也没看。我想陶阿姨好可怜啊，现在除了劳动就是打毛衣，打毛衣就是她的全部精神生活。我把那小公鸡放到我的包里，拿起我的那个笔记本，翻看着我来的时候所抄的那些名言、警句，后面写了一些日记，每一篇都很短，也就一百字左右。虽然短，有的也还是写得很精彩的。因为就是按生活照实记录的。一下翻到夹有那片五匹枫的那一页，五匹枫也快干了，叶子的颜色也淡了一些，它上面有一层绒绒毛，现在看得很清楚。我把它夹好放到包里，决定去对洪伯伯说一声告别的话。

走到洪伯伯那里，我还没说话洪伯伯就说了："要走了姑娘，回去以后要好好读书，记住我给你说过的，要收集民间的东西，给你的方子记住，以后会有用的。去吧，再见了，以后去洪伯伯家玩。"

我转身就走了，什么也没有说，这个老人家很特别的，要走了还真舍不得他。

我回来的时候，杨晓扶、万富宏两位伯伯在那里，爸爸已经把我们的被窝捆好了。爸爸看见我进来就说："快来看，这是伯伯送你们的小椅子。"说着把一张漆得油亮的小椅子推了过来。杨伯伯赶快解释道："不是你万伯伯一个人的功劳，也有我一份，椅子的每一根横条都是我推的，漆是小肖的功劳。他今天出去有任务去了。你万伯伯的功劳就是把这些横条斗在一起，你说哪个的功劳大？"

"都大！"我看着小椅子很是喜欢地说。

"耶！姑娘还很会说话呢！"万伯伯说。

"我要这椅子！"弟弟毫不客气地先要占为己有。"大家坐嘛，你要来抱着睡觉？"爸爸对弟弟说。

万伯伯见这个情况说："不要紧，过一段我们的技术练好了，给你们一人做一个！"正说着话，车来了。

我们坐上了回家的大卡车。

十六、忧伤的笛声

1969 年春节，是最让我难忘的时间。从"五七"干校回来，最让我感到惊奇的就是赵姨要结婚了。赵姨就住在我家隔壁，一人一小间房，仅够放一张床、一个桌子，不过她布置得很好，干净清爽，每次走到她的房间，都有一股好闻的味道，是香皂还是香水也难分辨。赵姨人很漂亮，也很讲究，打扮得很好看。人们穿的衣服都是那几个颜色，赤橙黄绿青蓝紫，她穿的都是各色的花布衣，小碎花、格子花，也不知道她在什么地方买到的，我们每次要买一点花布，都是老早就要去排长队，有时候还不一定买到。她的各种花衣服，还有各种好看的式样，我们是最羡慕的。一条长辫子一直拖到脚弯，走路时常常有咯噔咯噔的皮鞋声，这是一般人没有的。一般人没有皮鞋穿，有皮鞋穿的也没有走出这种声音。她自己做饭吃，她说一天闲着没事，自己做饭干净。有一次我去水管洗菜，那时候我们是一个院子有一个水龙头，大家共用，我洗一家人的一大盆白菜，她洗一个人的一小棵白菜，我洗完了她还在那里洗。我有些奇怪，就注意看她是在怎么洗，按我妈妈常常爱说的一句话，"是不是要做出一朵花来"。这下我才发现，她在那里慢慢地一根一根地，把每一片白菜的筋，一一抽出来，一片好好的白菜被她搞得烂兮兮的。我问她为什么要这样，她说这菜筋吞不下去，不把它抽了怎么吃呢。我觉得太好笑了，这不是典型的资产阶级吗？就因为这些，她讲吃、讲穿、讲漂亮，我们在背后给她取了一

164

个很美妙但当时却很不光彩的名字叫"王光美"。"王光美"就是资产阶级的典型代表。不过我们一点也不让她知道，我们也从不在她的面前说。当面我们都叫她赵姨，我们是很喜欢她的，她经常给我们脸上擦点香脂。

赵姨嗓子好，说话就跟唱歌一样的好听。她平时做得最多的事就是唱歌。她的男朋友，向叔叔也住在这个院子里，只不过是在对面的楼上。他会吹笛子，他们经常是隔着院坝，一个吹一个唱，给我们院子增添许多欢乐和情意。他们都是外省名牌大学毕业的。分来凤县都已经两三年了，什么事也没有，乐得他们玩。他们哪一派都不是，大家都说他们是逍遥派，什么事都与他们没有关系。他们经常来我家玩，妈妈爱开他们的玩笑，前不久都还听妈妈在逗他们说"什么时候吃你们的糖"，赵姨笑嘻嘻地，用她铃铛般的嗓音说"还早，我要多玩两年"。我们才去干校这两个月回来，就改变了主意。

不过这次从干校回来，还有一个改变就是，赵姨没唱歌，向叔的笛也在响着，这可是以前没有的，而且这笛声跟以前的不一样，同样是悠远婉转，但听起来总有几丝哀愁。我总觉得这里面有什么问题。

那天早上，妈妈和几个阿姨一早就在忙着给赵姨缝被子，铺床，给赵姨准备新房。赵姨好像并不高兴，没有她以往那铃铛般的声音，只在那坐着不动。

"手续办完了吗？"妈妈问赵姨。

"办完了。"赵姨的声音很小。"不要紧，今天把这事办了就好了。一样地过日子，没什么大不了的。"妈妈对赵姨说。

悠远的笛声还在吹响，那丝哀愁更为清晰。妈妈对夏阿姨说："去把小向的被窝抱过来，一起换新的。"

"不用了，要抱他自己会抱过来的。"赵姨的声音很小，但很坚决。

悠远的笛声还在吹响，那丝哀愁还是那样的清晰。妈妈见赵姨这样的坚决也没再说什么。只在忙着布置屋子，见夏阿姨正在贴的一张毛主席接见红卫兵的画像有些歪了，就在那里指挥着贴。"我看把这几张毛主席像都贴上，这才有喜气！"夏阿姨说着，就动手把它们贴了上去。

云霞、小琴我们几个姑娘在那里插不上手，只在那里串来串去地玩，我们从来没有见过结婚，不过也就这个样子。小琴看着夏阿姨把毛主席画像都贴好以后，突然冒出一句"我怎么看，就像走到了新华书店，到处都是毛主席像"。

"那就好，多有喜气！"云霞的妈妈洪阿姨提着一包葵花、花生进来，"这还是云霞家外婆去年带来过年的，还没有舍得吃完，今天正好用上。要去买，也还有好几天才赶场呢！我炒"。洪阿姨说完忙着生火炒。夏阿姨忙说："结婚的葵花、花生是不能炒的！"

"那是为什么？"妈妈问。

"不就是那个'炒'字吗？说是炒了，今后小两口要吵架。那都是迷信的东西，哪个还信！"洪阿姨一边说一边生火。赵姨的厨房就是门边的走廊上的一个自己用旧瓷盆做的小柴炉。

新房布置得差不多了，我们几个最满足的是洪阿姨抓给我们的葵花、花生，我们吃得很高兴。

悠远的笛声还在吹响着，小向叔叔还没有过来。洪阿姨说："我去小向那里看看！这个小向怎么回事？"

"不用去！"赵姨说着就要哭了。我们几个都很奇怪，不知道是什么原因。看到赵姨要哭了，又怕她看到我们在看她，只好装着没看见，慢慢地走了出去。

我们在外面玩，不知什么时候我突然觉得笛声没有了，顿时就像少了什么一样。不一会儿，就看见小向叔叔抱着被子走下楼来，走进了新房。我们也跟在后面，想看个究竟。

小向叔叔突然出现，新房里的人一阵高兴，最高兴的当然是赵姨，赵姨的表情有些奇怪，是高兴，是难过？都说不清楚。小向叔叔说："该请的人我都请了，革委会牛主任说，他亲自来主持，要我们等着他。今天的事我在这里谢几位大姐，谢谢了！"说着他深深地鞠了一个躬，眼睛里有泪在晃动。

妈妈赶快说："不要这样，都是邻居，大姐们应该帮你，就不用客气了。对了，刚才隔壁的小方过来说，他愿意用他的这间房子换你的那一间，这样你们的两间房就在一起了。你看怎么样？"

"那当然是求之不得的事，只是现在来不及搬了，过了这两天再说，你替我先谢谢他。我先过去了，我那里还有一大堆从乡下回来换的衣服，我去收拾一下，一会儿再过来！"说完小向叔叔回去了。

"这个小向今天是怎么回事？他平常不是这个样子的。"洪阿姨看到小向叔叔的情景说。

妈妈说："下乡搞累了，来这几年，从来没有下过乡。"

"从来都不下乡，现在为什么要下乡，不是刚过年吗？现在到农村去又没有什么农活可做？"洪阿姨是农村长大的，对农村的情况她很了解。

"革委会牛主任说，要在三凤区建一个农科所，现在不是要农业学大寨吗？我们县的试点就搞在那里，就叫小向去先打头阵。也不过才去十几天。"妈妈说完，对我们几个说："你们几个出去玩，大人说话你们在这里听什么！"我们几个快快地走到走廊上，跳皮筋。赵姨走出来，说是去帮小向叔叔收拾衣服。

洪阿姨见只有她们三人就问妈妈："我总觉得今天这事有些怪，结婚的大事，现在虽然都是搞革命化的，也不能这样匆忙，不是说他们俩的结婚还早吗？怎么今天突然就结呢？要不是听云霞说，我还不知道！赶过来看到这两个人神情也不对，是不是出了什么事？"

妈妈说："这事本来我也不想说，我们帮他们把事情办了就行。今天你们已经看出来了，我再替他们瞒着你们也不好。不过我在这里说了就算了，他们已经是很痛苦的事了，不能再让他们难过了，我们做好事就做到底。这对年轻人他们很亲密，这是我们都看到的，随时形影不离。小赵这个漂亮人儿，在我们县找不到第二个。这就出问题了，小向下乡以后，牛主任就天天叫小赵去他的办公室，要小赵汇报思想，和她谈得很亲密。小赵给我说过这事，还说牛主任这个人不错，又有文化，又有风度，对人很好。我还提醒他，你一个姑娘家，凡事要多个心眼，最好不要一个人去他那里。小赵就是那样的可爱，笑眯眯地说：'你想到哪里去了，他就像我的父亲一样，绝对不会有什么的。他说我的思想很成熟，要介绍我入党。'你们说，这个姑娘是不是太单纯？没有两天她就哭着来找我，说是牛主任要和她上床，她也没有办法，那时候她只有害怕，就和他上了，这个事情怎么办？

我告诉她，你现在的办法只有一个，赶快叫小向回来，马上结婚！她担心小向不接受这个现实，我对她说不管怎样，你还是要把这个事情告诉小向，小向会正确对待的。小赵还是一个劲地哭，说是她无脸见人。"

洪阿姨说："这是个阴谋，应该去告他！"

"告他做什么？你去哪里告，我怕是他没告着，自己却是身败名裂，说你破鞋，勾引革委会主任！"妈妈说。

"那这事就算了？"洪阿姨问。

妈妈说："不是算了，你还要怎么样？只求今后无事就行了！"

"他还有脸来主持婚礼！"

"对他来说这有什么？好，我们就说到这里，时间不早了，客人可能就要到了。叫几个姑娘回去拿杯子，提开水来。我们把新衣服给他们拿上去叫他们两个穿好下来。刚才小赵说'只有这套绿军装是新的'，其他的也来不及做，穿军装更好，现在不都穿军装吗？"妈妈说。

我们三个拿着杯子，提着水来的时候，有的客人已经到了，桌子上放了几套毛主席著作，是客人送来的礼物。小向叔叔、赵姨在请客人吃瓜子，现在的脸上还是有笑容的。赵姨接过茶杯给他们倒茶，小屋子一下挤满了人。坐的没有站的多，妈妈叫我回去抬凳子。我们抬来凳子也只有放在走廊上。弟弟妹妹还有好多小孩都来了，这当然要比过年还热闹。我们在人群中穿来穿去，客人还在来，他们手上不是拿毛主席的石膏像，就是拿"雄文四卷"，不一会儿，桌子上、床上都堆满了毛主席的石膏像和各种毛主席语录、毛主席著作。

牛主任来了，穿一套军装，没忘围他的那条围巾，围巾的一头很潇洒地搭在后面。他的身后还是跟的那几个人。自从去年发大水，他们来查封了肖番的书屋以后，今天是第一次看到他们。我往一边走开了，我怕听到他叫我"铁梅"的那种声音。

不一会儿，里面传来了牛主任的声音："今天两个新人的婚礼！首先，让我们敬祝毛主席万寿无疆！敬祝林副主席身体健康，永远健康！"接着大家把这两句话重复了一遍。"第二，让我们高唱革命歌曲，《敬爱的毛主席，我们心中的太阳》。"牛主任起了一个头，大家一起，起起落落地唱完了。

"第三，两个新人互敬革命歌曲!"这时候停了一会儿，赵姨唱的是《我爱北京天安门》，声音还是那样的好听，还用英语唱了一遍。她刚一唱完，牛主任就带头鼓掌说，不错，还会英语，人才，人才呀! 接下来是小向叔叔唱，小向叔叔说："我吹个笛子吧!"他拿出笛子，吹了一首《扬鞭催马送粮忙》。小向叔叔的笛子赢得大家的一阵掌声。"第四，由两位新人给大家献一首歌。"他们商量了一下给大家唱了一首歌《我们走在大路上》，唱着唱着大家也一起跟着唱起来。顿时新房里是一片的欢喜，大家都以这歌声为他们祝福。歌声结束后，婚礼在一片掌声中完成。

客人都走了，两个新人面对一屋子的毛主席语录、毛主席的著作——那时候叫"雄文四卷"，还有好多个毛主席的石膏像，犯愁了，不知道怎么办。送的礼物里面还是有一件马上就能用的，那就是在门后的痰盂。赵姨走过去拿起痰盂，是搪瓷的，上面还有一个红双喜。整个新房里就只有这一个红双喜，是临时说结婚，找不到人做，妈妈和几个阿姨也都不会搞这些，再说了现在都是贴毛主席画像，也不兴搞什么双喜。赵姨在那个双喜字上细细地摸了一下，慢慢地欣赏着这个痰盂。是哪个有心人送的，想得可真周到。她正在想这个人是谁，刚才人多根本没有看见是谁送来的。突然她发现痰盂里面有一张纸，背面写着：一切都会好的! 刘林全家贺。赵姨抱着这个痰盂，埋着头，一会儿眼泪在她的脸上滚下来。

小向叔叔在一边收拾好那些毛主席语录、毛主席像，最后只好把他们毕业分配时买的一个大皮箱子腾出来，里面的东西找一块布包好，放在床头，把桌子上放不下的毛主席著作、毛主席像恭恭敬敬地放在箱子里。桌子上放一套毛主席著作，几本不同形式的精装的毛主席语录放在两边，再把一个石膏毛主席半身像放在上面的正中间，还是很好看的。

他很满意他的这个摆放，在那里欣赏着。回头见赵姨抱着个痰盂坐着，在那里埋着头哭，就走了过来，轻轻地梳弄着她的头发，好一阵没有说话。他慢慢地坐在赵姨的身旁，小声地对赵姨说："我们完全跟以前一样，什么事也没有发生。你完全没有必要哭，只要我们在一起就好。"小向叔叔说了好多话，赵姨靠在小向叔叔的怀里睡着了。他们也就这样靠在一起，慢慢地都睡着了，一直到门外走廊上传来孩子们的喧闹声。

十七、赶羊子上遵义

从干校回来后，张威就说过几次，说是我们有一个挣钱的机会。他妈妈认识县食品公司的人，可以搞到赶羊子到遵义的事。每年开春以后县食品站，都要顺公路赶羊子上遵义去。这是因为县里没有车子运上去。羊子从乡下收上来，集到一定的数量就要赶到地区去。从县里赶到遵义，每只羊两块钱，一次两个人可以赶几十只。从凤县到地区有两百多公里，一般五六天就能赶到，回来的时候找一个便车回来，那是很划算的。这样的好事一般人当然是得不到的。以前也听说过赶羊的事，没想到张威这回说，他妈妈也给他搞到了这事，等到羊子聚集数量够了我们就可以动身。

张威约了争鸣和我，说是其他人一般是两个人，我们是第一次，多一个人好赶一些。两个人赶是前面一个人，后面一个人。前面的人负责看好领头羊，每一群羊子里面都有一个领头的羊子，只要管好这只领头的羊子，其他的羊子是会跟着它走的。后面的人负责善后，不要有羊子走掉了。走到有草有水的地方，还要停下来让羊子吃饱喝好了才能走，要不赶到的时候，羊都饿死了。最难管的也就是在吃草喝水的时候，羊这时候不愿上路，搞不好就要走乱。而每天要走的路程基本上是定好的，只有走到这些地方才找得到歇脚处，否则在荒郊野外的马路边上，是很不安全的。

张威给我们介绍赶羊的情况后，问我们愿不愿意赶。我们当然是很愿意的，这是找不到的好事。不过我提出，要张威去给他妈妈说，多给我们一点羊子，我们还是应该去喊母儿和小琴一块去，云霞现在是不可能的了，前一段得了脑膜炎，住了好久的医院，现在她的病好了以后，还怕有后遗症，她妈妈不会让她和我们去那么远的地方的。但母儿和小琴我们以前做什么都在一起，现在有这样的好事情，我们就背着他们自己去，我觉得很不好。张威有些为难，说是一般送去羊都是有一定数的，很难多得。听他这样一说我只好说："既然是这样，那你们两个去，我就不去了!"我觉得只要我不去也就不存在有什么对不起他们了。

张威见我这样说，也觉得这样做是有些不好，就说："那我去给我妈说，看看有没有希望多得一点。"

过了几天，张威一大早和争鸣来叫我，说是有一个好机会，正好送来一批羊有一百只。分为两队又少了，作为一队又有些多。我们五个人赶一队，正好可以多赶一点，张威的妈妈一说我们几个的情况，食品站的人也就把这批交给我们了，但有一个要求，要我们今天就上路，站里没地方关这些羊。张威的妈妈已经去给我们办手续了，要我们赶快准备。

我们也没有什么好准备的，最关键的就是要穿一双球鞋，我正好有一双半新的解放鞋，把军用水壶的水灌满，拿了一条洗脸帕捆在水壶带上。妈妈还没有去上班，我急急地给妈妈说，现在我们就要出发去赶羊子。因我前几天就对她说过这事，她也没有反对，只是说都快要成一个野姑娘，成天到处跑。现在对她说，她只是觉得我们为什么这样慌张，什么都没有准备。不过我们已有过前次到三凤串联的经验，她也比较放心，给了我两块钱，五斤粮票。妈妈是算好给我的，正好是来回的费用，我也不会乱用一分钱，在我自己掌管经济的时候，我常常都是有节约的。妈妈要我放好了，我说，放心，我放的地方是最保险的!用一张纸把钱包好，从袜子里放下去，晚上也不脱袜子的，怎么也不会搞掉。

我们去叫小琴，她爸爸不让她去，她在家里哭，我们没有时间等她，正准备转身走，她爸爸站了出来，大声地对我们说："你们要去做这些事，你们去，不要来影响我家小琴! 去你们的!"说着双手赶瘟神一样地赶我们。完全是莫名其妙，我们一下都懵了，不知道我们什么时候得罪了他，也不知该怎么办。

　　小琴的妈妈出来拉住他说:"你这个人怎么回事,小孩子们又没有对不起你,你是在家关成疯子了!撒气到人家孩子身上!"说完抱歉地对我们说,小琴她今天不去,以后有机会再和你们去。我们没趣地走了,也不知道该说什么。

　　小琴的爸爸是历史反革命,不知是怎么回事,以前我们来找小琴,他还和我们打个招呼,现在只要一见着我们,他就是一脸的敌视,不知在嘀咕些哪样。小琴说:"他不是针对你们的,他对外面的人,都是这样,对家里的人就是骂,有时候骂得你不知道他在骂什么,是在骂谁。现在也没有人批斗他了,他只是有时候叫去参加'四类分子'劳动。在外面一句话也不说,叫做什么就做什么,回来就开始骂人。我们都习惯了,没有人去理他。有时候骂得太烦了,我妈说他两句,他就没有声音了。"

　　"四类分子"在现阶段应该是最坏的、最应该管教的人,包括"地主、富农、反革命、坏分子",平时就简称"四类分子"。现在我爸爸妈妈还有好多以前被批斗的人不再被批斗,也不会去参加"四类分子"劳动。小琴的爸爸还要去,可见他的严重性。对她爸爸这样的情况,小琴平时也没什么,她常说,不理他就行了!我觉得她有些可怜,现在也不能和我们一块去,我心里很不好受。

　　从小琴家出来,我们就去叫母儿。母儿听我们说小琴的事以后,在那里大发高论说:"这事是小琴,要是我,我根本就不听他的,他一个历史反革命,也就是从来就是反党、反社会主义、反人民的,这样的人应该坚决和他划清界限,还要听他的,我看小琴是没有觉悟!走!我去给她说,叫她和我们走!"他说着就要去找她。

　　争鸣说:"那是不可能的!你想得太简单,你把她叫出来,她以后怎么办?她不回去了?那是她的爸爸妈妈呢!"

　　"有什么稀奇的,这样的人,离了他又不是不能活!"母儿还是要坚持去叫小琴。我们没有办法,争鸣只好对他说:"那你去,我们去食品站赶羊子出来,一个小时以后我们在客车站前等你。不管情况怎样,你都得来给我们一个信!"

　　我们刚把羊子赶到客车站,就看到小琴和母儿已经等在那里了。我们都很高兴，还是母儿有办法。他得意地告诉我们是怎样取胜的：一到小琴家就悄悄地去找到小琴的妈妈，把情况给她说了。她妈妈觉得这也是好事，特别是母儿说的，毛主席说，我们应该经风雨，见世面，要到大风大浪中去锻炼成长，毛主席的话我们必须照办。她爸爸不说话了，她妈妈认为是应该这样，出去走走，有这么几个同学在一起不会有什么问题，而且还能挣钱，也就同意了。她同意，她爸爸是没有什么好说的，她的妈妈是工人成分，在他们家里工人阶级领导一切，得到充分体现，一切都是她妈妈说了算。小琴收拾东西和母儿一起走，她爸爸再说什么，她也没听见。

小琴见到我们说："以后对他这样的人，我要采取一点硬的。'我们要反抗，要斗争，要干社会主义！'我觉得母儿这话是对的！"

母儿说："还说呢，刚才你还说，要我不要白费劲，现在又英雄了！"小琴说："情况是在不断地变化的，'要允许人犯错误，允许人改正错误'，毛主席的教导我们要记心间！"

"我们要赶快上路了，你们两个有什么嘴巴官司，留到我们在路上再打，这么几天的路我们还寂寞呢！"争鸣对他们说，招呼我们几个准备上路。

我们的一百只羊有好大一群，全是黑山羊，站在那里是黑压压的一片。这样多的羊赶在路上，要遇到车是不好退让的。张威认为还是要把它们分为两队，这样走起来要轻松一些，最后我们决定分成两队赶。

这些羊是一块来的，就跟约好似的要走在一起，不管你怎么让它们分开，拉开距离，它们很快又窜上去了，我们费了好大的劲才把它们分开。我和张威赶四十五只在前面，他们三个赶五十五只在后面，两队一开始相距一二十米远，走着走着，就只相距几米。我们这一队的领头羊是一只高大健壮的公羊，实际上它就是这一百只羊的领头。我的责任就是看着它，领着它走，让它带好路，它的责任重大，当然我的责任也就更大。

这只羊高大雄壮，它的一对角向里弯着，就因为它有一对好看的弯弯角，我叫它"弯弯"。出门的时候食品站的人就告诉我，一定要把它管好，只要它听你的，其它就没有问题，还抓了一把青草要我喂它。我轻轻地摸着它那弯弯的角，它吃完草，又来舔舔我的手，知道它的新主人是谁。一切办完以后，我拉了拉它的角，对它说："我们上路了！"顺便捆了一把草吊在腰上，这是我专门给它准备的。

一开始都还是走得比较顺利，只管叫着"弯弯"，它也跟着我，听我的召唤。老天爷也很友好，不时有太阳的关照，大家走得很高兴。只是要和他们后面的说话，就比较费劲，要很大的声音。

走着走着，前面过来了两辆解放牌卡车，车子要接近我们的时候速度很慢，我们把羊慢慢地靠在一边，我紧紧抓住"弯弯"的角，它贴着我的裤子站着，雄雄地回头看看它的队伍，一副酋长的模样。汽车缓缓地通过羊群，车子走过后，我们的两队羊子又变成了一队。我只管叫着领头羊在前面走，他们在后面不管怎样也不能再把它们分为两队。最后只好一块走，大家认为这样也好，走到一起闹热。

走到一起最好的是能听到大家的说话，要不我一个人在前，就只有和"弯弯"说，它又不和我说，只是默默地跟着走，寂寞得我有时候在打瞌睡，后面的张威喊，我得一惊。现在就不会了，有了两个话多的在后面，热闹得很。刚才过去的这两辆解放牌的车棚上，贴有标语，这条标语让人难解。

母儿说话了，"你们都看到汽车上的标语了吗？"

"我们又不是瞎子，那么大的字，谁没看见？不就是写着'支援贵州懒汉！'是什么意思？我们怎么懒了！谁敢这样说。"小琴接着母儿的话说。"为什么这样写你就不知道了吧？"母儿问。

我们可能谁也不知道，大家不作声。母儿得意地说："还是我来告诉你们，车上拉的是粮食，是东北那边运来支援贵州的，说是在省里的火车上到处都有这样的标语。"

张威感慨地说："是不是这样哦？他们支援我们还要骂我们懒汉，我们怎么懒了？"

"你是万事通？你怎么知道呢？你爸爸是邮电局的，又不是粮食局的！"小琴说。

"毛主席说'我们应该相信群众，我们应该相信党，这是两条根本的原理，如果怀疑这条原理，那就什么事情也做不成了'。你们是不相信群众，还是不相信党，我虽然不能代表党，但我是群众的代表，你们就应该相信我。这是听我爸爸说的，前几天就运来过两车。"母儿说完，很自信地看着大家。这时候，没有一个人说话，大家都跟着羊走着。

我们这一百只羊是清一色的黑山羊，走在路上是黑乎乎的一大片。这些羊好像是有人给它们洗过一样，那短短的、干净的、油亮的毛，摸着有如摸在绸缎上，那感觉真好。这种羊不是本地的，是在凤县最高的地方叫"栗原"的高山平原上喂养的特殊品种。凤县海拔不到八百，那里的海拔却有一千八百多。山高坡陡，爬上去很艰难。爬上去，却是一眼望不尽的大平原，或者说是大草原。上面的草长得不是用茂盛就可以形容的。草又嫩又长，春天羊群放在里面，基本上看不到羊们，只有风吹来的时候才可以隐隐约约见到它们的身影，真是"风吹草低见牛羊"。

这一巨大的山脉上的高山台地栗园草场，是西南最大的天然草场，面积十万亩，有资料证明它是"长江以南特大型高山草场"。这上面，最难的是冬天牲口的食料，人的蔬菜问题。

这上面的人每年仲秋开始，家家户户都用大木桶砸酸菜，有多大的木桶呢？一个人差不多可以在里面躺着睡觉。砸好酸菜以后人要跳上去踩紧，然后用大石头压上，以保证不进空气，就不会腐烂。这样的一桶酸菜就是一家人冬天三五个月的菜。由于是高山台地，上面天气冷的程度，有这样的说法，说是在凝冻天，一大早起来大门打不开了，老爹叫老娘、老奶，快拿板斧！门又打不开了！那是门被霜雪凝住了，要用板斧劈。说是人的鼻涕一出来马上变成冰条。

但你要认为这样的地方不适宜人的居住，那也就大错了，这宽阔丰茂的草场，核桃树、栗子树，长在高山上的，可都是上品，因为它的生长周期长，肉质特好。这里的地名叫栗园，我想是与盛产栗子有关系的。

这里的一年四季，都有它特别的地方，春夏草木茂盛，"蓝蓝的天上白云飘，白云下面马儿跑"的景象处处可见。这时候的草，高壮，长得好的地方有半人高，可见这里的土地之肥沃，这时候人畜在草里行走，时隐时现。冬季莽莽白雪覆盖着整个草原，草原上起伏的山峦，与远处的天边化为一体，让你难辩地与天，更有美妙处是草原西部的石林，在起伏多变的草原上有了石林更有几分阳刚之气，在白雪的掩映下，你会觉得这时候栗园草场有如处于冰河时代。

只是畜牧业发展不起来，那里不通公路，养出羊来不好卖。我们赶的这一百只，是县里的一个干部到那里检查工作，为了完成上面的任务，临时决定在那里从农民家，一家家收购起来完成任务的。收好以后，找了两个农民慢慢赶下来的。它们都是黑山羊，好品种。这个品种，说是前些年有一个从省里来的专家，带上去的。专家考察到那里，看准了那块土地，准备在那里大量发展山羊。当他还没有发展起来的时候，就被抓回去了。说他是只"专"不"红"，"只是埋头拉车，没有抬头看路"，走到资本主义道路上去了。他走以后，栗原上面的羊就基本上都是黑山羊，以前本地的品种，慢慢地也没有了。这个品种虽然好，也还是上不了规模，就是农民家自己养来吃卖，不过，还是有不少人已经知道应该怎样科学地喂养。他们决不让本地的羊子在上面繁殖，生产队就立有专门的规定，这一点，他们记住专家的教导，记住了专家给他们描绘的未来的美好蓝图，虽然他们还不知道这个未来能不能实现，在什么时候才能实现。

太阳要落山的时候，我们走到了路边的一个小村，我们不敢再往前走了，怕走到天黑时前不着村后不着店，走了一天的路，又累又饿还有一百只羊要管怎么办？我们决定就住在这里。我们走到一户农家，和主人家商量，他们很爽快地答应了，还把他家的大牛圈腾出来让我们关羊，还给它们抱来一些青草。只要找地方把羊关好了，我们就什么事也没有了。主人家给我们做了一大锅酸菜"苗饭"稀饭。说是稀饭，实际上也是干饭。它是把苞谷面调到水里，倒进锅里煮得半熟后，再把切得细细的酸菜倒进去搞匀，盖上盖子，小火烤，能闻到锅巴香的时候，就可以了，好吃得很，里面就加了一点盐，的确是美味。这种"苗饭"，我们家也做，就没他们这个好吃。

吃过晚饭，主人家抱来一大捆谷草，放在厨房火坑边铺好，用灰把明火盖了，让他们三个男娃娃睡在那里，这里热和。我们两个姑娘睡在他们的房间里，男主人去睡牛圈旁边的谷草堆里，说是也好给我们看着羊。我们连声感谢。我和小琴去睡的时候，看见有三个半大小孩已经睡在上面了，我们也就在旁边找了个空位倒下就睡着了。

第二天一大早，天还没亮，主人家就来叫我们吃早饭，说吃了好赶路。我们都吃得很饱，大家都知道，不知道要到什么时候才能吃。主人家又给我们包了一些带走，那女主人看我们这样子感慨地说，还是些娃娃就出来吃这个苦，城里人也不容易啊！

临走时我们给他们钱粮，他们是说什么也不要，争鸣和他们在那里推拉着，我趁他们不注意，从我这里拿了一块钱、一斤粮票放在灶上，用一个碗压着，走出来对争鸣使了个眼色，带着我的"弯弯"前面走了，大家也都各就各位，我们又上了路。刚走上路，就听到后面有人在喊，是那个男主人追着在喊我们，我拉了一下"弯弯"的角，它乖乖地停在我的脚边。

"你们的东西掉了！"那男主人跑到争鸣的跟前拿出那钱和粮票说，"这是你们的，拿着！"他说得很诚恳，说完使劲把钱塞进争鸣的荷包里，扭头就走。

他走了，争鸣没有再去追，我们看着他的背影在远方的小路上消失，心里都有一种说不出的滋味。我们这才想起，这家人姓什么、这个地方叫什么，我们都不知道，几个人只知道吃饭、睡觉。母儿看见大家都有些过意不去，就说："这事应该是我的责任，我向毛主席保证，以后这些事情都由我来完成！"

这一天我们都很顺利，走到下一站响水镇的时候，天色还早。我们找镇上唯一的一家饭店住下，把羊安顿好以后，就到小街上走走。小镇还干净，街不大，五分钟就可以走完。有两家卖东西的，我们每人买了几个两分钱一个的粑粑，一分钱一颗的光溜溜的水果糖。有这些东西，我就不打算吃晚饭了，张威他们三个男生反对，我们又到饭店买了二斤米饭，煮了一碗白菜豆腐汤，大家分着吃。这一天是我们最顺利的一天，又能买到东西吃，大家都很高兴。

第三天，一出门就不顺利，我们的羊子走在路上，不知什么时候，有几只窜到路边的麦田吃别人的麦子，小琴、母儿去把它们赶上来，正好被一个农民发现。他吼叫着："我就早发现，我们的麦子被吃了，就是你们这些赶羊子的，今天你们要赔，每窝一角钱。你们自己去数！赔不出来你们别想走人。"他拿着一根扁担拦在我的前面，不让我们走。

母儿说："我们的羊子还没吃，就赶上来了！你要我们赔个哪样？赔你坐三天三夜？你等着！"

"那你就看着吧！今天不赔，你们就走不了路！"

很快又来了几个农民，他们在那里指指点点地说，麦子被吃了好多好多，今天总算是抓到人了。

我们一点办法也没有，张威、争鸣看这情况只好说："不要说了，赔就赔，你说赔多少？"

"吃好多，赔好多！"拿扁担的农民说。

"根本就没吃到几窝！"母儿不服气地说。

"不要说了，下去数！"争鸣对母儿说。

母儿、小琴下去数完，说是一共五窝，我们要赔五角钱。这个农民不同意，他说还有那边的没数。他这就是冤枉了，那边我们还没走过去，羊就更没过去了，不是我们的羊吃的，怎么叫我们赔。那农民的道理是，那我怎么知道，反正是被你们城里人赶的羊子吃的，抓着谁就叫谁赔，要不你说我们怎么办？

我们都不能接受这样的道理，在和他争。一会儿就聚了好多人围着，这样下去我们是要吃亏的，张威要我看好羊子，他跑了出去。这里的争吵还在进行，也有的农民认为，应该是我们的羊吃多少就赔多少，其他的不干我们的事。可这个农民哪里肯听，仗着人多，他越说气势越大。

突然一个粗莽的声音响起，"事情该是哪样就是哪样，我看是没有王法了，哪些是他们的羊子吃的，让他们赔了走人！"母儿他们赶快带来人到现场去看，看完他走上来说："叫他们赔五角钱，让人家走！天下都要讲个理字，是不是？"

"队长说得对，我们早就是这个意见！"人群里有人说。原来刚才张威看这情形，赶快跑去把他们的生产队长叫来，才解决了这个问题。

我们赔了钱，又上了路，这一路上大家无话，都不想说。五角钱，正好摊到我们头上每人一角。小琴母儿说是他们边上没看好该他们赔。我说那怎么行。钱是由母儿给的，我们每人拿了一角给母儿。

天气要变了，刚才还好好的晴空，一下就开始下雨了。怪不得语文老师说"五月天孩儿面，说变就变"。

雨就这样下着，我们赶着一大群羊，根本找不到躲的地方，只有冒着雨走。雨虽然不很大，可一会儿衣服就湿透了，虽说已是五月了，下雨还是很冷的。我们加快脚步走着，速度加快身上就感觉要热和一点。这时候没有人说话，大家只想赶快走到一个可以落脚的地方，歇下来避雨、找东西吃，偏偏今天的路程特别长，总没有人家，老是在山上转。从山脚慢慢爬到山顶，又从山顶走下来，这大半天的路就是翻这座山。

下到山脚，雨也开始停了。前面有一户人家，我们觉得又累又饿又冷，急于想找一个地方歇下来。这次母儿先冲上去打听情况，这家只有一个婆婆在，婆婆对母儿说，她今年六十了，他们这里叫黄灯坝，他家姓黄，这里方圆几里的人多姓黄，杂姓的少。儿子媳妇出去做活路去了，还没有回来。母儿和她说明来意，她说："可以，我说了就是，我能够做得了儿子、媳妇的主，你们只管住。只是羊子要吃亏了，没有地方关，就只有在屋阳沟后面。"

我们把羊赶到了她家的屋阳沟，实际上就是房子与后面山墙中间有两三米的一个放柴火的地方，两边用柴拦好，也还不错。小琴在数羊，数了两遍，都要差两只。这下可把我们吓着了，是在什么地方走掉的？谁也说不清楚，只有赶快沿路回去找。我和小琴留在这里，他们三个去找。

他们走后，我们在那里又数了一遍，希望有奇迹出现，结果还是只有九十八只。黄婆婆对我们说："不要紧的，这样的羊它不会走多远的。我们这里山上的羊不是自家的，是不会有人去赶它的。"

听她这样说，我们放心了一点，趁天还没有完全黑，我们在黄婆婆家要了两把镰刀，到附近山边割点青草。羊们今天没有得到多少东西吃。天黑的时候，黄婆婆的儿子媳妇回来了，我和小琴坐到了火边，这时候我们才感觉到衣服一直是湿的，就把外面的脱下来烤，里面的已经基本上被身体的热量烘干了。

快吃晚饭的时候他们三个赶着两只羊回来了。它们可能是在雨下得最大的时候，跑到一块大石头后面，吃草去了，我们走的时候没发现。张威他们去的时候，两只羊子还在那里吃得乖乖的，哪里知道它们早已掉队了。

黄婆婆家很穷，好像什么也没有，我们不想麻烦他们，吃完饭我们商量说，羊必须要有人看，我和小琴守上半夜，他们三个男生守下半夜。黄婆婆他们也没有反对，就给我们抱了一大捆谷草，铺在羊群的旁边。我们两个卷着躺在那里，说是守羊，其实不知不觉就睡着了。三个男生跟昨天一样在灶门前睡。

我睡得迷乎乎，梦中老是听到有一只羊子在叫，它叫得很凄惨、很悲凉、很无助。我想，这只羊是怎么了，怎么会这样叫？突然感觉就是"弯弯"，不知是在什么地方摔断了角，头上光秃秃，一双流泪的眼睛看着我，好可怜。我伸手去抱它，又不见了，让人难过。

我突然醒了，的确有只羊在叫，叫得很痛苦。我一下坐起来，推醒了睡得很熟的小琴。这时候我听到这叫声中还有一个细小的、嫩嫩的声音，好像是两只羊在叫。这时候天很黑，一点亮光也没有，什么也看不见。小琴问我叫她干什么，醒了好害怕。我对她说了听到的声音。她仔细地听了一下，说是的，她也听到是我们的羊在这样痛苦地叫。我们站起来看到的是黑糊糊的一堆羊，没有办法。我们到厨房去叫他们几个，准备找个亮来看看。

我们进去，叫醒了他们，母儿不耐烦地说："怎么这一会儿就该我们的班了？""不是，我们老是听着有羊在叫？"小琴说。

"羊圈里，羊叫有什么稀奇的，大惊小怪的！"母儿说着又倒下睡了。争鸣、张威听我们说，点亮了煤油灯，说我们出去看看。

我们提着煤油灯，走到羊群中，在一个角上看到有一只羊躺在那里，旁边还有一个黑乎乎的东西在动。走过去一看，是一只小羊子，"呀！它生小羊了！"小琴惊喜地叫着，说着就要去抱它。

"不要动它，好像还有呢！快去叫黄婆婆来！"张威蹲在那里，轻轻地摸着那只母羊说。

争鸣和小琴急匆匆去叫人。这时我也蹲下，看那只母羊，它那双会说话的眼睛看着我们,在述说着它的痛苦和希望。它的身后是一堆血糊糊的东西,刚生下的小山羊已经会站起来了,它站起来又拐下去,试着走路的样子很可爱。它身上还湿漉漉,母羊不时在它身上舔,它咪咪地叫着,享受着母亲的爱。母羊是很累,又好像是很痛,她舔了一会儿,又在叫,叫两声又舔,那样子很辛苦。

争鸣他们叫着黄婆婆来了,黄婆婆叫我把我们睡的干谷草抱过来,放在母羊的身下,我轻轻地给它放草,慢慢铺好,害怕碰着她肚子里的小宝宝。这时候我发现母羊身下,还有什么东西一大坨,我赶紧说:"婆婆这里是什么,你快看!"婆婆赶快抱开母羊一看,是一只刚出生的小羊,它身上还有一个血淋淋的东西包着,黄婆婆说:"它已经死了,被它的妈妈压死了!"

"它死了吗?怎么会呢?"我心里好难过,也在它的脖子上摸了摸,还是热的,只是一点动静也没有。好可怜的小东西,睡在那里一动不动的,它的同胞兄弟都已经在旁边跑了,它却不能站起来了。我把它抱到它妈妈的头边,想让它妈妈看看它。母羊挪动着身子在这可怜的小东西的脖子上舔着,它好像不知道它的孩子已经死了,还那样亲切、关注地在小羊的喉咙的部位舔。它舔着舔着,奇迹出现了,小羊的喉管那里动了一下,我一惊,以为是我看花了眼,再专注地看,不!的确是在动,喉咙那里一上一下地动,我大声说:"你们看,它活了!"

大家都围过来看,它的确活过来了,它是活了!太好了,太好了!大家是一阵的欢喜。

"我来看看!"黄婆婆说着,帮小羊把包着它的东西拨开。"这是它的衣包,现在没有用了。还有一只马上就要生了!你快去拿点热水来!"黄婆婆叫她的媳妇。

一会儿,又一只小生命诞生了,这一只在黄婆婆的帮助下,很快就生出来了。黄婆婆的媳妇端了一碗热乎乎的苞谷面汤汤,递到母羊的嘴边,它慢慢地吃着,这是给它的最高待遇。

做完这些,天都开始亮了,我们又该上路了。面对三个新生命,我们不知道该怎么办。它们那样小,怎么跟着走?最后我们决定,把这三只羊送给黄婆婆他们。我们来的时候，是按它们的羊头点来的一百只，到时候交上去的是一百只就行了，有谁知道是不是生崽崽了。我们带着它们太难走，送给黄婆婆他们喂养有多好。我们把这个意思给黄婆婆说后，黄婆婆说："那不行，羊子是公家的，它的崽也是公家的我们不能要，再说了，它们才刚刚生出来，就让它们离开它的娘，太可怜了！不要紧的，你们慢慢赶着走。"

我们赶着羊走了，临走时黄婆婆给了我们一包黄豆面，要我们一路上用开水调一下给母羊吃，它才有奶喂小羊。这三只小羊一蹦一跳地跟着走，它们总是走在它们的母亲左右，不会走远，也不会找错。奇怪的是现在"弯弯"这只大公羊，它一定要等着这只母羊走，母羊要等它的小宝贝，"弯弯"也放慢了脚步，甚至是站着不动了。没有办法我们只有抱着这三只小羊走，就这样抱抱走走，它们才赶得上大部队。

有了这三只小羊，一路上我们又多了好多乐趣，在第五天的下午，我们走到了目的地。送到以后，我们担心的是多的那三只小羊，他们给不给我们算钱。开始我们打算把它们拿去卖了，这是在路上才多出来的，没人知道，见它们跑来跑去的离不开它们的妈妈，又不忍心。只好让它们母子一道，送到食品站。在食品站我们把情况说清楚以后，接受的叔叔说，这样的事以前还没有遇见过，怎么处理他们还要商量一下。我们在那里等他们商量。不一会儿，他出来了，他说他们研究决定按我们现在的实有头数给钱。我们当然是很高兴的，这样我们要多得六块钱，每个人都要多得一块二角钱。这可算是意外之财了。

我们很舍不得地离开了我们的羊，"弯弯"、小羊、母羊还有其他的那些黑羊。当我们走的时候，"弯弯"急急地要跟我走，我把它推了一下，要它站到一边，它有些莫名其妙地看着我，又跟了过来，我不忍心再推它。接受羊的叔叔走过来把它拉住，我含着眼泪，就如丢掉了一个好朋友，一个不可能说再见的好朋友。"弯弯"那会说话的眼睛看着我，似乎在问我这是为什么，为什么不要它们了！我有些想哭。看着在一边咩咩叫的三只小羊，小琴忍不住又跑过去摸摸它们。

张威、争鸣把钱领来了。我们从来没有见过这么多的钱，有好大一把。我们把钱分了，每人四十一块二角。大家都有各自放钱的好地方，把钱放好，我们从家里带来的钱都还没有用完。我们觉得，世界上最富有的就是我们几个了，因为我们现在身上的钱，是刚参加工作的人四五个月的工资。刚参加工作的工人，每个月才九块钱。这一切，功劳当然要归在张威头上，没有他妈妈给我们找来的这个差事，我们就不可能得到。大家都对张威说一些感谢的话，张威却说："你们哪样意思，好朋友还说这些。再说了，没有大家我一个人也赶不来！"

临走时我们又过去看了一眼我们赶来的羊，它们已经被赶进一个大铁栅栏里，我心里好难过，特别是那三只小羊，没有人管它们，真可怜！

第二天，我们几个乡巴佬观光了遵义这个大世界，这里有好多漂亮的房子，好宽的街道，这里的人穿的衣服，颜色与我们凤县的差不多，但看起来就是要洋气得多，小琴说，那是人家人洋气！是个土包子，穿什么都是土的！

我们在街上逛，有好多好东西好买，但大家都舍不得钱。走到一家百货公司，好宽好大，比我们凤县百货公司的几个都还大，我们在里面走得晕晕的，差点就没有找到出来的门。在这里面我发现了一个蓝花瓷的罐子，那样子、花色都和破"四旧"时，我从家里拿出去交的那个一样，上面也是有一个喜字。我在那里看了又看，想买一个又觉得太贵，要两块四角钱。买了它就把我身上的所有零钱都买完了，吃饭要用，就要动我的那四十块钱，这是不能的，这个钱我要完整的交给妈妈，妈妈早就想给外婆做一件丝棉衣服，说是它又轻又暖和，外婆年纪大了，冬天怕冷。但就是腾不出这个钱，一直没做成，现在我有这么多钱，做一件丝棉衣服是完全够的。就是不能把这个钱打散，打散就要扯来用了。最后我还是决定不买，走到另外的地方去看各种各样的东西去了。走来走去，不知怎么的，我们又走回到原来的地方。我再一次被那个罐子吸引。张威见我老是在看那个罐子，就问我是不是想买。我悄悄地把我的想法对他说了，他说："那就这样，你拿出小羊子的那一块二角出来就行了！"

我不知他是什么意思，就拿给了他，他把他的那一块二角钱也拿出来，一起递给了我说："这个钱，是额外得的，你拿去买吧！"我看他很坚决，也就去把那个罐子买了。

　　我们在遵义这个从来没有来过的地方住了两个晚上，第三天一早，我们搭了个便车返回。是张威的妈妈找人给我们联系的，一个拉水泥的车子，我们坐在上面的水泥袋上，就算有点水泥灰，不过还是很舒服的，还可以躺在上面。这几天，我们走累了，能在上面躺着，那是很舒服的。

　　下午，我还想再睡一觉的时候，大家在兴奋地喊，我们回来了，说是到家了。

十八、复课

赶羊子回来，就听到好多好多的事，不过才一个星期，就发生了天翻地覆的变化。爸爸妈妈这么多年扣发的工资要补发了；爸爸从干校回来，又当教育局长了；各个学校都要复课闹革命，我们要上初中了；省里要修湘黔铁路，到我们县来招收几十名工人。件件都是大快人心，也不知道为什么，好事都凑到一起了。

我们回来的时候，招工的事已经开始进行了，去报名的人很多，我还从来没有看见过招收工人的场面，今年是第一次，热闹得很，大家都想去，再加上是省里面来招的，那是多了不起，争着去的就更多。我们几个是没有希望的，年龄不够，人家要招十八岁以上的，我们才十三四岁，争鸣张威大一点，也才十六岁，是根本不可能的。我们是去看热闹，心里好是羡慕，只想自己要是再大两岁不是也可以去当工人了吗？工人阶级领导一切，工人阶级有多威风，又可以出去，见大世面，比地区还大的地方，只可惜我们没有这样的机会。

张威的哥哥报上名了。张囡也报上名了，她的年龄也不到，不过她个子高，人又长得好看，嘴巴会说，天天缠着那几个招工的人，最后人家同意了，说让她去搞一点宣传报道什么的。她好激动，跑来告诉我们她这次成功的招数。我们都为她高兴，忙着问她什么时候走，去了以后要给我们来信，在什么地方我们以后也好去玩。争鸣、张威好生气，他们怎样也报不到这个名。

　　肖番也没招上工，不过我认为肖番不去也好，我们还有地方看书，他要走了，地下书室就没有了。说来他倒算是好的，"上山下乡"没有他的事，按政策，独子可以不下乡，留在父母的身边。那时像他这样的独子很少，他是极其特殊的，大家都羡慕他，能够名正言顺地不下乡。不过他却认为并不好，倒是可以不下乡，但在城里做什么？又不能再读书，做小工也很难找，招工又去不了，就只有闲着。日子也不好过。不过大家都认为他不走，对我们倒是件好事。我们还可以继续有书看。

　　好事总是一桩接着一桩，争鸣没有得到招工，但他从张囡的招工行动中，得到了启示，张囡不是破格招进去的吗，他决定要用这样的方法去争取当兵。征兵工作是早就开始进行的，现在都已经要结束了，他还是要去试一试，争取一下，张囡能够成功，他也应该可以。他当兵同样是年龄不到，他看到张囡在招工的时候，年龄不到，就因为她能说会道，别人破格收她去搞宣传报道。他去当兵也可以去展示他的长处，去争取一个破格，说不定还可以去当个文艺兵。

　　他把这个想法对我们说了，大家都很支持他，认为他肯定能行。于是说动就动，我们陪着他到了县征兵办公室，里面有几个解放军正在开会，他敲敲门，还没有来得及等里面回话，他就冲进去，在那里站着不说话，脸红红的，直到有一个解放军问他"有什么事？"他才回过神来，他定了定神激动地说明了他的意思，那几个征兵的解放军都认为，他的条件不错，个子高、小伙子长得不错，但年龄不到，要他明年来。让他快走，他们正在开会，还有事要商量。争鸣哪里肯听，在那里站着坚定地说："你们不收我，我就站在这里！我坚决不走！"

　　"你这个小鬼怎么这样，道理我们给你说了，关键是你不到年龄，我们是没有办法的！"

　　争鸣这时候已经镇静下来了，就说："你们不是要收有特长的吗？"

　　"那要看你是什么特长，怎么样？"解放军耐心地对他说。

　　"我给你们唱歌！这样吧，你们听我唱完一首歌，认为我不行，那我就走！"争鸣很有信心地说。

这个条件，解放军叔叔当然答应了。争鸣说完就准备唱了，他润了润嗓子，开始唱了，《唱支山歌给党听》。我们以前经常听他唱歌，可从来没有听到过他唱得这样动情，在场的所有人都憋住了气，害怕出气太大会打岔了他的歌，大家都被他的歌声所吸引，跟着他的歌声情绪起伏，有两个解放军的眼里在闪着泪水，我偷偷地擦了一下不知不觉流出来的眼泪。他刚一唱完，大家一齐鼓起掌来！

他们不停地称赞："唱得真好！嗓子好，有表演艺术！""很不错，我看具有专业水平！""我们的确很需要这样的人！"

在一片赞叹声中，有两个解放军在一起交换了一下意见，他们肯定是领导，其中稍胖一点的那个站起来，走到争鸣的面前，拍拍争鸣的肩说："你有这样的条件，又有这个决心，我们很欢迎！我现在就打电话请示，破格把你招去，应该是没有问题的，我们部队上需要很多你这样的人才！只是你还得去把你的大人叫来，还必须要他们的同意，知道吗?"

争鸣这时候在那里激动得哭了，不知应该做什么，很艰难的一个堡垒，一下攻破了，还没有这个思想准备，他愣了一会儿，一下坐在那里不动了。张威、母儿陪他，我和小琴跑回去叫他的妈妈来。

争鸣成功了！第二天，他就穿着那约有些大的绿军装，站在我们面前，很是自豪。张囡也来了，他们都要走了。这一下，我觉得我们都长大了，长大了就得分手了，好让人难过。

大家在一起摆谈着，都认为应该去敬老院看看，我们都是好久没去了，现在他们要走了，一走不知道要多久才能回来。我们一起到了敬老院，老人们很高兴。他们都集中到周大爷的房间里，我们一个个问候。他们最高兴的是看到争鸣穿的绿军装，是够帅的，听说张囡也当工人了，一个老人说："今年是好年头，娃娃们都出息了，我要翻过七十三这个坎，看来是没有问题的！"

周大爷说："你这个老者，就爱说这些，只要娃娃好，我们就高兴了！有哪样七十三、八十四的，有哪样坎吗?! 只要好好活就好了。只是他们这一走，不晓得要哪年才见到喽！"

我们在那里坐了一会儿，争鸣、张囡说今天就让他们两个给老人们挑水，打扫院坝，以后他们很少有时间来了。说着他们就开始动手，我们在那里等着他们两个干完才回来。

送走了张囡、争鸣，我们要准备上初中了。读初中，并不是小学毕业的都能够读，要先作一次政审，家庭特别不好的就不能读。小琴就是其中的一个，他爸爸是历史反革命，说是定了性的，尽管她妈妈是工人成分，还是不行，在成分上都是跟爸爸的。像这样的情况还有好几个，有的是爸爸被关押在监狱里这样那样的问题。小琴知道她不能上初中的消息以后，就不知到哪里去了。她妈妈到处找她，我们也到处去找她，就是不见她的踪影。

一天我回到家，爸爸在床上躺着，他好像很累。一看到我他就问我，长江有多长、喜马拉雅山有多高、五分之一加四分之一等于多少等等问题。我说："爸爸，你的这些问题也太简单了吧？你是什么意思？"

"没什么意思，读初中要作一次简单的考试，我先摸摸底。"

没几天，全县作了一次初中入学考试，我觉得在考试的时候，好多题目都是没有底的，只在那里胡乱地做一通，反正也是不作数的，只不过是摸摸底。这次考试没有公布成绩，听爸爸说都考得很差，有好多就是得几分，上六十分的也没有几个。我没敢问爸爸我得了多少分，不过听爸爸的口气，我是没有上六十分。我很惭愧，觉得给爸爸丢脸，不过爸爸说："这不怪你，好多东西是你们该学而没有学的。"爸爸说考得好的几个，都是区完小的学生，县里的学生都没有他们考得好。考完以后我们就在等着九月开学读初中了，还有两个多月的时间。

哥哥已经到妈妈的老家南县下乡了。去了两个月，又回来了，说是还有一个手续没办完，现在回来办。趁这个时候他要去以前他做小工的许师傅那里要他的工钱，还欠他半年的工钱。这笔钱对一个在农村当农民的知青来讲，那是很可观的。他去了几次都没有找到人，姓许的家人说出去收账去了。

哥哥以前是在他这里烧石灰。烧石灰很辛苦的，一窑石灰有架窑、烧窑、撒窑三个阶段。烧石灰一般都是在有青石的采石场的旁边，就地取材，一定要青石才能烧，烧出来才好，这可是有讲究的，不是随便什么石头都可以。烧的时候要先挖一个很大的窑子，一个凹下去一人多深的像锅底一样的坑，架窑的时候先要在窑的下面堆放一些柴火，再加上大个大个的煤粑，脸盆那么大，煤粑放一层后就可以在上面堆放一层石头，石头大小均匀，太大了烧不透，中间就还是石头；太小了烧过了，就跟煤灰混在一起了，就这样一层煤粑，一层石头，从一个锅底似的窑子，一直把它堆砌成一个窝窝头似的小山，最后放的是一层小一点的石头，点火烧以后，在最外面一层还要厚厚地敷一层黄泥，就像是给它加一个锅盖。

就这样煤、石头、泥一起烧三天三夜，可以撤窑了。慢慢地挖开外面的泥，里面的煤粑已经烧成了煤灰，用锄头轻轻刨开，"石头"出来了，这时候的石头，已经不是石头了，它们从一个个的青石，变成了一个个浅浅的乳黄色的石灰，有的面上还有一层浅红的花纹。烧之前好重的一块块石头，现在变得很轻。就这样一块块的掏出来以后，要在最短的时间拉到要卖的地方。不能在窑前久放，放在那里有碍下一窑工作的进行，更重要的还是，放在那里当它们吸收了空气中的水汽，就会一块块地松散，如遇到下雨，那就更是糟糕，变成了一堆我们平常所见的"石灰"了，就卖不到好价钱。所以及时把出窑的石灰运走，是很关键的。

每次拉石灰的事，多是哥哥和他的伙伴小钱他们两个的事，其余的人踩煤粑、备石料，准备下一窑。在这里做事的，除了两个师傅以外，都是跟哥哥一样大小十六七岁的人，不过他们都很卖力，也很能吃苦。烧石灰的事情，不论哪一项都是辛苦的。特别是在冬天踩煤粑，把煤面、黄泥和好，加上水，用脚在里面踩，边踩边和，一直要把它踩匀。虽然是穿着双靴子，脚在里面还是冻得没有一点知觉，只要踩两天煤粑，那双脚就再也找不到一块好的地方，生冻疮、开冰口，一道道的小口裂着，血珠珠冒，很难愈合。不过他们也搞习惯了，也不怎么觉得，有时候还把它脱出来比比，看谁的冰口开得多，多的很骄傲，就跟英雄似的。踩好煤要把它做成一个个的大煤粑，这时候是一双手受累，虽然可以用坏盆来一个个装，但手被搞得黢黑的，又没有手套戴，稚嫩的皮肤变得很粗糙，一道道的纹路里透着黑煤渣，一双手背都开满了小口，难找到一点好的地方。每到开始

189

烧窑的那几天是不能离开人的，晚上要在那里守着，他们是两个人一班轮流守夜，一点也不能熄火，是很辛苦的。不过他们常常是两班一起，四个人正好打扑克牌，打起牌来时间很快，不觉得天就亮了。

哥哥跟小钱拉板车，两个人都已是老师傅了，拉了一两年。他们俩个子高，力气也大，每次运石灰都是他们。来买石灰的，有的是自己来拉，有的就是要求送货，要送货的当然就要多给运费，但这个运费并不是都给他们两个拉板车的，其中大部分是许师傅的。因为板车是许师傅的，哥他们在那里做工是按月开工钱，他们拉板车实际是在每个月的工钱上，又多得的钱。其他的几个小工都很羡慕他们，能多得这份钱。

不过这份钱是不好拿的，就是一般的会拉板车也还不能来拉。石灰窑在半山，又只有一条不成形的路，拉着石灰下来的时候都是下坡，又是重车，下坡转弯处稍不小心，就会翻车，一车石灰倒得满地，有时还会伤着人。下坡的时候如没有经验是很危险的，前面驾车的人，手紧握车把，手臂也要撑住车把，车要往后坐着，靠在车板后面的刹车棒上，另一个人要站在后车板的边上增加重量，以帮助刹车，就这样，前面驾车的人把好方向，控制好速度，刹着车向前跑。这一招一势可不是一两天就能够练出来的。

哥哥在许师傅这里干了两年，还是能挣到一点钱。不过许师傅有一个毛病就是爱拖欠工钱，每次该发钱的时候，他总是不在，理由很多，也很充足，最关键的一条是，卖石灰的账还没有收回来，他收账去了，总是拿不到钱。不过他收来以后，还是要按数给他们的。

现在哥哥已经不在他那里做工了，这钱是不是还要得到？都已经跑了几次了，总是找不到人，只有他的老婆带着一窝娃娃在家。看着那一窝娃娃，大大小小七八个，脏兮兮的，床上地上四处爬，锅里碗里到处抓，哥有些心软了。他对我说："算了，这钱我不要了！要来我也富不了多少，在农村我还过得去。"

我不这样认为，对哥哥说："那不行，他家怎么样，那是他的事，你给他干活的工钱是必须给的，你不能白干！我们就天天来要，总要找到他的。"我们在那里等了大半天，还是没有找到他。

第二天一大早，我们又去了，这次还好，他正准备出门。一看见哥哥他很亲热，问长问短。寒暄过后，当哥哥问他工钱的时候，他爽快地说："对，我是还欠你的工钱，要给，要给！我这两天正在收一笔欠款，这就准备去拿，你们就来了！要不你们明天一大早再来，我准备好钱等你！你下乡也很苦，有这笔钱能做好多的事！好不好？明天！"他说着就站起来，要走的样子。

哥哥见他这么一说，就很高兴，他没想到就能得到了，便说："许师傅，看在我们这两年师徒的情分上，我相信你。不过，明天就一定要拿到钱，我还得赶快回乡下去，活路耽误不起！"

"那一定，绝对没有问题！"

可当我们第二天再去的时候，他的女人说："他昨天晚上就没有回来，这钱你们是要不到的，他也没有钱，现在他的钱都在外面搞女人了！"那女的一脸的无赖，有气无力地对我们说。我们听到这话，知道他昨天是在哄我们的，没有办法，只有回家了。哥哥不能再耽误，要不到钱他也只有回去了。

哥哥走了，没有拿到他的钱。我想这事不对，辛辛苦苦给他干了那么久的活，拿不到工钱，这算什么事？一定得想办法去把这钱要来。我一个人是不行的，得去找张威、母儿。找到他们我把情况一说，他们的意见是一定得要，哪里能就这样算了，大家一起想办法，一定要把这个钱要来。母儿说："我们会有办法的，反正我们是不达目的决不罢休。'打不尽豺狼决不下战场！'"

我对他们说："现在我要的是具体的办法，而不仅仅是决心。"

张威接着我的话说："对付这种人我有办法？"

"什么办法，你能打他不成？"母儿说。

"用不着打，只要找着他，就行了。找到他，我们就一天到晚跟着他，包括他上厕所的时候，他要吃饭我们就把他的端来吃。看到他的任何一个熟人都说他欠我们工钱。就这样跟他两天，看他还不给钱！"张威说出他的办法，我们也很赞成，决定就用这个办法。

这次我们根本不到他家去找他，就在大街上。凤县就巴掌那么大，要找一个人还不容易，何况他根本不知道我们会在街上找他，没有防备。我们在街上走了两圈，就找到了他。当我们突然出现在他的面前的时候，他先是一愣，当他看到我的时候，就知道是什么事了。母儿先发话："许师傅，不用说你也晓得，我们是来帮张卉卉家哥哥要工钱，他回乡下去了。你要是没有钱给，我们就一天到晚跟着你，跟着你吃，跟着你玩，直到你拿钱给我们。"

"今天就我们三个，明天我们再多喊几个，闹热一点！"张威说着，就跟着许师傅，距离很近，一副不达目的不罢修的样子。开始许师傅满不在乎的，根本不把我们三个放在眼里。我们也就这样跟着他，他走我们走，他停我们站。见着他的熟人，我们就在旁边低声下气地说："许师傅，把工钱给我们吧！""在农村还就等这个钱买盐巴哟！"

"这是怎么回事呀？老许，你的老毛病又犯了？"许师傅的熟人说。

"哪有的事，你不要听他们的！走喽，再会！"许师傅急匆匆地走，我们也做出急匆匆的样子跟着他走。这一天他没有吃饭，我们跟着他，从上街走到下街，大街小巷走了好几圈，他没到什么地方去吃饭。我们走着，是有些饿了，我到街边买了几个馒头，我们三个吃得好香。还特意在他的面前慢慢吃，让他眼馋。走到下午，我见他有些拖不动了，就对张威说："算了我们明天再来跟他。"张威说："那哪里能行！明天就根本找不着他了。我们必须坚持，最后坚持不住的是他。"

我们继续跟着他走，现在大家都不说话了，跟了一天，也说了一天的话，大家都累了。他的脚步在放慢，走到一个偏僻人少的地方，他先找了块石头坐下来，接着他有气无力地说"你们也不要再跟着我了，我把钱给你们。"说着在怀里摸了摸，摸出了几张钱递给我说："你数数，看对不对！"

我接过钱数着，母儿说："你早就该这样了，早拿出来，也不耽误我们的时间。"他拿的钱正好，一分不多，一分不少。母儿接着说："看来你是早就准备好的，想赖着不给我们，那你是小看我们了。人家在你那里'脸朝黄土背朝天'地干那么久，你不给钱还躲得过去？"

"我把钱给了就行喽嘛，还有哪样说的？"许师傅坐在那里不耐烦地说。看着许师傅的样子，可真是又累又饿，也有些可怜，我把刚才买的馒头给了他一个，他一口就吃了一半，边吃边说："卉卉是个乖姑娘！"我没说什么，我们拿着钱走了。

张威的这个办法还真好，哥哥的工钱终于得到了，我们三个好似打了一个大胜仗。我想起爸爸常说的一句话，"凡事要动脑筋"。张威的确是一个会动脑筋的人，这方面我们都赶不上他。拿到了钱也算是帮哥哥完成了一件事，我想过两天就把钱寄过去，他肯定很高兴，他是准备在那里扎根一辈子，正需要钱修房子。

我们上初中了，初中有好多我们以前不知道的东西，物理、化学、英语我们以前就是听都没有听说过，在小学说的算术，现在叫数学，对于我们都是很神秘的。报完名，就把这些书发给我们，已经是好久没有见过课本了，一领到书，就把它们从头至尾翻一遍，主要是看上面的图画，都是新鲜的，似乎明白每一门讲的是什么。

读初中以后，我和云霞在一个班，张威和母儿在一个班。上初中以后男女生在公开的场合不说话，都装着不认识，哪怕是再好的朋友也是不说的。要在没有别的男生的时候，也就是私下才可以讲。否则，就要被别的男生哄，"和姑娘讲话！""和女生勾勾搭搭！""央姑娘！"等等，一系列的话，让人受不了，同时又受到所有男生的孤立。大家都不理你，没有人跟你玩。这样我们几个姑娘和张威、母儿他们也只有是在回家以后有什么事才在一起商量。在学校大家是各玩各的，装着谁也不认识谁。但有时候是大家不得不在一起，那就是打乒乓球。学校只有两张球桌，一般情况是男生一张女生一张，可男生常常是要来霸占女生这边的，这就起了矛盾。一开始是用打五个球决定赢家留下，输家走人。留下的一个就是校长，再上来打的人要先"考"，那就是第一个球要打赢校长，才有资格留下来打。如果打完规定的球数，你打赢了校长，那么校长下台，你当校长。这样的打法，女生一般很难打赢男生，当校长的都是男生。这时候的男生校长，见到来"考"的女生，如临大敌，咬着牙，一板就打死。常常是一板没有打得到，女生"考"上了，两边观看的人就大喊"为私！"，这时候当校长的男生是一脸憋红，嘀嘀咕咕地不知在说些什么。考上的女生很骄傲，一副得意的样子，其他的女生为她打气，"好好打，夺他的校长！"夺校长的机会是很少的，不过也不是没有。

有一次，我就从母儿手里夺得了校长，应该说母儿是让了我的，只不过让得很巧妙，两边的人没有看出来。我一夺得校长，接下来的两个都是女生，先是云霞，我肯定是故意让她考上，她生过病，大家都知道，也没有人说什么。

后面的一个是舒红，她也考上了，我当然也让了她第一个球。她和我们是一班的，是从区小学考上来的，和我们玩得很好，是我们的新朋友。这时候男生开始发话了，"不准让的，要让我们当校长以后男生全部让，不要让她们姑娘打！"男生是议论纷纷，只想马上就该他们男生打，夺我校长的位置。好不容易排到男生，第一个上来的男生技术不是很好，他考上了，但没有能夺我的校长就下去了。又上来一个男生是一个最恨女生的人——姚跃进，他是无论在什么地方都不和女生讲话，看着女生要绕道走，和他一个院子的女生过上过下，他是从来没有看见。就因为他的这种英雄行为，好多男生都崇拜他，认为他是他们当中的英雄。

他一上来，我想这下我没有希望了，校长肯定下了。他一上来拿着拍子看也不看我一眼，瘪着一个眼睛，咬着牙，狠劲一个上旋球，他认为这样的球，我是肯定接不到的，我也知道不可能接到他的球，只等着死亡。结果这个球一过来，就从球台的边上过了，没上桌。他把拍子朝桌子上一丢，扭身就下去了。"姚跃进你怎么搞的？""这叫欲速而不达！""他也会让？"姚跃进听到这话，在那里急急地追问："哪个说的！哪个说老子让？老子今天日他妈才让了！"他气急败坏地在那里说。说着说着要和他们动手，他冲了上去，被周迅过来拦住了。周迅说："走，我们不打了，都已经上一节课了，回去上课去。"

周迅是我们班的，他就是从区里的完小上来的，在初中摸底考试时第一名的人。其他人不知道，我知道，从心底里，我还是很佩服他的。不过开学以来，我们从来没有说过一句话，就跟不认识一样。面对面过，他没看我，我也没看他。他叫去上课时，不知道是谁，抓了一把土撒在球台上，这就谁也打不成，大家纷纷散开，向自己的教室走去。

我们男男女女七八个理直气壮地走进教室，是一节地理课。老师在上面讲"月亮围着地球转"，下面的同学有的坐在桌子上，有的三个人坐一个凳子，有的在走来走去。我们进来的几个人都找到一个地方把自己放在那里，也和大家一起在交流。不知道老师在讲什么，最清楚的是同学们学老师讲话的声音。这个老师是个四川人，说话舌头有点大，他说"月亮"的声音特别好玩，就像在说"玉尿"。只要他一讲到"月亮"，下面就有人学着说"玉尿"。老师是一副无可奈何的样子，只有停下。过了一会儿又接着讲。好不容易到了下课，他的样子是那样的轻松，一下子从艰难的日子中解放出来，脸上这时候有了一点笑容。他拿着书走到门口，几个同学一下窜到他的前面，把他撞倒在门边。他们也视而不见，嘻嘻哈哈地走出去。我看到这一幕，心里有些难受，就和舒红一起过去扶了老师一把。他看看我们很感激的样子，拍了拍身上的土，一点也不生气，笑嘻嘻地说："这些鬼娃儿，疯些哪样吗！"他这样说是我没有想到的。为了安慰他，我说："陈老师，这星期我们还有地理课吗？"他听到我这样说，来了精神，擦擦手上的土说："这个星期没有了，要下个星期二才有，一周就两节。""那下个星期我们一定好好听！"

陈老师拿着书走了，今天的课让他很难过，可能还有点安慰是"下个星期我们一定好好听"。

下面一节课是语文，老师是小向叔叔。在复课闹革命以后，一中缺老师，小向叔叔和赵姨都调学校。一个教语文，一个教英语。小向叔叔从和赵姨结婚那天起，就再也不吹笛子了。那忧伤的笛声没有了，变成了豪爽的酒。他几乎是天天喝，或者说是时时喝，一个以前不大说话的人变得话多了。而且不苟言笑，很是严肃。在同学们眼里向老师很凶，大家都怕他。上课没有人敢说话，不过他的课讲得很好，我们都喜欢听。他一上来就说："听好了，不管是坐在桌子上的，还是坐在凳子上的都给我坐好了，要不，不要说我不客气！"

我们也不知道他的"不客气"要做什么，大家就是不敢闹。那天上的是一篇社论，上面有唯物主义，唯心主义，他就给我们讲唯物主义和唯心主义，我们是从来没有听过这样的名词，都不知道到底是怎么一回事，为什么唯心主义就是不好的，唯物主义就是好的呢？班上的同学在议论这个事。向老师给我们一个最简单的解释，让大家搞清楚为什么这样讲。

向老师理了理他那本来就很整齐的头发，放小声音说："这么讲吧，唯物主义就是，有就有，没有就是没有，你比如这里没有一头牛，那就是没有牛，这里有的是桌子凳子，那就是有桌子凳子；唯心主义就是，他想有什么就有什么，这里没有一头牛，但他心里想这里有一头，他就认为就是有一头牛，这里有桌子凳子，他认为没有，就没有了。"大家都觉得唯心主义很好笑，怎么这么简单的问题都会出错，还要在那里争过去斗过来的。我们是很不理解。

"哦，原来是这样，那唯心主义当然是坏的咯！"舒红对我说。

"是的，哪有想有什么就有什么的好事。"我说。向老师这样的解释，不管他怎么样，他还是让我们在对这一方面的问题什么都不懂的情况下，对唯物主义、唯心主义有所了解，而且印象很深。最关键的一点就是一个是在"心"，一个是在"物"。

这次课是我们开学以来最认真的一节课。我们很骄傲，我们学到了好多东西。下午天气很好，我们想到凤儿河去游泳，其实那只是凤儿河的一个支流，水不大，但河面很宽。离我们学校也就两里路，我们以前就经常去游，现在读中学了，从学校去要比以前近一半路。我们当然要抓紧时间去，开学以来的这一个月里，我们几乎是天天去。中午在学校食堂吃饭，一大碗苞谷饭，加一瓢水煮白菜吃下去。到河里游两圈就饿了。也没有什么东西好吃，有时候学校食堂做苞谷馒头，就买两个带在身上，游完泳后吃，那可真是享受。

今天要去游泳，我心里有一些不安，也不知是为什么。是因为今天的地理课上的陈老师，还是因为今天的语文课觉得上课很有收获，觉得应该好好学习。几个同学嚷着要去，我还是说："我们今天就不去了，下午要上课。"周迅他们几个男生在一边，不知道在咕哝些什么，好像也是在商量游泳的事。

最后我们决定上一节课再去，这样似乎可以两不耽误。上课的铃声响了，我们几个还在操场边，"有什么好忙的，老师不会这么早来的，早早地去教室干什么，那里面脏兮兮的，那后面还有一堆屎，臭死了。"云霞在一边说。

舒红接着说："要去就要早点去，要不在后面臭死了，又没有桌子坐。"

我们几个赶到教室的时候，英语老师小赵阿姨就走在我们的前面，她就要走到教室门了，门半开着，云霞一下叫了起来，"呀！你们看！"我一下就知道是什么事，大声地叫"赵 Teacher！赵 Teacher！不要进去！"我们上过两次英语课，就知道一个赵 Teacher，赵老师纠正说不是这样说的，应该是"Teacher Zhao"。可我们就这样叫她。她还是那样年轻漂亮，有时候还穿着花裙子，那是我们最羡慕的。她的声音很好听，特别是说英语的时候，最调皮的同学也用爱慕的眼光看着她。只是课堂一片混乱，她在说，同学们也在说，没有人听她的招呼。

今天她穿的是雪白的衬衣，白底红花的百褶裙，白袜子黑皮鞋，在教室的走廊里走得咯噔咯噔地响。她走到教室门口听到我们在叫她，回过头来看着我们，灿烂地一笑说："你们几个搞快一点！"话还没说完就推开了门，哗啦，一大撮箕垃圾，从门上掉下来，赵老师正好一头一身，那样子是很狼狈的。她一边抖着身上的垃圾一边说："是谁干的？太过分了！"说着她就哭了起来，转头就跑。

我们大家都懵了，没想到这样的事会出现在老师身上。我班的男生以唐钱为首的，他们做这样的事也不是第一次，以前都没有砸到人，那是因为，他们做这样的陷阱时，总是要被人看到，就有人在一边"递信"，进来的人，那就是先一脚踢开门，把它推倒了，才进去。一盆水，一撮垃圾从天而降也是很好玩，很过瘾的。大家是一阵欢喜一阵的疯狂，后来只要看着教室门是这样半开着的，大家都有所警惕。今天他们几个男生是看到我们几个在操场，马上就要进来了，才放上去的，没想到赵老师走在我们前面，闹出这样的事来。他们几个也觉得不好意思，在那里一个埋怨一个的。

赵老师走了，虽然大家都觉得今天这事不好，太过分了，但一转眼又觉得这样也好，正好我们去游泳，是因为老师不上课，我们可以心安理得地玩。毛主席不是说，坏事可以变成好事吗？今天的事就是最好的说明。我们几个高兴地走出教室，向凤儿河走去。

刚走出来就看到了母儿、张威他们一伙男生也是去游泳。他们看到了我们，张威、母儿放慢了脚步，故意在找什么东西，我快走了两步，走到他们跟前，他们告诉我，他们班的老师生病了，没人上课，要去游泳。张威对我说："你们不要去大塘里游，那里昨天淹死人了！"

"那我们怎么不知道？"我是觉得很奇怪，这样大的事我们就没有人知道。

"你们为什么要什么都知道！叫你们不要去就不要去！"母儿现在的口气越来越大，好像他有多了不起似的。

我们正说着，我班的男生姚跃进、周迅他们来了。老远的他们看着我们在讲话，就喊了起来："张威、母儿央姑娘！"姚跃进在边喊"一、二、三！"他们一伙人一起喊"张威、姑娘！""母儿、姑娘！"那气势很有些震慑力。张威、母儿一时不知道怎么办，一下就冲了过去，张威个子大，一副要打架的样子，"老子今天就是和姑娘讲话了，你们要怎么样！你们不和姑娘讲话，不和你妈讲话？不和你妹讲话？"他们见张威是真生气了，就不敢再喊。

母儿更是一针见血地说："你们是看到我们和你们班上的女生讲话，不服气吧？你们敢说你们没有和女生说过话，来这里假正经。"

"走，我们不要和这些人玩，他们喜欢姑娘！"姚跃进带着鄙视的眼光看着张威、母儿，邀着周迅他们走。周迅回过头，对张威他们说："不要管他，我们一起走。"他们走远了，是向凤儿河的大塘方向走的，我们几个女生就走猪腰湾去游，那里的水不深，河边又有很多灌木丛，便于我们换衣服。

整个夏天，下午我们基本上都去游泳，上课的时间很少。在期末的一次化学考试的时候，王老师的一句话让我感到了什么，我觉得我不能还是这样一天想到的就是这样的游泳、打球，还应该好好学习。

期末化学王老师作了一次测验，有两个题目很多同学没有做对，一个是计算三氧化二铁中，铁的百分含量，一个是一道解说题，衣服晾在屋子里为什么会干？我不知道是在哪次上课听到老师说过，考试的时候它一下就跳到我的眼前，我很快就做好了。

不管考得好不好，我们都想知道自己的情况，早上考，下午就追到王老师家去看分数。我也不知道我考得怎么样，根本没有底。走到王老师家的时候，我们都有些不好意思，在那里一拉一扯的，都怕走在前面。

王老师听到有声音，走出门来，看到我们，就叫我们过去。王老师看到我，脸上的表情很多，我不敢看他。他走到我的面前说："你个张卉卉，整天伙着一伙人去游泳，不用心读书，考试还能考一百分，你应该好好学习，带着大家好好学习！回头我要把你的情况告诉你爸爸！"

王老师要告诉我爸爸，我倒并不怕，因为不管怎么样，我是考了全班第一。只是王老师的那句话让我震动，"你应该好好学习，带着大家好好学习！"我能好好学习吗？我有那么大的能力带领大家好好学习吗？更让我犯难的是不知道应该怎么学，我认为现在就是学得最好的了，可老师说不行，我们学的这一点，还不到我们应该学的十分之一。本来教材就很简单了，我们就连教材上的一半都还没学到。这算什么学习。

英语就学了二十四个字母，还包括字母歌、"毛主席万岁！""中国共产党万岁！"英语老师每次基本上都是乘兴而来扫兴而归，没有办法就只好要我们唱字母歌，大家的兴致很高、声音很大，用大白嗓唱，一字一个憨声，那是很过瘾的，吼得整个教学楼都能听见。只有在这个时候可以看到我们的赵老师脸上有一点可怜的笑容。从那次被门上掉的垃圾砸了以后，赵老师每次进教室都是非常注意，害怕什么地方又出现陷阱。本来有一次，几个男生还想把一个坏的凳子抬到讲台，然后让赵老师坐，又制造一次笑话，我们几个女生坚决反对。云霞冲过去说："你们要这样，我就要告老师！"说着就要去抬凳子，姚跃进横着眼睛，红着脸，脸上的青筋都要暴出来了，"过开！给老子，你今天敢动！老子就敢擂你！"云霞并不怕他，"你擂！你擂！"说着就站了过去。

我赶紧站了过去，"你今天要打人，我们也不怕你！你打她？她是有病的！"

"关你屁事！"姚跃进咬牙切齿地对我说。

这时候不知是谁说了声"哦！哦！姚跃进和姑娘讲话"，这下更是惹怒了他，他大声叫道："日他妈才吼！"说着就把云霞推到地上，云霞坐在地上哭。这下可好，大家都站在云霞一边，有的说要去告云霞的妈妈，有的说要去告向老师。向老师会收拾他。"你们告毛主席我都不怕！"他那样子是发横了。这时候周迅走过来拉着他的手说："我说你今天怎么和姑娘斗起来了，走走走！不要搞了，你这样做让老师摔到了也不好。下次找个机会，让其他人摔！"他有意把"其他"两个字说得很突出，好让大家听见。周迅这一招还很有用，姚跃进一甩手就和周迅走出了教室。我把云霞拉起来，舒红她们几个把坏凳子抬开，桌子、黑板打扫干净，赵老师来了。这节课特别地安静，没有人做别的事，更没有人说话。赵老师也上得特别地激动，给我们唱了两首英语歌，用英语给我们讲了一个故事，我们虽然听不懂，但她的优美的声音、和谐的节奏打动了我们。我第一次觉得上课是一种享受，觉得应该好好学习，很快就响起了下课的铃声。

下一节是数学课。数学课上的是些什么我还搞不清楚，数学老师也就是给我们上地理课的陈老师。他上课同学都不听，大家总是讲话，听不清楚他在讲什么。不过就是因为他说话的特别，还是让我记住了这个学期讲的"分解因式"，在等式的两边要同时加一个或减一个数，来进行分解。他的语言是"加点啥，减点啥，然后才能分开啥"。他一个四川人，又是一个大舌头，说这话只有那么好玩了，同学们又是一阵阵地学他说。就是下课以后，老远看到他，同学们就喊"加点啥，减点啥，然后才能分开啥！""月亮！"他从不生气，就是那苦苦的一笑，便走了。有的时候我觉得他很可怜，特别是有些讨厌的男同学，他们不是像我们这样喊，他们是一大伙人见到他时就一起喊"一二三四五六七，右派分子陈贤齐！""一根树儿高又高，陈贤齐的婆娘挨千刀！"每当他们这样喊的时候，他不再是苦苦的一笑了，而是低着头，沉着脸，走向他那又矮又黑的小屋。

我们几个女生觉得他很可怜，学生上课、下课都欺侮他，他是我们这些老师中最可怜的一个。我们几个就到他的家，一个低矮的小屋，去看看。

走到他的家门前，见他正在坐门口拣菜，看到我们过来，以为我们是过路的，对我们又是那苦苦的一笑。我们没有再叫"月亮"，而是叫了声陈老师。他很诧异，可能好久没有听到这样的称呼了，见到我们是走他这里来，赶快进屋去搬凳子。我们坐在那里也不知道为什么来，要说什么。也就是看他一天上上下下一个人，我们还要这样的不尊重他，心里不好过，来和他说说话。和他说什么，说我们错了，好像没有这个必要，我们以后不喊就行了。那就坐在那里看他拣菜，他拣的是冬旱菜，一根一根拣得很仔细，我们吃这个菜的时候，就从来没有这样拣过。我们帮着他拣菜，问他这个菜怎样吃，他说煮稀饭吃。我们都很奇怪，这个菜从来就没有人用来做稀饭。他说："我胃不好，不想吃东西，就用它煮点稀饭吃。"云霞问他为什么是一个人住，他说："我是一个人，当然就是一个人住喽！"

陈老师知道我们想问什么，过了一阵，他吸了一口气，给我们说了他的事。他在反右的时候被打成了右派，说是个中右，后来摘了右派的帽子，分到了这个学校。在打成右派的时候，他的爱人就跟他分手了，也没有办什么手续，就是偷偷地走了，一直没有音信。现在他只能一个人生活，找个人是不可能的，没有离婚证，再结婚，那是要犯重婚罪的，又找不到他以前的那个女人，只好一个人过。分到这个学校已经五年了，一来差不多就开始"文化大革命"，今天我们是第一批来他这里玩的学生，从来都没有人来玩过，以前来的学生，都是来抓他去批斗。这样的生活他已经习惯了，只是觉得自己做人很失败，怎么什么事都在他的身上发生。

他说得很激动，一个大男人，几次都要哭了，可能他从来没有跟人说过这样的内心话，今天对我们说起，的确是我们的到来打动了他。听他这么一讲我心里很后悔，不应该学他说话。我想了好一阵子还是把那句话说了出来，"陈老师，我们以后再也不学你说话了！"

"没关系，那有什么稀奇，你们又没有什么恶意，我不会生气的。"陈老师说。

从陈老师那里出来，我们几个都不说话了，我在想以后要好好听课，老师多不容易呀！我们应该去对张威、周迅他们说，以后不要喊"一二三四五六七"了，这样让老师太难过，一个人生活是多么的孤独。我说：

"我们应该把老师的情况告诉那些男生，不能那样对待陈老师。我去对张威说，要他和母儿负责他们的那个班。我们班的男生周迅他们由哪个去说？"舒红说由她去说，她和周迅小学是在一班的。

这以后我们再没有人学陈老师讲话了，他上课的秩序也要好得多，就算是没有人听他的，也没有人说话，能够这样陈老师就很满足了。

这几个老师中，最让我们难忘的就是教语文的向老师。我们班的同学都很服他，他知识渊博，课讲得好，只是他很凶，大家都怕他。无论什么时候，只要他一走进教室，大家马上安静，就像一只避鼠的猫出现，老鼠不敢有一点响动。

他给我们讲了毛主席的语录《反对自由主义》、"老三篇"（《为人民服务》《纪念白求恩》《愚公移山》），特别是对"老三篇"的讲解，让我们耳目一新。这几篇文章在小学的时候都学过，不过那时候只是认识了上面的字，能够背诵。现在向老师的讲解，让我们开始明白一篇文章为什么要这样去写，我们应该怎样去写。

印象最深的是他讲的《黔之驴》。他串讲完以后，就开始大发议论："有人就以这篇文章为证，认为贵州人很愚昧，什么都不懂，驴子都没见过。我要说这样的人是狗屁，没见过驴子有什么稀奇的，中国这么大，北方的东西，我们南方不一定都有，反之，我们南方的东西北方也不一定都有。以这篇文章为例来证明贵州人什么都不懂，那才是叫荒唐。何况文章的作者在一开头就已经说得很清楚了，已经是开门见山、开宗明义了，'黔无驴，有好事者载之以入'，才会有后面的一系列的事情。对于从来没有见过的事物要逐步地了解和认识，这是符合辩证法的，有什么好笑的，更没有什么可笑。有些人就喜欢张着一张嘴到处说别人，总认为世界上就只有他是什么都对，什么都好。别人都是错的，是愚昧的，我要说这样的人才是可笑的。"

向老师讲得多好，有这样的道理，我们是从来不知道的。他的确是值得我们崇敬的。不过向老师有一个不好的事，那就是爱喝酒，甚至可以说是酗酒。他在家里怎样喝酒我们不知道，可他在学校喝酒的情况，让我们觉得稀奇，没见过这样的喝酒情形，不论在什么地方，什么时候，他身上都揣着一个小瓶子，那是一个很精致的不锈钢的小扁瓶，可以装二两酒，不时拿出来喝一两口，就向喝水一样地喝两口，旁若无人地喝，那神态就像进入了仙境，感觉生活有多好。只有在他喝酒的时候，他才是和蔼的，他才会对我们露出笑脸。

奇怪的是，他什么时候都有喝的，好像就不会喝完，什么时候拿起那个瓶都有酒。我在想他是在什么地方买的酒，我爸爸也喝酒，但不像他这样喝，他只是在吃晚饭的时候才喝。而且并不是什么时候都有喝的，因为酒不是随时都能买到，要凭副食品票供应，哪有那么多的票。妈妈总是托熟人给爸爸买一点，偷偷地放着，遇到节日，逢上高兴的事，妈妈才拿出来，爸爸惊喜，全家高兴。这毕竟是很少的时候，向老师是在什么地方弄到的酒，他能够天天都有一点酒喝。我很想搞清楚这个问题，以便帮爸爸也买一点。这个问题后来还是毋儿给我搞清楚了，毋儿了解到向老师的爱人的妹妹，在一个区里的食品站工作，买酒是没有问题的。

我们都很羡慕那些家里有人在食品站、副食品店、百货公司工作的人家，买肉、烟、酒、糖等东西就没有问题了。幸好我家还有我妈妈在电影院工作，也有一点可以交换的条件，还可以买到一点东西。不过哪有向老师家好，要什么自己就可以直接买到。我们除了羡慕他有那么丰富的知识以外，还羡慕他有这样的一个家人。

在他喝酒的时候，我们高兴的是除了能看到他和蔼的笑脸以外，还能看到他的那个小酒瓶。它是那样的精致，那样的漂亮，我们很少看到这样好的东西，总希望他能给我们看看，可从来没有这样的机会，我们也不敢对他说。这个问题在不久的一天解决了，不过我们也就再也看不到向老师拿着这个可爱的小酒瓶喝酒了。

那天早上他来给我们上课，天很冷，已经是隆冬了，早上第一节课的时候，天还很黑，天上还飘着雪花。上课的人很少，天气太冷，大家没有办法，从外面捡来柴火，在教室的后面烧起一堆火，有一堆火还很管用，教室里面热和了许多。一会儿就烧完了捡来的那些柴火，姚跃进、周迅他们就把丢在一边坏的凳子劈来架在火上，火势很大。

　　向老师一进教室，没有要求我们都坐到自己的位子上，我们所谓的位子也是两三个一起坐在桌子上、凳子上。大家都把凳子、桌子打倒了围在火堆边坐着，也就十几个同学。他在地上捡了颗粉笔在黑板上写了几个字"卖炭翁"，然后走到我们一圈人的身后说："大家都把书拿出来，我们今天要学习《卖炭翁》这一课，跟着我念。""卖炭翁，伐薪烧炭南山中。满面尘灰烟火色，两鬓苍苍十指黑。卖炭得钱何所营，身上衣裳口中食。可怜身上衣正单，心忧炭贱愿天寒。"我们也用不很地道的普通话跟他念。我们就十几个人，"大白嗓"念起来声音还是很大的。念到这里，他突然停下来问我们："卖炭翁的衣裳很单薄了，为什么还要'愿天寒'呢？"大家被他这突然的提问问住了，一时没有人回答出来。停了一会儿，他说："作者白居易不是告诉我们了吗？那是他担心炭买不到好价钱，天越冷，炭也就越有好价钱。只是他穿得很单薄，这样他就更冷了是不是？这样的心理多可怜啊，这也是生活中的一种悖论，在社会现实中是无时不在的呀！"

　　他说的什么我们一点也不懂，只知道卖炭翁很可怜。这时候就好像看到窗外，就有农民挑着炭去赶场卖，雪花一朵朵地落在他们身上。我们生活在新社会，长在红旗下，是多么的幸福。"不要看外面，听我说！"我赶紧回过神来，幸好他没有点我的名。我边读书，边在弄着火，火快没有了，我弄了一根椅子脚放在上面，火苗一下窜了上来。突然听到向老师说："这篇文章，大家要把它给背下来，从明天开始，一个个的到我这里来背，背不了的就不准进教室！"

　　我想，背？这些年我们除了背毛主席语录、"老三篇"以外，就没背过什么。不过背书，是我最拿手的。在小学的时候我就是背毛主席语录比赛的第一名，背这点东西我很快。快下课的时候，我就对向老师说："我能背了！"他用怀疑的眼光看着我说："你能背？下次课再背吧！"他这样一说，我的激情都没有了，本来想这时候正好显示一下自己的，下次课还有什么意思，那时大家都能背了。只是谁也没有想到已经没有下次了。

　　下课了，向老师就摸出了他的小酒瓶，很惬意地喝了一口，脸上露出了笑容，周迅拿着书问他一个什么问题，他顺手把酒瓶放在桌子上，我们赶紧围了过去，去看那个小酒瓶。很好看，上面还有龙凤图案，是凸出来的花纹。我试着去拿，想看看老师的反应，他只管在给周迅讲，讲得很起劲，可能好久没有见到有学生问问题了，今天有同学问，他又看到了当老师的价值。他在那里滔滔不绝地讲，根本没注意其他的事，我便大胆地拿起小酒壶，大家围过来仔细地欣赏。

这时候一个老师在门口喊："向老师，校革委通知，在二楼会议室有一个紧急会议，马上就去！快走！"

"什么精神？"

"去了就知道！"

他们匆匆地走了，我们还在欣赏那个小酒瓶。云霞说："向老师走了！"我才回过神来，追出去的时候，向老师已经上了二楼，进了会议室，只有明天上课他来了，再还他。没有还到向老师的小酒瓶，我还有一点庆幸，正好可以多玩一下。我怎么也没有想到就这样，我是已经不能把向老师的不离身的宝贝还给他了。

第二天一大早，天很黑很冷，我和舒红、云霞，小跑着走完了两三公里路，赶到学校，也就六点多钟，天还完全是黑的，我们从来都是这么早就到校，也没害怕过。我们这么早到学校目的是要去占乒乓球桌，学校就那么两张乒乓球桌，打的人多，要去晚了，被男生霸占了，就没地方打。我们到学校以后，打了一会儿球，我说现在可以去还向老师的小酒瓶了，也许他起床以后要喝。她们两个都不答应，说是不用着急，趁今天没有人我们可以多打一会儿。

我们一直打到上课的时候，才依依不舍地离开球台，走进教室。教室里不知是谁已经把火烧好了，那柴火一看就知道是从家里拿来的。这下我突然明白一个问题，我们不应该把坏的桌子、凳子弄来烧，它们修好是可以用的。要这样烧过不了几天，我们教室里就有可能一张桌椅都没有了。

这时候周迅从外面进来，我悄悄地问他，是谁带来的柴？他说是陈老师。我想了一下对他说："以后我们自己带柴来，不要烧凳子了。我负责管女生，你负责管男生，我们每人带一天！就可以解决柴火问题。"

周迅说："可以！"

我们像做地下工作一样，在那里商量。

第一节课就是语文课，已经上课了好久，也没见向老师来，我还等着还他的小酒瓶，在他那里背书呢！向老师平时是不会迟到的，今天是不是睡着了，我们想去看看，特别是他的小酒瓶还在我这里，他会不会在找他的这个宝贝，得赶快给他送去。这时候周迅他们几个男生已经出去了，他们一直往向老师的宿舍走去。

很快周迅和两个男生跑了回来，对大家说，好像向老师出事了，他的门是从里面闩着的，又叫不答应。

"那得赶快去找老师来！走，我们去看看！"我着急地说。

周迅说："他们已经去叫去了！我们是来给你们说一声。"

我们大家赶到的时候，向老师已经被几个老师用一张躺椅抬了出来，他的眼睛紧闭着，就跟睡着了一样。他们抬着向老师朝县医院方向走去。这一去，还有两三公里路，我们平时上学要走半个多小时，他们这样抬着走，不知要走多少时间。如果能有一辆车，那有多好，这当然是不可能的，我们学校都没有一辆车，这时候上那里去找车呢？我们想跟着他们一起去医院，有几个老师拦住了我们，说我们去会影响他们，现在不要去。我们站在路口，看着那几个老师抬着向老师，慢慢地在远方的公路端消失。

送去的几个老师很快就回来了，说是一到医院医生一检查就说，已经不行了，为什么不早点送来，他是心肌梗死，现在已经不行了。

李老师昨天晚上还在和向老师喝酒，刚才又一起去医院，他走得很累，眼睛红红的对我们一堆老师和学生说："他家里就他一个人，赵老师回娘家了。昨天上午不是开紧急会吗？开完会他就邀我去他家喝酒，说是'今天要庆祝一下，林彪带着老婆叶群坐着三叉辑飞机摔死在温都尔汗，这样的大事我们好好庆祝一下'。我还在说有什么好庆祝的，关我们什么事？他说：'你这就不对了，你怎么能认为不关我们的事呢？一个副主席怎么出这样的事，这里面可以看出什么，总之是他失败了，我们党胜利了，国家不会出现什么事了。大家还可以喝更多的酒了！'我们一起喝酒，也没有多少酒，就一瓶苞谷酒，晚上九点过钟的时候，我儿子来叫我，我也就回去了，谁知道今天就出事了。我们以前也有两个人喝一斤酒的，这也没有多少酒。人是说不清楚，说走就走了！他今年好像也还不到三十五岁吧?"李老师说着擦了擦慢慢溢出的眼泪。

大家都在谈着向老师的好处，说人没有意思，头天晚上都还好好的，一觉醒不来就完了。

我心里更是难过的是向老师的小酒瓶还没有还给他，他就走了，我再也不能还他了。我觉得我好像有罪，就跟拿了别人的东西不还，就是一种偷盗行为一样。我应该怎么办? 小酒瓶还在我手里，已经被我握得发热了，它是那样的光滑，那样的圆润，像一块玉。突然我觉得有些害怕，这是向老师天天摸得这样玉的，一想到向老师已经死了，就觉得摸着它心里不是滋味。如果昨天就把这个瓶子还给了他也许他不会死，这瓶是他的护身符，要不为什么李老师说，他们以前也喝过这样多的酒，都没有事情，偏偏昨天就会发生，昨天小酒瓶离身! 今天早上要是我们一到学校就把小酒瓶拿去还他，也就能早些发现他出事了，送到医院肯定来得及，医生不是说早一点也许还行吗? 当时我为什么不坚持给向老师送去呢? 要听舒红、云霞她们的等到上课呢? 我越想越觉得向老师的死与小酒瓶有关系，与我有关系。我的眼泪止不住掉下来。舒红、云霞也一边劝我一边哭，她们也认为今天早上，一到学校就把小酒瓶送去还向老师，向老师也就有救。我们三个在那里痛苦的样子，其他的同学也觉得不了解，我们不想给他们解释。后来我想这个小酒瓶不能总放在我这里，不管怎样都要赶快把它还出去。我只有去找李老师，看他认为怎么办。

我们走到李老师面前，我把小酒瓶的情况对他说了，李老师安慰我们说:"没关系，我会亲自把它交到向老师的手里，让他带到天堂去，你们放心。"

向老师走了，我最不能忘的是我写的第一篇文章得到向老师的肯定，让我对文学有了一点兴趣，就从那时开始的。一次学校组织"支农活动"，那时，中小学生经常到"生产队"帮农民干农活，叫作"支农"。学生"支农"，一般都是帮助农民收麦子，割谷子。但这一次却是在一个叫后坡山的地方帮助农民"割土"，就是将收完苞谷后的地砍干净，将砍下的苞谷秆叶等捆起来或者堆起来烧掉。同时还要将地边的杂草割干净。

207

我觉得这样的劳动比单一的挖土或者割麦有趣一些。山坡上，美丽的景色不断撞入你的眼帘，几朵野花，一树红果，还有一片片如烟的霜叶。休息时，同学们可以满山遍野地跑、疯。这是多有趣的劳动。我们觉得一天的时间是那样的短，向老师叫我们集合回家了，我们却是那样的不情愿。

收工后，向老师叫大家推荐一个同学给学校黑板报写一篇稿子。同学们都推荐我。我想，写就写，不是经常都写大批判的文章吗，又有什么难？回到家，就准备写，但是，写什么呢？于是习惯地去翻报纸，以前的文章都是在报纸上抄一篇就行了。可是，今天这篇文章找不到，报纸上哪里有劳动的感受啊！在那里找了半夜，没有办法，最后我只好硬着头皮把今天在山上劳动、玩耍的感觉写了出来，也不知道怎样，反正完成任务就行了。

第二天一早，我找到向老师把稿子交给了他，他笑着接过稿子，看了一眼，说，不错，任务完成得好。我们要把它抄到黑板报上，让人家都能看到。听向老师这样一说，我有些激动。中午，我有意识地往黑板报那儿走过，去看看我的文章。走到那里一看，好多同学围在那里，黑板报上核桃大的字抄了出来，有同学在说，嗨，是张卉卉的文章！还有老师也在那里指指点点。向老师看见我，他就悄悄招手："过来，过来！"

"不错！文章就是这样写！写自己的真实感受！以后好好写，关键是要写！"他悄悄地说。

这样，我第一次知道了文章应该怎么写。向老师走了，他留给我的就是写文章要经常写，要写自己的真实感受。今天的我还能写一点东西就是那时候他的这两句话，在一直指导着我。

赵老师回来了，向老师走了，一夜间人没有了，赵老师是难以接受的，她是哭天喊地，每天学校派两个老师陪着她，招呼她的吃住。一个星期后，牛主任来看赵老师。牛主任现在是县里的领导，一见到赵老师就说："一个人怎么成这个样子了，前几天我在外面开会，还不知道这个事情，所以来晚了。嗨，不要总是一个人在痛苦中出不来。我看你还是换个环境，才能摆脱痛苦，这样，我回去就打个报告，把你调到我们单位去，你这样的人，我们那里正需要。"赵老师看大牛主任来，知道他还在想着以前的那段好事，不想理他，任他一个人在那里说。可没有多久，学校的老师，还有校长都来了，听说革委会的牛主任来关心他们的一个老师，他们是必须到位的。听到牛主任这样说，觉得是好事，免得赵老师在这个环境中会总有向老师的阴影。校长接着牛主任的话说："本来嘛，我们学校很缺赵老师这样的好老师，是不愿意放她走的，只是牛主任说得有道理，过去也好，在哪里都是革命工作，过去啦，以后还可以常来学校看看。"校长哪里知道他们以前的事情，更不知道牛主任打的什么主意。

校长说："赵老师，你的意见呢?"校长说完，好一阵赵老师才说："我听从组织的安排。"

就这样，赵老师调到县里去了，我们英语课，这个学期就停了。

十九、"阶级斗争年年讲，月月讲，天天讲"

小琴没有能上初中，跑出去好久，她爸爸妈妈都很着急，到处找她，我们也在找她，根本找不到，以前我们经常去的地方，都找了，不见她的影子。最后是她妈妈听人说，在东门外见过她，便到东门外守候。守了几天终于找到她了，她不愿回去，她认为是这个家害了她。让她初中都读不上，没脸见人。她在一个铁匠铺，帮着做一些杂事。我们找了这么久，其实早就应该想到这里的，以前我们来这里玩的时候，经常来铁匠家找水喝，铁匠的老婆很好的，有时候还给我们吃烤红苕，在打铁炉火边烤出来红苕特别好吃。小琴到这里来，铁匠夫妻两个觉得她很可怜，就让她暂时住在那里，也帮着做点杂事。一晃就是两个多月。她在这里觉得生活很不错。她妈妈到处找她，找不到都已经绝望了，也不敢想她发生了什么事，认为今生再也见不到她了，就没有想到她会到这里来。我们大家又劝又拉地把她拽回了家。

没过几天的一个晚上，广播还响，正在播那句结束语"凤县人民广播电台，今天的第三次播音到此结束"。夜突然变得很寂静，一点声音都听不到。这时候小琴来找我，她没有进门，在外面站着，以前她是一定要进来的，还要来找一点东西吃。妈妈听我说是小琴，要我叫她进家来，小琴是坚决不肯。我们站在门口，她看着我，我看着她，好一阵都没有说话。我心里有好多要说的，不知道怎么讲，怕说得不好，让小琴更是难受。还是她先开了口，"你帮我找找许师傅，我要到他那里去!"她没有半点商量的口气，一定要我去帮她办，可是自从前次帮哥哥把工钱要到以后，就再也不知道他那里的情况了，从以前来看，他那里是没有女孩的，做那些事女孩是吃不消的，没有空闲，一天 24 小时基本上都要在那里。又没有一个像样的床，夏天在离石灰窑远一点的什么地方躺下，冬天就靠着石灰窑边睡。再说一个女孩就跟那些男人睡在一起，那就不是方便不方便的事情了。我问她为什么想到要到那里去，做点其他的什么事也可以，她不回答我的问题，说:"你只说，你帮不帮我办!"

我没有什么好说的，她是铁了心肠要去，我怎么能不帮她办，她没有书读，叫她做什么，只有做小工。

第二天，正是本学期的"学工、学农活动"开始。这些年来，大、中、小学校都响应毛主席的"学生也是这样，也要学工、学农、学军，也要批判资产阶级"的号召，每个学期都有一次这样的学习活动，已经形成定式，三种形式交换着搞，我们搞得最多的也就是学农。因为，学农我们比较方便，每年的五月"双抢"时节，要到附近的生产队帮助"抢收、抢种"，具体的也就是割麦子、插秧;十月秋收的时候帮助收苞谷、收谷子，虽然我们都不会农活，但在农民的带领下，还是可以做一点农活的。生产队的人能够得到这样的只管饭的劳动力，也是很喜欢的，再说他们也有对我们进行教育的责任，学校按照毛主席的号召，有贫下中农管理的"农宣队"。我们也都盼望着每个学期的这个时候，可以有两个星期的时间名正言顺地不上课，出去劳动，又很好玩。

第一天让我们准备学农的工具，我班的学农地点很近，就在学校后面的一个生产队，是我们班上的一个同学去联系的，他家就在这个生产队。我找他帮我和舒红准备割麦子的镰刀，他们的刀好，割着省力。云霞家乡下的舅舅早就给她准备好了。

乘准备工具的这天时间，我带小琴去找许师傅。好不容易才找到他，一见到他，他没好气地说:"张卉卉，我不会还差你家工钱吧?!"

"不，许师傅，许叔叔，我是来求你的!"

"求我? 你们逼我给钱的时候，想过会求我吗?"

　　"许师傅，我哥哥也是一个人在农村没有办法，有你给的那些钱，加上他的安家费，他修了房子，安了家，准备在农村扎根一辈子，他回来的时候会来看你。"

　　"我才不稀罕他来看我！说吧，有什么要求我的？"

　　"我的好朋友小琴，想来你这里做小工。"小琴听我一说，忙站上前来叫了声许师傅。

　　"来我这里做小工？还是个小姑娘？就不怕我不给工钱？"

　　听他的话，我想今天小琴是可以留下来了，忙拉了一下小琴，要她说话。小琴说："许师傅，我什么苦都能吃，不就是打石头烧石灰吗？我以前和小卉来过，见过她哥哥他们做，你让我做几天，不行，就让我走！"

　　"那就做两天看吧！"

　　我没想到许师傅会这么爽快的就答应了，我和小琴高兴得一下子抱在一起，小琴哭着说："卉卉，谢谢你！这下我可以不回家了！这里有吃有住的！"

　　我对小琴说他们这里以前没有女娃娃，都是睡在窑边，或用"牛毛毡"搭的简陋的棚里，很不方便的。她却很轻松地对我说："有什么稀奇，男生女生不就是多点少点吗？"她擦了擦眼泪对我说："你回去吧，谢谢你了，我一辈子都记你的这份情，不要告诉任何人，你以后也不要来这里，我在这里靠劳动养活自己，不丢人！生活没什么了不起的！"

　　她推我赶快走，我说给她带点需要用的东西来她坚决不要，说是那样是我不相信她能养活自己。可她到底会怎么样我的心总悬着。

　　一晃我们就初中毕业了，因为"学制要缩短，教育要革命"，我现在的体制是小学五年，初中、高中各两年，共九年。上了高中，每天的政治任务是"批林批孔"，写大字报，排节目，大家都比在初中的时候成熟多了。初中时每天就知道玩，打球游泳，做恶作剧，欺侮老师，现在我们讲的是革命，是斗争，是干社会主义。我们不再批判老师，希望从老师那里学东西，也不知道要学些什么，反正老师教什么我们就学什么，阶级斗争是不能忘的。现在还是要写大字报的。不过现在的"大字报"和以前的不一样，以前大字报批判的都是活人，大人物、身边的人，现在批判的都是死人，都是有关批判林彪、孔老二的。正如歌词中唱到的，"叛徒林彪，孔老二，都是坏东西，嘴上讲仁义，肚里闹诡计，鼓吹克己复礼，一起想复辟"。

新学期，我们的政治课，换了一个老师，是一个刚分来的大学生。同学们前几天就知道了。其实我早就知道了，我爸爸恢复工作，又是县教育局局长。这个新老师去我家找过我爸爸，听爸爸说，他来的意思是要我爸爸他们那些以前的"走资派"不要记恨他，那些以前的走资派现在都恢复了工作，都是县里的领导，对他不要有什么，他一直都是革命的，再说了，他以前也没有对他们怎么样，也对得起这些老同志的。爸爸说，以前的事情我们都不好说，你现在是大学生，是老师，现在我看这个。

这个新老师就是以前的造反派头头王家才。

最后一次见到王家才是离开"五七"干校的那天，我去看陶阿姨，还在门口就听到他的声音，这个声音我太熟悉了，不管在哪里听到这个声音，总是透过一丝凉。我在门口停住了脚步，听着里面就他一个人的声音，有一点女人的哭泣声。我知道那一定是陶阿姨在哭。我赶快走开，正在这时，王家才出来了，我躲在一边，仔细看着这个人，今天躲在这里才能把他看清楚。这些年他时时都会出现在我的身边，他是那样的年轻英俊，眼睛黑大有神，不过透着一股杀气。这个人"文革"一开始他刚转业，就当了造反派头头。去看陶阿姨，也是应该的，只是我一直在想，为什么不给"烧炭叔叔"开个追悼会，现在来这里有什么用。我想他也许是良心发现去安慰陶阿姨吧。以后就没有见过他，听说他在后来推荐上大学，那就是后来人们说的工农兵大学生。

他一走进我们教室就把大家都给镇住了，他本来长得高大英俊，浓浓的眉毛下，一双自负的眼睛。在大学里读了几年书，他比以前看起来潇洒多了。上课虽不怎么样，但他上课的声音很好听，洪亮而又有磁性，很有阳刚之气。他上课的特点也很快被大家掌握。他一进教室，我们就得把笔记本翻开准备好，钢笔的墨水那是满满的，不然就跟不上他的节奏。

他上课总是抄黑板，抄完一板又一板，你要是搞慢了，他就擦掉了。

从他进教室就听到黑板上喊喊喳喳的声音，下面的学生是屏住气在那里不断地抬头看，低头抄。头抬痛了，眼看花了，手也抄酸了。他总是拿一些报纸来给我们抄，有时候有同学提出来，"老师那个字是什么字？"他回答很简单，"管它什么，你跟着弯嘛！"头也不回地继续抄他的。是的，我们也不问，反正就是跟着弯。一节课下来要抄好几篇笔记，翻起来倒是很好看，整整齐齐的　大本，只是写什么就也不知道。一次一个同学发问了："王老师那第二排第五个字是哪样？"他还没开口回答，下面的同学就先说了"跟着弯嘛！"大家用惊异的目光看着这个抢先回答的同学，想到他一定会被严厉批评，可王老师转过头来，用一种奇怪的眼神看了看大家说："晓得就好！"

上课的时候他还有一个口头禅，那就是"阶级斗争要年年讲，月月讲，天天讲"。他把那个"讲"字的鼻音说得很重很长，特别引人注意。"从两千多年前的孔老二，到现在的林彪，都在复辟。所以阶级斗争时时存在，毛主席说，阶级斗争要年年讲、月月讲、天天讲。"他讲这些话的时候，语气激昂，神采飞扬。他说多了，只要一说到这里，有的同学就小声地跟着他说，他倒从来不生气，有时候脸上还有一点笑容。

后来我们发现，他每天下课都有一个漂亮的女人在教学楼的下面等着他，然后两个人一起慢慢走过操场去到操场边的小屋。我们发现这个情况以后，每次他下课走出教室，我们就要趴在窗前欣赏这一幕，我们从来没有看到过这样的情节，这样浪漫的情调，美丽的婚姻。

一天下了政治课我到楼下交一篇稿子，看到了在楼下等的那个美人是陶阿姨，陶阿姨也看到我，我们都有些激动，我先跑过去大声说："陶阿姨怎么是你？""怎么不能是我，我家就在你们学校。""你来这里是……"我想她就是等王家才的那个人，但又有些不敢相信，只是试探着问她。"是的你猜对了，我是在这里等他，我早就听他说，他在给你们上课。怎么样你们还好吧，我从五七干校上来就没有回去过，那个家里也没有什么东西。"

不知道王老师的爱人就是陶阿姨，她现在是在做什么，有同学说，她是一个小学老师，现在在办调动，王老师把她从一个乡下的民校教师，调到县城一小。

陶阿姨还是那么漂亮，那脸什么时候都是红扑扑的，像是上过胭脂。一根长辫子拖在背后，走起路来那腰，一闪闪的，有多少双眼睛在看。我们男生女生都喜欢看他们这一对，特别是看王老师的爱人，因为只有这个时候才能看到她。不过她好像并不幸福，脸上的笑容总让人觉得有些凄苦，也很少说话。王老师对她倒是很好，每次都勾着她的手走。

一天，舒红神秘地对我说，她看到了王老师的爱人，我说那有什么稀奇的，我们不都是天天看到吗？她说那不一样，她是很近的距离看到的，她很奇怪，在她的脖子上隐约可以看到一块块青，还有手上。我认为那有什么，可能是摔着的？舒红总觉得不对，认为那种样子只能是被人打的，她会被谁打呢？

秘密终于在一天下午被揭开。那天我们一样的在上课，又是王老师的课，他一进教室，我们总喜欢朝外面看看，看看他的爱人来没有，来了，今天她来得很早，她在楼下的杨柳树下走着，低着头，好像在寻找什么东西，慢慢地走过去又走过来，那样子有些奇怪。

教室里安静下来，王老师在黑板上写了一板又一板，大家都习惯了王老师这样的上课，一上课拿着笔就抄，害怕抄不完，老师就擦掉了。突然一个同学说："老师我有个问题？""你说！"

"什么叫作'克己复礼'？"那个同学大声地说，同学们一阵地笑，王老师转过脸来，对大家说："有什么好笑的！'克己复礼'就是孔老二要克服自己复辟周礼！"

"那有什么不好的？"

"复辟，就是坏的，和林彪篡党夺权一样！这就是阶级斗争，一个阶级战胜另一个阶级的斗争！"

王老师讲完大家有些懂了，又在继续抄。一个靠窗边的同学突然大声喊道："她是怎么了？她倒下了！"

"不要大声说话，不要管窗外的事！"王老师很严肃地对大家说。大家还是不安地看着窗外，有的跑到了窗子边，大家都在紧张地看着那个人。

"王老师，不好，不好了，是她倒在了树边！"

王老师见大家的样子，就感到是有什么特别的情况，急急地走到窗边一看，脸色马上就变了，赶紧冲出了教室，大家也跟着跑了出去。

一会儿，下面就围了好多人，王老师在那里哭，也不知道要做什么。有人在那里说，现在还有什么好哭的，人都已经不行了。有人赶快跑去叫校医去了。有两个老师把倒在地上的人平平地放好。一个棕色的瓶子还滚在一边，上面的敌敌畏三个字是那样地扎眼。我看到了就是陶阿姨，她是喝了一瓶敌敌畏，现在看来是一点救都没有了，脸上身上都是青的，嘴里还吐着污浊的白泡泡，样子好怕人。

一会儿，校医来了，他摸了摸脖子，翻起眼睛看了看，说是已经没有救了，喝得太多了，不过还是赶快送到医院去，看能不能抢救。几个老师找来一把躺椅，抬着她往医院的方向跑去。学校离医院较远，他们抬到，最少也要二十分钟。王老师这时候什么都不知道，只是蹲在那里，双手抱着头哭，嘴里不停地咕噜，一会儿说，是他害死了陶阿姨，一会儿又说，这样的人有什么好同情的，死有余辜，地主阶级的孝子贤孙。

二十、可怜的美丽女人

　　陶阿姨可真是可怜哪！她叫陶喜平，长得漂亮，说话轻言细语，又会唱歌，特别让人怜爱。在"五七"干校时，小汪叔叔不在了以后，她总是以泪洗面，再也听不到她的歌声，除了劳动，就一个人在家。王家才常去看她，开始，她不愿理睬这个人，后来她觉得不理他是不行的。小汪走后不久，"五七"干校恢复了以前的劳动工作。她也天天跟着大家做事情，只是王家才会经常给她分配一些轻松的任务，大家也觉得很正常，是应该的。她知道他王家才的心思，但她不愿意，她和他姓王的就不是一路人，怎么可以呢，就算是一个同路人，也不接受，她和小汪的感情是不能替代的。王家才每次来，都是自己进来，自己说话，自己走人。陶喜平什么也不说，有时候就是哭。

　　这样过了一段时间。一天，王家才又来了，陶喜平正在翻看小汪写给她的那些情书，见他进来忙收拾。王家才看到了点什么，对陶喜平说："我看你就守着你这些东西，以后该怎么办。你好好想一下，如果你跟了我，我可以管你从这里出去以后有个工作做。我想更主要的是你的家里面。你家是地主，你不管你自己，还应该管管你的父母，还有那个弟弟。你不想想他们现在怎样。小汪走了，你不能总是那样死心眼，我来保护你，有哪样不好的。你跟我，以后我这个贫农成分的人，我这个革委会领导，还能让你们受苦，那是多大的幸福。话说回来了，你是结过婚的人，我还是一个未婚。你漂亮美丽，我不一样是英俊少年。你说我差你哪一点，你还不愿意，你这样守着小汪，好，要是他能回来那也成。你就守着他，可我的耐性是有限的，不是离开你就找不到的人。我今天就跟你说这些，愿意不愿意，限你三天之内答复我。"

王家才下了最后的通牒，气冲冲出去了。门哐的一声砸回来，吓得陶喜平打了一个寒战。

这一夜陶喜平都没有睡着，王家才甩门出去后，她觉得如临大敌，她知道这个王家才，如不答应他将是什么样的后果。泪水打湿了小汪的信，以前小汪就叫她不要保存这些信，这些东西都是资产阶级的，要让无产阶级看到那问题就严重了。她是舍不得，说是想他的时候可以看看，现在她觉得幸好她没有把它们烧掉，现在是她的精神支柱。看着看着眼泪就滴在上面，成了一朵朵花。上面的字迹都弄模糊了。这时候她仿佛听到小汪在说话，要她考虑家里爸爸妈妈还有弟弟，不能违背这个人的。把这些都烧掉，开始新的生活，不为自己，要为家人，他们的日子是最难过。陶喜平大声哭泣，把心中的苦全哭出来。边哭边把那一沓信烧了，每一张都有一个美好的故事，每一张她都记得那样的清楚，现在一下就变成一堆灰，那是把她的心给烧了。

第二天，一整天她都没有出门。王家才知道她的情况，对大家说她生病了，今天就不用去劳动了。这一天陶喜平在床上发了一天的呆，两个眼睛直直看着那破旧的天花板，看着上面雨水留下的印记，看来看去总觉得都是小汪的头像，小汪的身影，她想就这样看下去，直到永远。

第三天一大早，陶喜平走出了那个房间，不知道她这是怎么了，有人说她不会是疯了吧？有人急着去叫来了万县长。万县长一来，先扶她到一边坐下，摸了一下她的脉搏，说没有哪样，她这是太虚脱了，给她找杯糖水来。一会儿肖番端着一杯糖水来，万县长递给陶喜平，看着她喝下去。万县长说："死的人死了，活着的人还要好好活。这是千古的道理，你一定要站起来。"陶喜平这下好像有了一点力气，淡淡地笑了笑说："县长，我听你的。"她的声音很小，不过万县长是听到的。万县长说："回去好好休息一下，有什么事明天再说。"陶喜平说："不用了县长，你们不要管我，我在这里坐一会儿，你们去忙吧!"万县长说:"那我们走了，你一会儿回去。"

万县长他们走了，陶喜平一直在那里等着。没多久，一辆拖拉机突突突地停在陶喜平前面，王家才去县里汇报工作刚赶回来。陶喜平提着她的东西走进了他的家。没多久他们在干校的一个礼堂里举行了一个结婚仪式。

"五七"干校的人都返回城里了，有的恢复了工作。王家才找人把陶喜平安排在他们家乡的一个小学当老师。他也回到县里。正是推荐上大学的时候，他这样的根红苗正的人物，当然是上大学的，他被推荐到北方的一所大学读书。

在北方上大学的那几年，是他春风得意的时间，走在回家的路上又是另一种感觉，他觉得自己也是有知识的人了，不过从不忘记对世界观的改造，随时要学习的是毛主席著作。他总是把毛主席著作的单行本放在书包里，不论上什么课都放在课桌上，有一次上体育课，因下雨，老师临时改在教室里讲体育理论，他的一本毛主席著作单行本放在桌子的左上角，一个同学过路不小心把它碰掉了，他一双眼睛直直地看着那个同学说:"你什么意思，不看看这是什么? 就你的这种行为应该给你上纲上线。"

那个同学不服气了说:"我这是什么行为，不就是把一本书不小心碰到地上了。那是我对不起，给你捡起来，有什么了不起的?"

"那你要看看是什么书? 毛主席著作单行本!"两人吵得无法上课，一节课下了，王家才觉得自己今天最后总算是占了上风，才算罢休。

从此他在学校就有了一个雅号"单行本"。他还很接受这个雅号，他们叫他时总是得意地一笑说，有哪样不好吗?

读书这些时间，最不放心的就是他的爱人陶喜平。他不放心，那是对于这样一个美人，他是不愿意让她和别的男人有点什么，哪怕是多说一句话，也是不可以的。结婚以后在这个问题上他和她约法三章，每天上完课就在家里，不准随便在外面逛。陶喜平在一个公社的小学教书，每天就管她的那几十个学生，每天就是教室寝室，赶场天买一点东西够一个星期吃和用，就不去什么地方，她在努力地去按王家才的要求去塑造自己，不为

|219

自己，为家人。

她家在农村，那不是靠劳动就能有饭吃，就能过一个安稳日子的时候。她家爸爸妈妈在农村劳动，还有一个弟弟。就因为她家是地主成分，凡是搞批斗都有他爸爸的份，就是后来的"批林批孔"大会，还有他爸爸的份。孔老二、林彪都是些古鬼、新魂，是个什么模样哪个知道，开批判会大家批着没兴趣，要批，没有人站在上面怎么像个批判大会，当然是要结合当地的阶级斗争情况来批判。当地的阶级斗争对象就是"四类分子"，这样每次批斗的时候都要把"四类分子"叫来批判。对于陶喜平爸爸来说，批判不要紧，反正都是些乡里乡亲的，大家也不把他怎么样，也就是让他们站在台子上，群众站在台下。一开始陶喜平很担心，觉得爸爸年纪不小了，身体又不好，每次回来最关心的就是这件事情。

一次她回家，正好是在开批判会，她远远看着石阶上站着的那几个人，她看到了爸爸，他是那样的弱，站在那里好像马上就要卷下去了。她不敢走近，赶紧绕着走开了。她回到家不久，爸爸回来了，她不敢正眼看爸爸，怕流出的眼泪被爸爸看见。哽着嗓子说："爸爸你不要在意，没有事的。"她爸爸说："你回来时看到了，没得哪样，台上台下都是站。"他说的有道理，对于他们开会的人来说，就是一个站在下面和上面，没有多大的区别，都是站着听发言的人读批林批孔的报纸，要不就是在上面说一些生产队里的什么事，处理张家李家的纠纷，参加开会的人，每人记一个工的工分，不管台上台下，这在农村人看来叫同工同酬。

对于陶喜平的爸爸来说，最怕的还是派去做义务工。那种公社、大队里的挖水库、烧砖瓦等最苦最累的事，一去就是一两个月，还要自带粮食。这就意味着这两个月，你没工分，在生产队里分粮食什么的时候，是按每个人的劳动工分来分，这样他就比别人少得多。这样的义务劳动派多了，就成了自己也不能养活自己了，怎么养一家人呢。

陶喜平为这事多次央求王家才，要他找找他的战友，帮忙给公社说说，就说他有病，参加不了那样的劳动。王家才就是不答应，说："地主阶级就应该接受改造，我去说，我成了什么人？"

一天陶喜平见王家才回来一路还哼着歌，想来他今天高兴，又对他说起这事。他停下哼唱说："这是个非原则性的事，我可以去帮你说说，不过你可不能得寸进尺！"王家才终于答应了，陶喜平的脸上有了笑容，这可是她对父母能尽到的一点孝道。王家才与她家所在的公社书记是当年造反派里的战友，陶喜平就是靠他才安排在这里当一名代课老师的。王家才对他说要他在这个方面关照一下，"其他的你就不用管，该怎么批，就怎么批，这是原则问题！该怎么干，就怎么干！"

王家才这样的人讲的是革命，他不会为陶喜平去做不合原则的事。就这个要求都是陶喜平说过多次，说是她母亲长年生病，就一个弟弟挣工分，要养活三个人，实在是没有办法。弟弟本来可以出来读高中的，就因为她在外面读书、工作，家里没有人挣工分，秋后分粮，她家三个人的有时候还抵不上有的人家一个人的多。陶喜平省吃俭用的给家里点钱，也仅仅能够让母亲去看看病。陶喜平每次一说到这些，就是以泪洗面。王家才对她的这种行为很不理解。

"我给你说过多次，要与他们划清界限，你总是这样！你要我这样的人，去为你们地主阶级做什么，尽孝？我看你是白日做梦、痴心妄想！"

这样的时候陶喜平只有哭，不敢说一句话，尽管这样，陶喜平还是要被骂得狗血淋头。"给我滚开点，见不得你的这副奴才相，地主阶级的孝子贤孙！"王家才是越说越气，双手叉腰，一副指点江山的样子，他在想这辈子，是着哪样魔要把这个女人弄来，现在麻烦事越来越多的，为什么就有这样一个女人，她为什么不能生在一个贫下中农的家庭，他是那样的喜欢她的美丽的脸蛋，婀娜的身姿，贤顺的性格，可她偏偏就是一个地主子女，尽管是她的爷爷是地主，总归是地主阶级的根。他这样一个三代贫农的人怎么会去和这个地主阶级的人走到一条路上去呢？他不知道自己是怎么回事，走到邪路上去了。对于自己的这个问题，他常常是不能原谅的，经常悔恨，甚至于要自己一天不吃饭，来惩罚自己。但每当他下决心要甩掉这个包袱的时候，又舍不得她这样一个美人，甩了她就不可能找得到像她这样的人了。他恨一阵，骂了一阵，想了一阵又觉得她可怜，便走过去叫着她，"走！我们出去逛逛！"于是又牵着他的这位大美人出入在人群之中，又引来多少羡慕的目光。

到北方读书，他除了给小陶规定不许与其他男人说话以外，还规定了她一个学期只能回家一次，而且不能是在假期，假期的每一分钟都是属于他的。尽管小陶的学校离她的家只有几里路，小陶用不了一个小时就能够走到。可她不能回去，家里的情况只能是通过来赶场的乡亲那里了解。她的兄弟有时候带她的母亲来看病，那是不能去她的寝室，这是王家才规定的，她只有跑出来看看他们，又送他们上路，每次都是挥泪告别。这些年，小陶几次想和王家才分手，她不想过这样的日子，她觉得这与坐监狱没有什么区别，她实在难以忍受。可是话一出口，王家才就把她给打住了，"你死了这颗心，你陶喜平今生就是我的！我要你怎样，你就只能怎样。要想离开我，那你去死吧！"小陶什么也不敢再说了，只有偷偷地擦泪。

王家才在小陶所在的公社、学校分头找了几个人暗里看着她。每年的寒暑假他都要来这里，来看小陶，分别接见他的眼线，各路情况都很好，他是非常的放心，在这一方面他很满意。

但是事情总是不可能十全十美，王家才大学毕业以后，回到县一中，在这个问题上他是毫无办法的，很多时候让他在人前抬不起头。在这样的时候王家才就想到他造反夺权的时候，那是多威风，没有哪一个人找得到他的软处，自从跟小陶结了婚，形势就变了，改变了他的地位和权威。他逐渐地感觉到，现在有了陶喜平，自己的身份地位在发生改变，再没有以前那样威风，说不起硬话，要想说什么，得考虑自己。最明显的平时有的老师和他开玩笑，他清楚知道他现在的情况。

有老师说："王老师，年轻英俊，家庭出身好，大学生，又有小陶这样年轻漂亮的老婆，真是命好哇！"

接着有人说："要我说呢，王老师主要是好眼福，不过有句话叫福兮祸所伏哟！"

王家才刚才那得意的脸上一下转阴了说："你小子，哪样意思，把话说清楚一点？"

"我还不清楚吗？那你自己回去慢慢想嘛！"王家才实际上是知道这个老师说的是什么，不就是小陶的家庭成分问题，他是不想承认。不过这还就是最让他心烦的事。很多时候他一看到小陶，就觉得看到了地主阶级。作为根红苗正的他哪里容得，常常说些话让小陶抬不起头。小陶总是想不清楚，自己的爸爸妈妈是那样的勤劳善良，从没有得罪过任何人，从小她就觉得他们是最好的人，最好的爸爸妈妈，可他们给她的就是这样一个地主成分。以前和小汪在一起的时候，这个问题对她好像就是写一点检查，上"五七"干校锻炼，什么事情她都是和小汪一起面对。现在她就觉得自己是一个大罪人，王家才随时都把这个放在嘴边，以至于每天看见他之前，她都在祈祷，王家才今天不要提那可怕的成分，让"地主"这个词从她的这里消失。

她常常悄悄地把平常节约的一点钱、粮票给家里带去，她知道家里的生活有多难。就在前两天，这件事情被王家才发现了。小陶的弟弟来看小陶，一进门就把从家里带来的鸡蛋什么的放下了，大声喊道："姐，姐！"陶喜平听到弟弟的声音，赶紧从屋里出来，"小弟呀，你怎么来了?!""妈要我来看看，我跟队里请了假，就来了，给你带点鸡蛋，妈说，你是有身孕的人，要多吃点东西。""不要紧的，我没有那么金贵。小声点，你姐夫在屋里睡午觉。"小陶说着，拿了点钱粮票塞给小弟。小弟说："妈还专门说了，不要你的钱粮，家里还好，要你自己用。"小陶不说话，拿着钱塞到小弟的衣服口袋里。正在这时，王家才从里屋出来，小弟看见，不自然地叫了声"姐夫！"王家才的脸上表情很复杂，装着好像什么都不知道地说："什么东西？你姐给你，你就拿着，还用得着跟我们客气。"他有意把"我们"强调了一下。陶喜平听到王家才的声音，吓了一大跳，她在想今天这个事情不好，王家才怎么就醒了，平时他是要睡到两点钟，准备一下过去上课，今天他们刚吃完饭，他进去睡还没有半个小时，在这个关口他出来了。不知道今天的事情会怎样。

小弟吃了点饭忙着要走，说是看到姐姐好就行了，家里的事情多，还要去城里给生产队买点东西。小弟对王家才说："姐夫，妈要我告诉你，前次我们那里修水库，我爸当时被派去做劳动，那一去就是一冬，爸有病，要不是你给公社说话，那一冬干下来，爸还不知道会怎么样。他们要我感谢你。""这些话就不要说了，以后在外面更不能说这些。"王家才有些不客气地说。小弟直说："晓得了，晓得了。那我走了。"

小弟走后，王家才走过来对陶喜平说："我叫你不要和你们那些地主阶级来往，你现在是我的人，我是贫下中农的子弟，你不能从你的那个地主成分中摆脱出来，我就完了。你总是不听，他们还给你拿这些东西来，拿来做什么，还不是想拉拢你，你一辈子都不能和他们划清界限。你刚才是拿些哪样给他，不要以为我不知道，给你说过好多次，你不要把我贫下中农的钱，拿来做你地主阶级的孝子贤孙的资本。你给我记好了，今天这个事情没有完，我可是要天天开你的批斗会。"王家才继续在说，陶喜平没有一句话，在那里坐着流泪。小弟走出去没有多远，又返回来了，他说妈叫给陶喜平带的一个婴儿的小肚兜忘记给姐姐了，走到门口，听到王家才里面的话，就没有进去，把那小肚兜放在窗台上，还有刚才姐姐拿的钱粮票。尽管他知道这点钱粮对他们有多重要，看着姐姐这么难，还是放在那里走了。

对于王家才，来了一个好机会，县一中校革命委员会的主任一职，他是候选人之一，他的希望最大。他家是贫农出身，他是最革命的造反派头头，又是推荐的工农兵大学生。这样的条件，在这个小县城里要想再找第二个是不可能的。组织上考察了他的祖宗三代，都没有问题。可是他最担心的事还是发生了，查到他的配偶，这就是不行的了，配偶家是地主成分。就这一点，他被拿下来了，另外一个他平常最看不起的人上去了。当组织上找他谈话的时候，说到他的爱人陶喜平的家庭出身不好，他任校革命委员会主任这个职位是不合适的。不过要他也不要背思想包袱，好好工作，组织上是看得到的。他听了这些话，好一阵都说不出话来。脑子里一片空白，也不知道找他谈话的人还在说什么，只是一个人发呆。过了好一阵他突然站起来说："我可以走了吗？"不等那人的话说完，他站起来走了。走到门口他突然转过头说："看来我这辈子，是什么希望都不会有了！"和他谈话的人说："你这是什么情绪，话也不能这样说，要相信党。"

王家才觉得这是自己有生以来，受到的最大的打击。以前都是自己对别人讲什么成分问题，阶级问题，今天怎么到他这里来谈这个问题了，没想到他王家才也会有今天。回家的路上他一直压着火。

到家后，他还是忍了。小陶说："饭都准备好了，是现在就吃，还是等一会儿？""随便你了！"在小陶的面前并没有大发雷霆，只是轻描淡写地把这个事情说了一下。这时候，小陶心里就不用说有多难过了，想着前不久，王家才掐着她脖子，咬牙切齿地对她说："你去死吧！"又是一个寒战，她想死了算了，死了就可以和小汪在一起，哪里会有今天的苦难呢？这时候，她想到肚子里的孩子，孩子是革命的新生命，他出生以后会有好的命运，他是跟他爸一样是红色的根，革命的后代，她不想让孩子这样无辜地死掉。她恨自己为什么没有死的勇气。这两天她想了很多，想来想去，觉得现在这样的情况，这样的日子还有哪样顾及的，这孩子他什么都不知道，他如知道妈妈的苦，是会原谅妈妈的。如果早些天就完结了自己的生命，王家才今天的校革委主任也就当成了，所有的事情都会改变一个样。可她想过多次都没敢做，她不怕死去，是怕死的这一过程，心里的折磨。她恨自己为什么要生在这样一个家庭，不能和其他人一样好好生活。如果不是在这个家庭，她的生活会是什么样，就算和王家才也许还是可以好好过日子的，他不就是要求她不要和其他男人单独在一起，不能和他们说话吗？不就是说，下了班就必须回家吗？这些她都能做到，做不到的就是改变她的出身。可对爸爸妈妈恨不起来。她想爸妈他们也不想是这个家庭成分呢，他们也没有办法，他们还要接受批判，接受劳动改造，日子够难过的了。

想到这些，小陶下了决心，死！听别人说，喝敌敌畏在死之前是最难过的，但是死得最快的一种，当然除了用刀枪，这两种显然是办不到的。她拿了早就准备好的一瓶敌敌畏，王家才一出门上课，她也就跟着出来了。走到了教学楼下面的一排柳树下，这里是她这一段时间，每天都要到的地方，她总是到这里来接王家才下课回家。这是王家才对她的要求，就算是现在有了身孕，还是来，说是这样才能在众人面前体现他们的感情。让人们看看他王家才有多幸福。陶喜平今天来到这里，这里的一切都跟前几天一样，是那样的幽静，不时能够听到教室那边传来上课的声音，她对这种声音太熟悉了，想到乡下的学生，他们都知道老师调到城里来了，不知道老师死了，他们要知道老师死了，会怎么想？爸爸妈妈知道她死了会怎么样？只是可怜妈妈，她从来就没有过一天舒心的日子。不过不管怎么样，有弟弟照顾他们，也就行了，她现在的这个样子跟她不在人世有什么区别，她要不在这个人世了，他们还少一分牵挂。这时候她觉得最不舍的是她没有出生的孩子，就让自己在孩子这里当一个罪人吧，她实在是受不了这样的日子。感到死了最轻松的是她自己。她不会再去影响别人，当然也就不会再有人以她的家庭来指责她。她最想知道的是人死以后，是不是还知道自己在干什么，她想体会一下那种一身轻的感觉。她想这样也好，能带着孩子一起上路，总比那种没有娘的孩子好。孩子，你在娘的肚子里才4个月，如果有知，原谅妈妈，和妈妈一起上路吧。

读书的声音打断了她的思路，一个声音在催促着她，她捏了捏手中的瓶子，闭着眼睛一口气把它全喝了下去。好像并不是那样难喝，就是又苦又涩的中药，气味怪怪的，不过她很庆幸，她一口气把它全喝完了。不知是什么时间，只感觉全身的一阵难过，要吐又吐不出来，只有一个感觉，要死了，接下来就什么也不知道了。

陶喜平被送到医院，结论是，人已经死了。大家都搞不清楚，好好的她为什么要死，她是多么的年轻，还不到25岁。我们遗憾的是今后看不到她那漂亮的脸蛋、婀娜的身姿了，看不到她与王老师勾着手在操场上走，慢慢消失在远处小屋边的那一幕了。王老师有两天没来上课，他很悲伤。

二十一、不能上学的小琴

　　王老师没来上课的这几天，凡是政治课，我们就是读报纸，一般情况都是周迅上去读，有的时候他把报纸扔给我，要我读，这样的时候难免要说几句话。上高中以后，周迅就是我们的班长，张威、母儿也在我们班，我们是重点班，按成绩编的班，就是云霞被分在另外一个班，不过教室就在我们隔壁，我们做什么都叫着她。写大字报她跟我们一块，排节目她跟我们一起，大家都知道她的情况也都成习惯了。

　　姚跃进也和我们一个班，还是那样，见了女生咬牙切齿，和女生打乒乓球的时候，一板打死。老师安排他来和我坐一桌，他还在玩小学生才有的把桌子从中间划开，楚河汉界不能超过一点。一开始，是用粉笔画，每天上课前都要在那里重复画一次，嘴里念念有词的，我也不管他说什么，只管做我的，经常不小心又超过了界限，把粉笔线擦掉了，姚跃进也不说什么，下课以后又在那里把它画上，然后，又是念念有词的。我不明白他为什么不像在小学时候那样，用刀在桌面刻一条线，可以一劳永逸，而要天天在那里画，真是有闲心。一天，他突然正面对我说话了，是的，他是在对我说话，没有其他人，他说："小琴出事了！"一开始我还没有反应过来，他平常是不会和我正面说话的。他不清不楚地说了很多，我不知道他是怎么知道我和小琴的关系，也不想问他。我说："怎么了？"他简单地说了一下。下课后我就和舒红、云霞一起去找小琴。

　　小琴没有能上学，在许师傅那里做小工以后，这两年我们跟她也就没多少联系。她可能也是有意躲着我们。有两次我在路上碰着她，没说两句话就匆匆地走了。她说在那里还做得不错，许师傅也没有欠她的工钱。每个月的钱还够用。只是那以后她再也没有回家了，她的家人也不再找她了。按她的话说，她现在是完全自由、彻底解放了。那时她才十四岁，有时候想到她很可怜，就这样一个人在外面浪。我们几个有时候说到她，又觉得她很自由、很幸福，不用读书，也没有大人管，什么事都是自己一个人，想做什么就做什么，那是最好的呢。我去许师傅那里找过她，许师傅说她已经没有在那里干了。其原因是什么，他们也不愿意说。

　　现在才知道，小琴在那里干了半年多，活路是很苦。不过小琴还能吃那个苦。每天干得很欢，不分白天黑夜地干。小琴要强，什么事都与那几个男孩一样的干，就她一个女生，她和那些男孩子一起，大家是吃住都在一起，除了工钱各自放着以外，其他的什么都不分彼此。小琴的衣服他们扯来穿，小琴自己的被他们穿了，也就穿他们的。不过那时候大家的衣服，颜色基本上都是一样，式样也差不多，都是劳动布做的工作服，自己做的黄军装。男孩子们的衣服已经看不到颜色和式样了。好久好久才洗一次，小琴的衣服有时候洗了，还没有干就被她的师兄们收去穿了。开始小琴不依不饶，要他们脱下来，可就是脱下来了也没用，第二天，又会被别人拿去穿。小琴也懒得要了，她看到哪一件好，就穿哪一件，反正小琴也就只有出门时穿的那套衣服。其他几个有时还回去拿衣服，正好小琴也有穿的，要不天冷了小琴还真不知道拿什么衣服穿。每天只要一有空就在石灰窑边舍不得离开，不过，窑上冒出来的气是不好闻的，它并不呛人，只是气味很特殊，说是有毒，小琴并不那样认为，他们这些人有的在这里干了两三年了，也没有见有人被毒死。小琴总是只要一有空就在窑子边，靠着窑子站着，背上一股热流过，比什么衣服都顶事。晚上就睡在窑子边，也没有什么盖的被子，大家都蜷曲着，躺在那里，倒是跟北方的炕一样暖和。

　　没过多久，几个师兄都提出要和她睡觉，小琴是泼着闹着坚决不肯，怎么打闹都可以，就是不能做那事。有一次打闹，小琴被那三个比她大一点的男娃娃按在地上，把她衣服裤子都脱光了，准备下手，三个人互不相让，都想上第一个，正在争吵着。小琴的反抗是没有用的，她只有大声地哭叫。这时候的她没有爹妈可喊，她不想喊他们，她今天成这样，都是他们一手造成的，要不是因为她那个反革命的爹，她哪里会在这里，不也是在上学读书吗？她只有大声地叫，大声地骂，"你们这些龟儿子，丧尽天良，小私儿些，老子今生不会放过你们的!"

正在她哭天喊地的时候，许师傅出来了。他拿着件衣服走过来，"你们要上天了，做出着畜生都不如的事情，给我滚! 还不走，扣你们半月的工钱!"许师傅赶走了他们，把小琴从地上抱起来，小琴这时候如在外受了委屈的孩子回到母亲的怀抱，是那样的安全、那样的温暖，她的眼泪不住地往下流。许师傅帮小琴把衣服穿好，把她抱到他的住处。他的住处是他们这里最好的，也就是"牛毛毡"搭的一个临时工棚。小琴走到里面，觉得这里是多么漂亮，有一张床，一个桌子，还有一个温水瓶，这些东西她是好久没见到了。这里才有一个家的样子。许师傅给她冲了一杯糖开水，这是特别的待遇。以前在家里一般情况都是要生病的时候，才有糖开水喝。小琴慢慢地伸出手，一双黑乎乎的手在发抖，这双手每天是和煤粑、石头、石灰打交道的，满手爬满了小口子，透入好多细煤灰，变成了一道道黑黑的裂痕。她不好意思伸出来，这哪里是一个小姑娘的手，这是一双饱经风霜的手，一双挖煤的手。这双手伸出去，又缩了回来，两手握在一起搓搓，眼泪又涌了出来。许师傅微笑着，抬了抬头示意她赶快拿去喝。小琴接过糖开水，想着想着又大声哭起来。许师傅对她说："不要哭了，不要哭了，以后你听我的话，他们没有人敢再欺负你的。"小琴慢慢地不再哭了，喝下那一杯糖开水，好大一杯糖开水，好甜，好甜，喝完她就迷迷糊糊地睡着了，这一觉她做了好多好多美梦。

小琴一觉醒来，发现自己什么都没有穿，光着身子在被窝里。她明白了，几个师兄想做而没有做到的事，许师傅做了。小琴光着身子睡在被窝里。她有好久没有一床被窝盖了，它是那样的柔软，那样的暖和，只是现在小琴觉得它是那样的恶心，她使劲挣开这个臭东西，抱着她的衣服坐在那里。她没有哭，也不再闹了。她已经没有力气闹了，再闹也没有任何意义了。许师傅早已不见人影,工棚里就只有她一人,她穿好衣服,整理了一下头发,擦擦脸上的泪,从工棚里走了出来。几个师兄在石灰窑边站着,他们用异样的眼光看着她,不知道应该对她说什么。小琴冷冷地扫了他们一眼,走到其中一个的面前说:"把我的衣服脱下来!"那个师兄慌忙地脱下小琴的衣服给她。小琴把身上穿的一件旧棉衣扔给他。师兄对她说:"你穿吧,很冷的!"小琴把棉衣往地上一扔,穿着她的那件劳动布的工作服就走。师兄们在后面喊:"天都黑了,你上哪去!""都是我们的错,你不能走!"小琴听着他们在后面喊,头也不回地走了。

她离开了她的衣饭碗之地。走哪去,她也不知道,反正她是不能再在这里烧石灰了。

从那以后,小琴就没有固定的居所,白天有什么小工就去做什么,到了晚上,就跟一伙人打牌。他们这里打一种叫"大二"的字牌。小琴很快就学会了,有了这个东西小琴的朋友多了,经常是三个五个的玩到深夜,反正也没有家,正好有地方住,困了就在主人家的什么地方睡一下,第二天又接着上工。不知从什么时候起,她开始和这些人睡觉,只要有人提出她一口答应,不过那还是有条件的。她的条件很简单那就是一顿饭饭钱,或两个馒头什么的,就可以解决问题。这些人都是他们一起做工的、打牌的,大家成天也都打打闹闹惯了,她也成他们公用的一样,也没人在意什么。大家一起打工的时候,他们都很照顾她,都是男的就她一个女的,而且她是最小的。跟这些男人睡觉是不分时间地点的,他们只要想睡,就嘻嘻哈哈地抱着她走到一个稍微僻静一点的地方,很快完事。这样事情每天的情况不一样,有时候她一天要接待他们几次,有时候就什么事都没有,就是听他们在那里说那些他们认为最过瘾的话。小琴觉得这时候她是最幸福的人,每天的劳动,虽说很辛苦,有这么多人的照顾,她也不用做那么多,工钱和大家一样。有时候还可以把饭钱留下来,买一点自己喜欢的东西。

日子就这样过了一天又一天,一月又一月。天亮出工,吃饭,天黑打牌,睡觉。什么事有男人们庇护着,包工头也不敢把她怎样,他要想怎么样,做工的人是一起上,他也只有做罢,还要恭敬地对小琴说:"没事你就歇着，用不着你做什么。"包工头知道，只要留住小琴在这里，他的工就能很好地完成，不用他有太多的操心。小琴在烧石灰那里就知道，这些工头不是什么好东西，不愿意与他们有什么，还是和这一帮打工人在一起还能得到一点照顾。这段时间在这里，她每天都被这些人宠着，作为一个只有 16 岁的小女人，她非常满，时时都处于一种兴奋状态，现在她有时间了，经常把衣服洗得干干净净，还知道收拾自己。平时总是跳着舞着，爱唱歌了。一天在修建房屋地基的工地上，大家就叫她唱歌，小琴笑着说："好，我给大家唱一个"敬爱的毛主席我们心中的红太阳"。

敬爱的毛主席我们心中的红太阳，

我们有多少贴心话儿要对您讲，

我们有多少热情的歌儿要对您唱，

哎，千万颗红心在激烈地跳动，

千万张笑脸迎着红太阳，

我们衷心祝福您老人家，

万寿无疆，万寿无疆！"

干活的人一片叫好，过路的也站在那里听，人们不明白一个小姑娘一个人怎么在这里唱歌，很是奇怪。做工的人中有一个叫猴三的人，因为姓侯，人精灵，人们就叫他猴三。小琴刚一唱完，他就大声喊道："小琴唱得好不好？"大家一起喊道："好！""再来一个要不要？""要！"小琴这时候是好久没有的幸福了，听大家要她再来一首，便跳到一个刚垒好的石台上，这样她站得高，远处的人才能看得清楚。她站在石台上向大家望了望说："那我就再给大家唱一个《远飞的大雁》吧。"她清了清嗓子，一道悠远的歌声出来了：

"远飞的大雁，

请你快快飞，

捎个信儿到北京，翻身的人儿想念恩人毛主席。

……"

小琴唱得激动，眼里含着泪水，那眼神就像见到敬爱的领袖毛主席。下面做工的人被她所感动，一个个忘了手上的活路，看着她。就在这时，

231

小琴脚下的一块石头松动，她一下从两米高的坎上摔了下来。小琴就举着手，在空中完成了她的舞姿，还没有来得及想怎么回事，就摔到了地上，屁股和脚痛得她，觉得这人可能要死了。

大家跑过来，看她还神智清楚，老师傅说："幸好头没有事，人没问题，这样子是伤着骨头了。得赶快送医院。来，大牛来背人，猴三、耗子你们两个跑快点，先到医院去找医生。找不到医生，到了医院也是白做！"老师傅是这里年龄最大的，什么事情多是靠他拿主意，他知道猴三和耗子两个遇事灵活，跑得快，让他们先去把医院那面的事情做好，大牛他们一到，就有医生给小琴看。要不，到医院不一定有医生，有时候有医生也是一些蹩脚的医生，怕耽误了小琴的事情。小琴在大牛背上，开始还在叫喊，后来没声音了，后面的人在说："不会有事吧？"老师傅没好气地说："会有哪样事？乌鸦嘴！"

猴三耗子他们到了医院，有两个医生在那里他们把情况说了，医生说，他们搞不了这样的问题，他们是学妇产科的，解决不了这样重大的外科疾病。"那外科医生呢？没有人吗？""有，被派到外面劳动改造去了。在哪里我们也不知道。"

猴三耗子，两个人分头出去找，一个去县医院的家属区，一个去打听医生们劳动的地方在哪里。最后了解下来，这时候哪里找得到，劳动的地方好远。就算是找回来人也等不了啊。猴三到了家属区，找到一个人问，那人听他说小琴的情况，对他们说，陈医生，是我们县医院最好的医生。他今天在家休息，应该在屋里，他家就在家属区红房子。猴三按他说的找到陈医生家，他果然在家。听猴三说了情况，陈医生说，走，马上去医院。

大牛他们到的时候，陈医生已经把准备工作都做好了。见大牛背着小琴过来，对他们说："把她放到床上，不要动她，其他人都在外面等。"

大家在外面等着，都很焦急。老师傅来了，刚坐下，小声地对大家说："这个事情你们看怎么办？"大家都用乞求的眼睛看着老师傅，大牛先说话，"我们听老师傅的。你老人家看应该怎么办？"老师傅说："这个事情不出也出了，现在主要的问题就是小琴的医疗费和这段时间的生活费，怎么解决？我看不管怎么样都是在劳动的时间受的伤，应该要他包工头负责，问他要这些费用。要不然怎么办？"

他们正说着，陈医生出来了，对大家说："病人醒过来了，有些脑震荡，不过问题不大，她很年轻，休息两天，吃点药就应该没事。外伤，我都给她处理好了，过两天再来换药。你们去把费用交了。"老师傅和大牛他们几个身上的钱凑起来，先交一部分，剩下的再想办法。当然他们是先去找包工头，他们也知道小琴是不可能有钱的。

他们找到包工头，说了情况。包工头说，一分钱的费用他也不出，就算小琴是在工地上摔倒，她又不是在劳动，在那里唱歌嘛，那就是在耍！"我没有扣她的工钱就好了，还在这里来要什么医疗费，我看天下不会有这样好的事情，你们几个今天耽误的活力，你们看怎么办？是扣工钱，还是加班补上？"

大牛气愤地说："不管怎样，她也是在你这做小工，是在工地上，都是在劳动。她给我们唱歌，我们把她的那份活干了，你凭哪样说她不是在劳动？"

包工头说："有你这样说话的，你又凭哪样说，你们把她的活路做了？"

猴三说："这还不简单，你的活路总量是不是算给我们的？"

"是呀！"

"既然是算给我们的，你就不用管我们是怎样做的，我们要她给我们唱歌，我们把该她的那份活路做了，这不行？"

"那个我当然不管。"

"既然是这样，那小琴就是在劳动！你说是不是？如果这个道理你不讲，那我们大家就只有丢起活路不做了，你可以给我们结工钱了！"

"你这是在要挟我？"

"你要这样说，也可以说。我们也不是离开你这点，就找不到饭吃，反正都是卖劳力吃饭！"

猴三的一席话，包工头也说不出哪样。他想要是不同意，一时间也难得找到这样多的小工，耽误了他的工程，麻烦得很。最后他只好同意给医疗费。

他们胜利了，总算争取到医疗费。后来小琴知道这事情，非常感激，也不知道应该怎样去报答他们，特别是大牛、猴三、耗子，老师傅就更是了，她总把他当成自己的老人。小琴从医院出来后，没有地方去，老师傅就把她安排在他们经常打牌的一家人那里住，每天的吃就由大牛猴三耗子他们三个轮流给她带点东西，他们在外面不管吃哪样，都给小琴带上一点。没几天小琴就说可以出去做活路了，又跟着他们上工。又开始和他们睡觉。

不过小琴现在只跟他们三个人睡觉，不许别的男人碰她。小琴是想以这样的方式报答他们，又开始了她的日子。她觉得只要有她现在这样的日子过，她的人生就满足了。

二十二、黑狗，妈给你找媳妇来了

　　这样日子没过多久就出问题了。小琴发现她的那个东西好久没来了，到底有多久她自己也搞不清楚，反正最少也有两三个月了。一天天的精神不好，总是很困，她以为自己是生病了，又没什么地方痛。她每天还是和以前一样跟他们一起干活，一起吃、玩、睡。

　　终于她觉得事情不好了，她的肚子大了，她知道自己做错了什么事。因为在前两年搞批斗的时候，被批斗的就有一种人，那是叫"破鞋"，听人说那就是乱搞男女关系的，她不是就是这种人，她害怕起来。那种人还要把头发从中间剃了，剃成一个飞机头，在街上游行，实在是呕心。她见了这样的人，还要吐她们的口水。现在她的情况应该就跟那样人一样，就是属于乱搞男女关系的人。小琴好害怕，自己有可能被抓起来批斗，也许剃她的飞机头，没脸见人，还会被人的唾沫淹死。她才是一个刚满十六岁的小姑娘，怎么办？她得赶快想办法离开这里，到别的地方找事情做。到哪里去呢，就这么大一点小县城，走出去就会遇到熟人，这下可真是见不得人了。不管怎样得把眼下的事情解决了才行。她想现在最要紧的是不要让人看出她的肚子，过一天再说下一天的事。她把床单撕成一尺宽布带，一道一道地捆着自己的肚子。她把布带的一头捆在柱子上，另一头捆在肚子上，一转一转地向柱子转过去，这方法很好，平整而紧实。捆得自己像一根柱子，这样出去劳动没人能看出。每天只有到晚上才可以放松一下。

时间一天天过去，就是这样小琴都害怕出门，每天都用一件很大的衣服穿在外面，去上工尽量走那些小巷。不过凤县就那么大点，谁不认识谁，谁家的米缸有几斗米都很清楚。

小琴的事从一开始，人们都知道。小琴以前从家里出来的时候，街头巷尾的议论都是同情她的，所有议论集中一个中心，"为什么不让小孩读书，毛主席还说呢，出身不由己道路可以选择吗？""自己做小工养活自己，可怜啊！""多好的孩子，能生活就不错了！"现在议论的中心转了，人们不允许出现有这样的不正常的男女关系的人，特别是像小琴这样的姑娘。见到她的人说了，"'破鞋'，什么样的家庭出什么样的人，反革命的家庭里，出来的东西自然不会有好的！"小琴虽然没有听到他们在说什么，就看见他们一个个的眼光，就够受的了。

小琴不想再出门了，不出门她又没地方呆，她总得想一个办法。她对老师傅说了这个事情，老师傅说："你这个事情没有办法，只有找个人嫁了。要不，你一个小姑娘家，今后在这个世上的日子难得过。以前给你说，要你不要这样，你就是不信，我知道会有这一天的。你说，现在我还有哪样办法？"小琴听老师傅这样说，想也只有这样了，去找经常和她睡的那大牛猴三耗子，对他们提出了这个事情，看他们怎么说。

一天早上小琴在县门口的那家豆浆油糍店里找到他们三个。三个人正吃得热火。这家店的甜浆粉，加两个油糍，是这里最好吃的早餐。他们这些做工的能在这里吃一碗，也不是常有的事，一星期能够吃一次也就不错了。

他们见到小琴来，大牛对老板娘说："王娘，再来一碗甜浆粉，加两个油糍哦！"猴三和耗子起身招呼小琴坐下，"快坐下，今天大牛请客，你来得正好，快坐。"一会儿，王娘端着热腾腾的甜浆粉端上来说："是小琴姑娘，你可是好些时间不到这里来吃我王娘的甜浆粉了，你在忙些哪样？"

小琴做着鬼脸说，哪有好久，前不久不是还来过。

王娘笑笑走了。小琴觉得她笑里好像有内容，也懒得去想。小琴看着面前的甜浆粉，好香啊，是好久没吃了，没钱是一个，更主要的是，不敢来这样一些人多的地方。

她拿起筷子想先吃了再说。刚要吃又放下筷子说："我今天有话要对你们三个说，你们三个是我最应该感谢的人，我出来这些日子得到你们好多的帮助，我才有口饭吃。特别是前次摔倒的事情，要不是你们，我不晓得会怎样。不过我们一码归一码，今天的事情还是要来找你们。我这个人你们晓得的，有话我必须先说了才行，要不我吃不下去！"

"有哪样话，你只管说！我们给你做主。"猴三说。

"你们哪个娶了我吧？"小琴突然这一说，吓得三个人的筷子都不动了，耗子说："小琴，你今天疯了，咋个说这样话？"

大牛猴三不敢说话，愣眼看着小琴。

"你们只管说，你们哪个愿意嘛？"这个问题很棘手，三个人没一个回答。都认为这事是小琴自己的事情，与他们有什么关系呢？大牛不敢吭气，他乡下有个未进门的媳妇，这样的事情敢说什么。耗子拿眼睛看着猴三，猴三说："小琴，我看这个事情，我们也不好解决，你说我们现在自己都养活不了，哪个能娶你？我看这个事情还是你自己想办法把它解决了。我们解决不了你的问题。"

小琴还没有等猴三说完，抬脚走。大牛喊着她，"你把东西吃了再走嘛！"小琴头也不回，走了。没有办法，是的，这到底与他们哪一个有关系呢？小琴说不出来，自然只有小琴自己来管了。这一天小琴在工地上一句话也没有。休息的时候，她找到包工头，想预支一点钱，说是自己生病了，要去医院看病。工头奸笑着说："你有哪样病，我看不是脑壳病吧？哪样病都与你没得关系！当然与我没得关系，你要是与我有关系就好啰！预支钱，不行！没有这个规矩，只有做完工程才发工资。"小琴不再求他，她知道求他也没有用。小琴下工回来以后，没吃饭，也没和大牛他们打牌，收拾了她的东西，鼓鼓囊囊的一包，提着悄悄地出了门。小琴没有眼泪，提着她从家里出来一年多以后的全部家当，走到了街上。她不断地鼓励自己，相信自己能够养活自己，会有幸福生活的！

小琴走啊走啊，把凤县的大街小巷都走了一遍，还没有想出现在应该怎么办。天已经很晚了，广播里的革命样板戏也唱完了，"凤县人民广播电台，今天的第三次播音到此结束"。

广播里的这个声音，小琴不知道听过多少遍，以前总觉得这声音好听甜美，在今天她听到这个声音觉得害怕。接下来，路灯熄了，各家各户的电灯也熄了，全城一片死寂。小琴不敢再走了，走到县门前那家甜浆粉店门口，看着那门前灶台上的煤火已经盖了，只是那边上缝隙处冒出的火还燎着蓝蓝的火苗，一股煤烟还在往上蹿。她觉得这里应该是她今天晚上的睡处，这里安静而暖和。她走了过去，靠着灶头坐在那里，好热和。她太累了，松开身上的布带，深深吸了口气，好轻松啊。她突然感觉到肚子里的小东西在动。她突然有了一种母亲的感觉，感觉到生命在运行，她想自己才十六岁，这个小东西让她怎么办，她听人说是可以吃药把它弄下来，可是她到哪里去弄这个药呢。还有说是可以到医院去把它弄掉，她不敢去，这是太丢人了，也可能不给她弄。前不久，有个到医院去堕胎的姑娘，最后是满城风雨，胎是堕了，没脸见人只有跳到东门水库里。小琴想自己才不会那样做，听人说，跳是可以把胎搞掉的，最好还是把它跳下来吧，没人知道，自己就可以解决，只有这条路。明天找一个高一点的地方从上面跳下来，那高度一定要像前次唱歌摔下来那么高，足有三米高，又不会摔死，一定能把它跳下来。只要把它弄下来一切就好了。小琴想着，反复设想会出现的情景。这时候她突然觉得好饿，放松布带，她突然感觉到饿，这时候她才想起来，今天一天就什么都没有吃，现在哪里可能有吃的。也不想了，管不了那么多了，一切只有天亮再说，她很快就睡着了。

她懵懂地睡，总觉有人在敲她，她揉揉惺忪的眼睛，远处的天有一点灰白色，眼前有一辆马车，这马车她有点熟悉，是的，就是县门口祥花家的马车，再一看，祥花就站在她的面前。

"你在这里搞哪样？快起来，湿气大，会生病的。出了哪样事？"小琴把她的情况说了一遍，说着眼泪不断地流。

"你准备怎么办？"祥花问她。

"我不知道。"

"走，到我家去！不行就给我当媳妇，有哪样大不了的事！起来走，姑娘！"

小琴慢慢地站起来，两个脚麻木了，还不好走，祥花扶她一把。小琴试着动了一下，还没事，她擦了擦眼泪，把她的全部家当，一个烂布包丢到了马车上，跟着祥花去了。

祥花家就在县门口，丈夫十年前就突然就死了，也没见有什么病，一觉睡了，就没醒来。当时的祥花也遭到很多的闲话，说是她害死的，是她克死的。祥花什么也不说，她没有这个精力，她有四个小孩要吃要喝，要她来养活，最大的才七岁，小的才一岁多，还有一个六十多岁的婆婆，她怎么办？只有接过丈夫赶马车马鞭，背着小儿子，带着大儿子，跳上马车。她起早贪黑地帮别人拉煤、砖瓦、石灰什么的。每天都只是吃晚上的一顿饭，早上带一锅头天晚上做的饭菜，那是她和儿子的早饭中餐，背上背的小儿也就跟着吃点。还有两个在家，跟着婆婆。一家人的日子就靠这架马车。

小琴在以前就知道她，因为每天上学都能看到她的这一幕，后来在烧石灰的时候她经常来拉石灰，也认识她的那个大儿子，人还是很不错的，比小琴大一两岁，也没有读过几天书。还和小琴说，他们都是没有书读的。小琴对他说，赶马车吃饭，读不读书都没有关系，现在不是说读书无用吗？

小琴跟着祥花一进门，就看见祥花的大儿子，黑狗。小琴好久没见黑狗了，现在看到觉得他高了一个头。

黑狗说："妈，怎么回来了？"

祥花大声说道："来，黑狗，妈给你找个媳妇来了，从今天起，她就是你的媳妇，不管怎样，你都要好好待她，没得二话可讲！听到没得？"

"好，我听妈的。"

"去，去把你楼上收拾一下，让你媳妇上去！"

黑狗去了，小琴在屋里坐了一会儿，这屋里就一个方桌靠墙放，桌子两边，放着椅子，一个香火台。门口有两张长凳子，还有一个破柜子。东西都很旧，不过还擦得干净。这个家，小琴以前在门口看到过，因为旁边就是以前经常去的那个地下书屋，每次去书屋，都要从这里经过，也看到这个婆婆经常坐在门口。不过她怎么也没想到，几年后自己会走进这样一个家。

黑狗的婆，从里屋走出来，七十多岁的老人了，背很驼，祥花在和她说什么，她只在一个劲地点头，没说什么。

"小琴，你过来，喊婆。"

小琴走过去，叫了一声"婆！"就跪在那里了，一脸的泪。

"起来，起来！这么小一个姑娘，这是造的哪样孽呕？莫哭，莫哭，来了就好，来了就好，以后好好过日子！"婆婆佝着背，拉小琴起来，努力抬头看着小琴说。

黑狗从楼上下来了，祥花叫小琴："去吧，上去吧，我去帮你找两件衣服来换。"小琴转过身对着祥花，叫了声"妈！"祥花说："去吧，去吧！不要那样多礼数。"

小琴跟着黑狗上楼，这哪里是楼，只是一个有的地方人都站不直的楼角，小床边有一个一本书大的方孔，就算是窗户，四边的墙就是用竹子块拦的，上面钉了纸壳再用报纸糊上挡风。小琴坐在床边，觉得很舒服，她知道这里以后就是她的家，她将在这里开始她新的生活，她很满足，老天爷对她很好，正是她一直都在想的那句话"天无绝人之路"。她看着黑狗还手脚无束地站在那里，就叫他过来坐。

黑狗说："你睡一会儿，吃饭时候，我来叫你。"说完出去了。小琴倒下就睡，她觉得好累好累。

我和舒红、云霞从学校出来以后，不知道这个事情怎么办，只听姚跃进说，小琴出大事了，给一个拉马车的人当媳妇。这样的事哪里是我们帮得上忙的，就急急地去小琴的家，告诉她妈妈。我们到小琴家，小琴的妈妈那样子，是要出去上班，她是一个小单位的头，因为她的出身好，几代的工人家庭，在单位上还算干得不错。她一见我们，就拉着个脸说："你们来这里干哪样？我家早就没有那个人了！"

我们也不管她怎么说，上前把知道的情况对她说了一遍，"刘阿姨，你要再不去看，小琴可就完了！"我带着哭腔央求她说。

"不去，我丢不起这个脸！"小琴的妈妈不耐烦地说。不管我们怎么说她都不去，我们没有办法，只有走。刚走没几步，就听见小琴的爸爸在后面骂，他具体骂些什么也听不太清楚，好像是说像小琴这样的人是自绝于党，自绝于人民。我们都说，他还有权利说别人是自绝于党，自绝于人民，都是他的祸。我们决定去看看小琴，到底是怎么回事情。不管她怎样我们以前是好朋友，也应该去看看，要不她可真是太可怜了。

我们走到县门前的时候，看到小琴的妈妈不知什么时候跟来了。我们走进祥花家，小琴的妈妈抢先一步一进门，大声说："那个不要脸的东西呢?!"

祥花说："你找哪个，怎么能够这样说呢，你一个当妈的，有这样说话的吗?"

"我要哪样说话？我骂我家姑娘，关你屁事!"

"这里没有你家姑娘，只有我家媳妇!"

"你家媳妇？我怕没有这么好?"小琴的妈妈怒气冲冲地闯进屋去，最后找到楼上，一下掀开小琴的被窝，"起来！给我滚回去!"

"回去？我回哪去？你们不是早就不要我了吗？现在我成这个样子，你还来叫我回去，我能回去吗?"小琴边说边哭，声音越哭越大。小琴的妈妈这时候一句话也没有，站在那里看着小琴大着肚子的那样子，后悔当初没把她看好，让她跑出来吃了多少苦，弄成这个样子。这一年多以来他们也没有再找找她，帮帮她，是对不起她呀！看着看着，她忍不住在那里哭起来。哭了一会儿，她回过头对小琴说："琴，跟妈妈回去，以前都是妈妈的错，让你成这个样子，你回去，妈妈会有办法的。以后妈妈一定好好对你!"

不管她怎么说，小琴就是不说话，一个劲地哭。最后，小琴的妈妈只有哭着走了。我们走上前去叫小琴，她用被子一下蒙住了头。我们在那里说了很多话，说着说着我们也都哭了，不管我们怎样说，她也没看我们一眼，没说一句话。最后我们也只有走了。走到外面路上，我看到阁楼的小窗户上有一对眼睛，我知道，那是小琴在那里看我们。我不敢多看一眼，怕忍不住会哭出来。

小琴的事一段时间里是满城风雨，人们茶余饭后又多了一个可谈的话题。不过没过多久也没人再对这件事情感兴趣了。小琴也堂而皇之地挺着肚子，和黑狗赶着马车进出。

一天上学，正好看着他们赶着马车出来，两人有说有笑的，小琴故意不看我，赶着车朝前走。见他们这样子，我倒是替她高兴。

241

二十三、"你的书拿倒了"

小琴这事情后，不久出现了一个爆炸性的消息，全校师生都在议论。我走进教室就听到姚跃进在得意地说："大家听着，出了个交白卷的英雄张铁生，我们现在可以不读书了，交白卷的是英雄。今天就可以不上课了！"

他说完伙同几个同学往教室外跑，一转头出门，和来上课的王老师撞了个满怀。王老师说："你们这是干什么？"

姚跃进停了一下，看着老师，眼睛一愣说："不是说交白卷是英雄吗？那还上什么课，交白卷我们会！"

他一说完大家都笑了，主要是笑姚跃进说话的那神态。这时候只见王老师一句话也没有，脸铁青，看着大家，突然他把手上拿的书往讲桌上砸过去，大声说："听好了，全都给我回座位上去！我今天就在这里站着，看你们哪个敢出去！"

我们几个女生最先坐在座位上，埋着头不敢有一点声音。一会儿教室里的桌椅声不断响，大家都坐在自己的位子上。王老师还鼓着气在门口站着，一双眼睛狠狠地看着大家，他就是不看姚跃进他们几个。那几个一直在那里愣着眼看着不动，后来看着全班都坐好了，只有他们几个还站在那里，愣了一会儿还是走到自己的座位上。

大家都坐好了，王老师走上讲台，他不等班长喊起立，首先就发话了，"同学们！大家听好了，我知道你们今天认为读书无用，白卷英雄。现在，我想问大家一个问题，现在我们国家引以为骄傲的是什么？"

大家一片沉默，没有人敢说话，不知道王老师要说什么，会怎么样。王老师上我们的化学课，平时上课他就是特别的严肃认真，没一个人敢在他的课上吊儿，就是姚跃进他们几个最调皮的，也只有选择不吱声。他这一说，大家都不敢说，其实我们都知道，因为他平常上课经常挂在嘴边的：我们要好好读书，不好好读书，我们国家的原子弹氢弹能制造出来吗？我们的东方红卫星能上天吗？今天没人敢回答。

王老师说了："我们的东方红一号卫星，是我国 1970 年 4 月 24 日发射的第一颗人造地球卫星。由以钱学森为首任院长的中国空间技术研究院研制，按各国发射卫星的时间先后排列，我国是继苏、美、法、日之后，世界上第五个用自制火箭发射国产卫星的国家，由此开创了中国航天史的新纪元。卫星的主要任务是，向太空播放《东方红》乐曲，同时进行卫星技术试验，探测电离层和大气密度。它大约能在太空运行数百年。"

他如数家珍地说着，我们惊叹王老师记得怎么多。他突然大声地说："这些我们不读书，不认真学习科学知识，能做到吗？大家不要被一些不明的事情挡住了眼睛，认为可以不读书了，国家哪个来建设？哪个来保卫？"这一节课，化学王老师给我们上了一堂政治思想课。大家都知道不读书是不行的，不过还是不明白为什么又要说张铁生这样的交白卷的人是英雄呢？

那个叫张铁生的人，参加大学考试的时候交了白卷，成为白卷英雄。后来我爸爸告诉我：

那是 1973 年，在辽宁省兴城县白塔公社枣山大队插队的张铁生被推荐参加大学考试。6 月 30 日，在理化考试时，他仅做了三道小题，其余一片空白，却在试卷背面给"尊敬的领导"写了一封信。在信中，张铁生诉说了自己在集体利益与个人利益发生矛盾时的心理冲突，发泄他因不忍心放弃集体生产而躲到小屋里去复习功课，而导致文化考试成绩不理想的不满情绪。7 月 19 日，《辽宁日报》以《一份发人深省的答卷》为题，刊登了张铁生的信。编者按说："张铁生的理化这门课的考试，似乎交了白卷，然而对整个大学招生的路线问题，却交了一份颇有见解、发人深省的答卷。"8月20日，《人民日报》又转载了张铁生的信，又另加编者按语："这封信提出了教育战线上两条路线、两种思想斗争的一个重要问题，确实发人深思。"随后，全国各地报刊纷纷转载，张铁生一夜之间成了名噪全国的勇于交"白卷"的反潮流英雄。

这件事情出现以后，刚刚开始的推荐参加大学考试的形式，又改变为推荐上大学的形式。

在我们那个小县，就在那年的推荐上大学当中，有一个推荐上北京大学的回乡知识青年苏娥，爸爸妈妈都在务农，家庭出身好，三代贫农。父亲是个村长，苏娥小学毕业后，刚上初中，就开始了"文化大革命"，不用读书了，她就回家搞农业，按当时的说法，也是个回乡知识青年。那年她们村分配得一个推荐上大学的名额，她父亲是村长就把她推荐上去了。按照分到我们县的招生学校的名额，她被分配到北京大学，化学与分子工程学院。大红纸写出来贴在县教育局的门口，大家都很关心，看看今年的情况，有哪些人上大学。上面的名字都是推荐上来的工农兵各界的人，他们都有一个共同点那就是家庭成分好，其他的都不重要。

苏娥初中没读几天，就回家搞了几年劳动，她从没有想过再去读书，家里的姊妹多，她这个老大是应该回去帮助爸爸妈妈劳动，带弟弟妹妹。她从小劳动惯了，觉得这就是她的生活，没有什么不好的。去年爸妈给她说了门亲，男方家和他们同一个乡，男娃娃现在部队，说是明年转业，年初来下了聘礼，准备明年娶亲。现在爸妈告诉她要去读大学，而且是在北京，北京在哪里，什么样子，听说好远好远，从他们乡出发，要座两天汽车，三天火车才能到，她害怕。

她母亲说："娥，不怕，你就去。看看那很远的地方，好得很呢，肯定不是我们这样过日子。到了那里，要不行你就回来。也不枉你出去过，见过那么边远的地方，看到了那些人的日子。你和那李家小子的事情也不怕，那不是要到明年去了。你爹说的，以前我们这里中学毕业生都没有，现在我们读大学了，不比哪个都好。"苏娥妈絮絮叨叨地说着。是的，对于苏娥一夜间变成了大学生，他们一家人都没有准备，大学生就这么容易，这么简单，就是填个表的事情。村上的人说，那是她家祖上积德，她爸爸当村长，这是该给他们家的。他们知道苏娥这个北京大学生要感激党，感谢毛主席，但他们不知道最要感激的是张铁生，苏娥这个大学生完全就是张铁生的功劳。要不然他们这个山沟沟里哪能飞出她这样一个金凤凰。他们只是听说过大学生，现在在她这里就这么轻松实现，而且还是去北京上大学，不得了啊。

村里的人都来道喜，李家大嫂对苏娥说："我代表我们云上村的三姑四婆说句话，到了北京给我们带句话，明年多发几张表给我们云上村，让我们多有几个北京大学生。"张大妈对苏娥家爸爸说："村长，那时候我们要抽签决定了哈。"村长说了："那当然，今年就让我们苏娥带个头，明年我们苏娥去多要几个名额，我们村不就能多去几个了吗？"这一夜大家对苏娥说了好多，直到深夜才走。

第二天一大早村里的人早早聚集在苏娥家门口，敲锣打鼓，等着送苏娥去县里报到。苏娥找出她最好的一件衣服穿上，那是前次相亲她特意到县城买的，小红格子衬衣，都说她穿着好看，比得上那城里人。穿上衣服在镜子前照了又照，听到门外的锣鼓声响，才走出来。这一夜她就没睡，人走完了，她把要带的东西点了点，铺盖卷小棉衣，听说北京冬天很冷，她就只有这件小棉衣，应该可以了。苏娥在家冬天也没穿过棉衣。最要带的是，小李年初来的时候送给她的黄书包，最珍贵。在当时也是最时尚的，上面还有为人民服务几个大红字。从没有舍得背过，她决定要背着，再背上背包。一切装备整齐，她突然觉得自己像村里上山下乡的知青刚来的时候一样，很洋气。

今天知青们可是没有一个人来。以前大家都是很好的，开始知道村里有一个上北京大学的名额，大家还有点激动，不到一天就知道这个名额是苏娥去，他们灰心沉默。见了苏娥，都绕道而行。苏娥觉得委屈，这件事情与她又没有关系。她也不是特别想去读书，要去那么远，她害怕，是她爸妈说要她去。再说了，决定她去也是村委会，不是她爸一个人说的。知青这次没有希望，她爸也说了，明年他们村上大学名额下来，就用抽签的形式，免得大家有意见。

　　苏娥也不管知青他们来不来，听着外面的锣鼓打得急，就提着东西背着背包出来了。李家大嫂说："嗨，看我们苏娥，这个模样就是刚下乡的知青一样，多有文化。来，来把这大红花戴上。戴上大红花，大嫂给你唱首歌。"说着招呼大家："听好了，我唱首歌送我家妹子：戴花要戴大红花，骑马要骑千里马，唱歌要唱跃进歌，听话要听党的话。"李家大嫂还真会唱，大家齐喊，好！好！

　　正高兴着，公社王书记和杨秘书来了。大家见王书记他们严肃的样子，都不出声了。王书记把村长叫到一边说："老苏你看，这里的知青们联名信，他们把这个事情告到县委知青办公室了。县里派人来调查了！"苏娥爸说："王书记，你看这个事情咋办？"王书记说："不管怎样，你们赶快上路。读书是好事，知青可以读，回乡知青也可以读嘛！何况你们也是村委会推荐的，又不是你一个人决定的。你们走，今天是县里报道的最后一天，报道后就直接走了，你送她去，我批你的假。"

　　苏娥戴着大红花，全村的老少爷们代表敲锣打鼓地送她到县里，来回是好几十里地。苏娥带着一脸的激动走在前面，她哪里知道上大学是读些什么书，只晓得这是千载难逢的好事，今天这个馅饼掉到她头上了。

　　后来调查的结果，县里尊重乡里王书记的意见。知青办的同志对云上村的知青们解释说，人家是贫下中农，回乡知青也是符合推荐条件的，我们大家就明年再争取吧。

　　那年寒假苏娥回来了，小县也沸腾了，小县这两年上大学的有，读北京大学的可是从来没有，苏娥是第一个。她回来那是去北京的人回来了，了不得了。在这个小县里就算是县长、县委书记也还没有去过北京呢。她回来后，先住在城里的一个亲戚家。说来巧得很，她的这个亲戚家正好是舒红家隔壁。舒红她们可是近水楼台先得月了，早就去隔壁家看新奇去了。

　　第二天上学，舒红告诉我们说，去看她的人好多，她妈妈也去了，一进门只见苏娥正在火炉边抱着一本书看，她妈妈想，上北京大学的人就是不一样，一早起来就看书。苏娥见大家来，抬头打了个招呼又埋着头，捧着一本分子学的书读，有人进来她越发读得认真。

　　舒红妈妈是个水利专科学校毕业的，也是个喜欢凑热闹的人，想去看看今天的大学生是个什么样子。一进门她就喊道："苏娥，大学生！从北京回来的哟！"苏娥抬了抬头，应了一声，又继续看。舒红妈妈在她对面坐下，对大家说："我们不要打扰人家，人家要认真读书，北京大学生有多不容易哟！"苏娥不好意思地抬头说："没有的了！"舒红妈妈这时候看着苏娥手上的书是反的，是一本分子学方面的书，似乎反正都一样，她笑着说："哎哟！大学生，你的书拿倒了！"

　　苏娥这时候反应很快说："哪里的事，我是将就你看呀！"

　　这以后这个小县到处演绎着这个情节，有理无道地来一句：

　　"你的书拿倒了！"

　　"我将就你呀！"

　　我们上学的路上又多了一个乐趣。

二十四、准备上山下乡

我们高中就要毕业了。那时候是"学制要缩短，教育要革命"，从小学到高中共九年，小学五年，初中高中各两年。在学校"批林批孔"运动还在深入。我们上数理化、政治语文这样一些主要课程。数理化，对于我们来说大家都很喜欢，平常大家都记住这句话"学好数理化走遍天下也不怕"。我们的学习重点还是放在数理化这三门学科上。我的这三科都不错，平时总是以尖子学生自居。学校发展共青团员，已经是第二批了，我考虑再三还是写了一个申请书送上去。不过我心里也有准备，那就是不可能的，因为在上小学的时候申请加入红小兵就没有通过，这次也难得说，只是看着好多同学都入团了，从学习成绩来说他们并不是最好的，都能够得到，那是很光荣的，我也想试试。申请写了送到学校团支部，好久没有音信，我们一起送申请的同学好多都谈话了。我知道是没有我的了。不过我还是想不通，为什么我不能加入中国共产主义青年团，我表现又不是不好，每学期都是三好学生，成绩也是最好的，我爸爸还是县教育局局长，我怎么就不能入团呢？

这段时间为入团的事情我很沮丧，每天上学都是一个人，不想和其他人一起走，心里难过。在新团员入团宣誓那天好是热闹，那天停课，全校师生在操场上开新团员入团宣誓大会。新团员们好是幸福，坐在最前面。他们宣誓，新团员代表讲话，我都不敢看他们。那时候我把头埋得很低，怕别人看出我的难过，尽量不要让眼泪流下来。不过还是挡不住眼泪，最后是从操场上跑出来，装着上厕所，那里没人，我在那里放声大哭，把所有的委屈都哭出来。然后找个没有人的地方坐在那里发呆。

散会后，舒红她们找到我，邀我和她们一起回家，我说还有事情，让她们先走。她们知道我心里难过，也不知道应该对我说什么，站在那里不走。

一会儿，舒红说："卉卉，不要管那些，我们认为你是最好的，不当那个团员也没有哪样稀奇的，看我们这些人，除了周迅是团员，其他的都不是团员，我看也没有哪样不好的。就那周迅的团员，我们还叫他'团鱼'呢，有什么稀奇的。"

大家笑了，都说对了，我们不当"团鱼"！

听她们这样一说，我也笑了。舒红笑着对我说："那我们先走了，明天上学我们来叫你一起走。"学校离家大约有两公里路，所以每天上学的路上，就是我们一起玩的地方，一起说姊妹话的地方。几个好的同学总是约着一块上学，放学也要等着一起回家。

第二天放学后，我有意在学校耽误一下时间，叫舒红她们先走了，自己找了个地方在那里看书。等学校的同学都走完了，我才慢慢地走上回家路。正埋着头走着，还在想新团员入团宣誓的场景，无论怎么也想不通为什么我就不能入团，我的表现最优秀，学校成绩也是最好的，就全年级排名也是在前五名，家庭情况我爸爸是党员，还是县教育局长，还有什么不可以的呢？

正想着，周迅突然从我后面冒出来，站在我面前笑笑，"怎么样？还在想那个事情？"见着他我心突突地跳，不知怎么地，现在看着他总是很紧张，很多时候，只要有什么事情，他总是会出现在面前。我不知道这是什么感觉，不过知道自己是很想见着他，在一起大家都高兴。

他严肃地说："讨论你入团的时候我在场，开始大家都认为没有什么问题，后来团总支书记张老师说，这个同学的确各个方面都很优秀，是全校的老师同学都有目共睹的，她爸爸是我们尊敬的领导，尽管这样要说她入团的话，我们还是要看看家庭出身，她的社会关系，还有海外关系，这样的人我们还是要认真考虑一下这个问题。他说完大家都屏住了气，不再说什么，我还说了，不是有出身不由己道路可以选择，重在自己的表现吗？张老师说，我是说大家要认真考虑一下，如果有异议那就投票表决吧。投票表决的结果是不赞成的人占多数。我想这个事情不是你的社会关系问题，只是用社会关系来做的文章而已。我好像听说张老师要调动，你爸爸不让他们走，说是学校现在正需要老师，他们没有走得成，对你爸爸有意见，应该是这个问题。"

我很感激周迅，在这样的时候他敢于为我说话，同时觉得周迅懂得很多，大人们的事情他看得很清楚。也很感激他专程来告诉我，我想他一定是专程的，我回家这么晚，不会这么巧遇到他。

后来有机会知道他的确是特意等我，要把这个事情告诉我。

他说："我怎么在这里遇到你，早就放学了？我也是有事情耽误了。"他笑了笑，笑得有意思。

我说："你什么意思，见我没得入团特别高兴不是？"

"哪里的话，要是这样，我怎么会对你说这个情况。不过你也不要太在意了，其实入团对你来说那是早晚的事情，我们好好读书就是了。我笑是笑你穿的这靴子，好看！像个小子一样。"

我不好意思地说，穿靴子方便，下雨这一路都很烂。其实我是觉得穿靴子有一种特色，特别的帅气。不过这种效果，只有他看出来了。我们同路走了一段，大家都不说话，好像一下找不到话说，就这样默默地走。走了一会儿他开始走快了。我知道他的想法，我们不能继续这样走了，要不然，被同学看到，明天在学校传成佳话。那是个男女生不能说话的年代，有什么都是私下偷偷地说。他走得很快，我没有跟着他走，其实我心里是很想走快一点，能多和他走一段。他应该是专门等着我告诉我入团的事情的，我很感激他。

入团的事情就这样完结了，我并没有把周迅告诉我的情况告诉爸爸妈妈，他们认为我没有入团是因为社会关系问题，但他们不知道其中的细节。爸爸更不知道是因为他为了留住老师，而把人给得罪了，报复在我的入团问题上。

一天下课后，舒红说，张威母儿要我们下课以后等着他们，说是有事情和我们说。自从读高中以来，大家平时不大在一起，男女生平时是不说话的，有什么事情一般都是没有人的时候说，或约好地方说，没有以前那么自由，不过好像还多了一分神秘。

见到张威他们，是说要我给他们买电影票，明天开始要放映新电影《决裂》，说是很好看。买电影票这是小事一桩，他们也不是第一次找我买票。我妈妈是卖电影票的，要留几张电影票，那是很容易的事情。我说："你们又不是不可以自己去给我妈妈说，以前你们不是自己去说的吗，现在还要我去说?""你回去就买了，哪里还用得着我们跑去说呢。说好了，三张，到时候老地方等你们拿票。"他说的老地方是电影院的桥头，平时给他们票都是在那里。给他们买的票是绝对不会和我们的在一起的，位置都是要分开，免得同学看见制造新闻。

张威说着走了。走了几步又回头来说："周迅有几本新书，是他舅舅从遵义给他带来的，你们去问他借来看看。他一般人不借，你们女生去，他肯定借。"我们几个故意不高兴地说："你知道他会借给我们?""那是肯定的! 借了给我们看哈。"张威母儿说完做了个鬼脸走了。

晚上的电影《决裂》大意是，一位没有多少文化的老革命，奉命去当一所大学的党委书记，到任后，与资产阶级的反动学术权威作斗争，扭转了局面，把大学办成了贫下中农的共产主义大学。电影里有两个让我们难忘的情节，一是一位教授给学生讲解"马尾巴的功能"；二是老革命书记反对入学考试，举起一位只上过一年小学的、长满老茧子的铁匠的手高呼："这就是（上大学）资格!"

那天的电影周迅也去了，他也是找我给他们买的票。新电影，一般都很难买票。给他票的时候，我问他新书的事情。他说："是的，借给你们看没问题，只要给我保管好就行，明天拿给你。共三本《儒法治军路线斗争故事选》、《剥开"孔圣人"画皮》、《历代劳动人民反孔斗争故事》。"

"好不好看?"

"哪样叫好看？你看了就知道了。"

全面开展"批林批孔"的运动以来，我们除写大字报、开批判会以外，就结合"批林批孔"的实际自己编排一些节目，搞得是热火朝天。我们班的男生，由周迅写了一个小剧本——《孔老二复辟记》。周迅扮孔老二，还有七八个小喽啰，生动得很，把一个台子搞得很热闹。我们女生也自编自演了一个歌舞，演得很成功。这下我们高二（1）班在全校都有了名，学校准备以我们班为基础排一个大型的合唱。由我和周迅两人在前面朗诵，由周迅写朗诵词。他很快，老师安排任务以后，没两天他就写好了。我们两个开始排练。周迅什么都好，就是普通话要差一点，他是在区里上的小学，当然也就没有我们上县里实验小学的普通话好。不过，他很爱学，他要我把他读的部分一句一句地读给他，他细致地练。第二天他告诉我说，有几个地方我读错了，他去一个个查了字典。

"'历史的长河啊，一次次翻起了革命的巨浪！革命的航船啊，一回回拨正了前进的航向！'你看，你看，这两个地方就读得不对。"他很认真一板一眼地对我说。我看他认真的样子，有些好笑。对他说："你说得对我们就改正，你说的办法对人民有好处，我们就照你的办。"

下午放学以后，大家一起又排练，在唐老师的指导下，练的效果就是不一样。他是部队文工团转业到学校的，今天是他第一次给我们排节目。他给我们编排《长征》组歌的时候，唱得我们每个同学都很激动。他说："同学们哪，歌声就是武器，就是战斗力呀！在红军攻打腊子口的时候，我们就站在旁边唱歌，给红军战士无比的力量！"

周迅小声地对我说："他这么年轻，红军攻打腊子口的时候，他在什么地方，吹牛！"

我说："他说的'我们'不一定就包括他在内嘛，他不过是一种夸张的说法，我看也不算什么吹牛！"

"你们两个在咕哝些哪样，过来，来，我教你们应该怎样朗诵，怎样走台，怎样站立。"他看见我们两个在说话，就让其他的同学先自己练着，他来教我们。我觉得他朗读特别的好听，有气势，姿势也很好。不过我还是觉得他的整个一套都夸张了一点。他却说："舞台上就是要夸张一点，它是我们生活的艺术化，不是说你们俩站在那里把这一段背出来就行了，就按我这样，你们好好练。"

其他的同学都走了，我和周迅还在那里练。我们离老师的要求还差得很远，特别是周迅要按老师的要求走台，他就是走不好。我们两把步子算好，走了一遍又一遍。不知不觉的天黑了，月亮出来了。我们也练累了，就坐在操场的草地上，看着月亮。我还从来没有单独和一个男生坐在一起，上高中以来我们的男女界限有所打破，大家也经常一起搞活动，写大字报。只有姚跃进还是那样，见到女生就瞪眼，和女生说话还是咬牙切齿。不过现在他和我坐一桌，对我还是有所好转。小琴的事是他来告诉我的，我还是很感激他。作业、考试我们还是经常互相帮助。和周迅、张威母儿他们就是经常在一起，只不过基本上没有单独的时候，都是和舒红一块。

我们默默地坐了一会儿，天黑了，也不觉得饿，只在享受这明亮的月光，凉爽的晚风。周迅突然说："卉卉，前几天校团委又讨论了你的入团问题，还是没有通过，还是你的出身问题，我们几个都提出你的表现好、成绩好，但是票数还是不够。你不会不高兴吧？"

"我已经习惯了，不过我相信我总会通过的。"

"要下乡了，你们准备去哪里？"

"没想好！"其实我已经和舒红讲好了，去我爸爸以前搞中心工作的一个乡下，在那里有人关照，我们两个一道相互间也有照顾，只是可惜云霞不能和我们一起下乡了。说没想好，只是听了他刚才讲的入团问题，心里很不高兴，我班已经发展了三批团员了，还没有我的，我实在有些想哭，又怕被他看见，就催他说我们回家。

在路上，我不想说话，只有他在那里一个劲地说他家所在的那当阳区怎样怎样的好，他爸爸妈妈都在区里工作，回家又近。其实我也有和他下到一个地方的想法，只是他不提出来，我也不好说。我总不能让人感觉到是去沾别人光的意思。再说了，平时大家又都知道他是和舒红两个好，我也不好主动提出来，我们一起下乡。

分手的时候他告诉我，我们请他帮忙买的军装布料，他妈妈已经买好了，明天就带上来，明天晚上送到我家去。我和舒红很想穿一件绿军装，但城里买不到军装布，他说他妈妈在区里供销社能买到，我们已经托他很久了。现在布买到了，明天就能给我们带上来，听到这个消息我才有些高兴。

"五一"节，我们的节目演得很成功，这是我们在县里的最后一次成功的活动了。

接下来我们就忙着准备下乡。全校的高中毕业生基本上都要下去，除了有病的，和父母身边子女留下一个的，其他的都要下去。其实不下去又干什么呢？现在的读大学、招工、招干的名额很少，即使有几个名额都是推荐去，轮不到普通老百姓和我们这样出身不好的。全县两三百高中毕业生，都热血沸腾，那些天，走到哪里都是谈下乡的事。

"反正都是要下去的，早下去就可以早上来！"

"能不能上来还是一回事，卉卉家哥哥他们那些知青，不是有好多没上来的？"

"现在不一样了！反正我是过两天就走了。"

大家都热血沸腾，我和舒红已经准备好，马上就要去办手续，到爸爸搞中心工作的乡下。一直还没有去办手续，我就想如果周迅约舒红，那他们就正好去，就先等一下。不知为什么，周迅也没有约舒红到他父母所在的当阳区去插队。我问舒红怎么回事，舒红说："他其实想约你。"听了她的话，我一点也不懂他们两个是什么意思，舒红悠悠地说："你不懂就算了。"

这时，张威、母儿他们来约我们，说一起去一个农场。虽然他们告诉我，农场十分艰苦，但他们说，主要是很多老朋友可以在一起。我想到又能和张威、母儿这些老朋友在一起闯荡人生，真是太好了。大家都很激动，又聚在一起策划。想到遥远的乡下，一个艰苦的农场在等着我们去奋斗，在我们想来，那该是又一个多么美好的明天！